U0660342

章雪峰

著

一个节气一首诗

山西出版传媒集团
山西教育出版社

前　言

节气，是凝聚古人智慧的时空坐标；诗词，是承载古人才华的文字密码。

节气与诗词的完美结合，从《诗经》中的那句"蒹葭苍苍，白露为霜。所谓伊人，在水一方"，就已经开始了。

此后，我国历朝历代的诗人们，不仅极为重视二十四节气，在节气当天要饮酒作乐、吟诗作赋；而且深谙节气转换之间气温升降、季节变化、物候代谢、天地运行的道理，还会用诗一般的语言，在诗词作品中描述和揭示这些道理。

典型的例子，就是苏轼在《冬至日独游吉祥寺》一诗中写下的那句"井底微阳回未回"。这句诗，如果不了解古人的"冬至一阳生"理论，是无论如何也搞不懂在冬至日那天，水井底下是如何出现"微阳"这个东西的。同时，我们也不会意识到，原来在二十四节气的变化之中，还蕴藏着古人"物极必反、盛极而衰"的人生智慧。

这些关于节气的诗词，集中体现了古人对于节气这个时空坐标的深刻理解，也集中体现了古人对于诗词这个文字密码的娴熟运用。在诗人们的吟诵之间，节气与诗词，般配得丝丝入扣，登对得门当户对，令今天的我们叹为观止。所以，我以四季为序，为每一个节气，选定了我认为最般配、最登对的那首诗，然后把那节气和诗的故事，汇成了本书。

本书中的二十四首诗，从创作时间看，唐诗多达十一首，占了近一半；还有北宋七首，南唐一首，南宋一首，元朝一首和清朝三首。

从诗作水平看，这二十四首诗也并不一致。既有杜甫"露从今夜白，月是故乡明"这样的名句名篇，也有乾隆皇帝"前日采茶我不喜""今日采茶我爱观"那样的浅显诗句。

从诗人身份看，有雍正、乾隆这样的皇帝，有张九龄、元稹、武元衡、令狐楚、欧阳修、韩琦、张无尽这样位极人臣的人物，也有白居易、韩愈、徐铉、梅尧臣、苏轼这样深入官场的人，还有杜甫、韦应物、韩翃、陆游、黄庭坚、文同、胡祗遹这样才华横溢却长期屈处下僚、宦游四方的诗人们。真正一辈子从未出仕、甘为平民的，只有世称"诗书画印"四绝的大才子、清朝"岭南四家"之一的黎简。

从上面的二十四节气二十四首诗中，智慧如你，一定也看出来了：有一个诗人，一个人独占了三首诗，抢了本书八分之一的地盘。

对，这个诗人就是白居易。我分别在"夏至""大暑""霜降"三个节气，选了他的三首诗：《和梦得夏至忆苏州呈卢宾客》《夏日闲放》《谪居》。

不是因为这三个节气选不到其他的诗，而是因为我本人着实爱他，极度爱他。不仅着实爱他的诗，而且极度爱他的为人处世之道。

最爱的，就是他在《与元九书》中的这段话：

"古人云：'穷则独善其身，达则兼济天下。'仆虽不肖，常师此语。大丈夫所守者道，所待者时。时之来也，为云龙，为风鹏，勃然突然，陈力以出；时之不来也，为雾豹，为冥鸿，寂兮寥兮，奉身而退。进退出处，何往而不自得哉？"

把白居易此段中的八个字"所守者道，所待者时"，换成我们今天的八个字，就是"坚守底线，等待时机"：为人处世，首先要坚守自己的底线，然后再等待那个属于自己的时机。

时机如果来了，那就大干一场，"为云龙，为风鹏，勃然突然，陈力以出"，小则为所从事的事业立下一点功劳，大则为国家社会进步报效微薄之力；时机如果一辈子都不来，那也不要紧，我们还可以"为雾豹，为冥鸿，寂兮寥兮，奉身而退"，该莳花时弄草，该提笼时架鸟，过好自己的小日子，直到生命的尽头。

当他在长庆二年（822）五十一岁时，终于意识到属于自己的那个时机永远也不会到来的时候，他就在"所守者道，所待者时"八个字的指引下，开启了自己"奉身而退"、莳花弄草、提笼架鸟的闲适生活。

这一年，他正担任中书舍人一职，在距离宰相只有一步之遥的时刻，突然自请外任，希望去杭州当刺史。然后在长庆四年（824）五月，他如愿以偿当上了太子左庶子分司东都这样的留司官。这一年，他五十三岁。

从此直到以七十五岁辞世，除了短暂出任苏州刺史去过苏州、出任秘书监去过长安以外，白居易基本一直在东都洛阳没有挪窝，安安稳稳、快快活活地"奉身而退"二十多年。

这期间，在首都长安官场上，"牛李党争"争得头破血流也好，"甘露之变"杀得血流成河也好，朋友同事出将入相也好，都跟白居易没关系。

生活在今天的我们，就人生哲学而言，未必比一千多年前的白老爷子高明。这就是我接连选他三首诗，爱他爱得不行的理由。

说一千道一万，其实就是想告诉诸君，虽然只有二十四个节气，虽然只有二十四首诗词，但什么样的节气，选谁的诗，选什么样的诗，甚至传递一点什么样的理念，才好呈现到诸君的面前，予有深意存焉。

说一千道一万，其实就是一句广告词：《一个节气一首诗》，你值得拥有。

是为前言。

章雪峰

宋　鲁宗贵《吉祥多子图》

目　录

立春

立春日晨起对积雪

忽对林亭雪，瑶华处处开。

今年迎气始，昨夜伴春回。

玉润窗前竹，花繁院里梅。

东郊斋祭所，应见五神来。

立春

辛丑
春月
牛九

　　唐朝开元二十六年（738）立春日的早晨，时任荆州大都督府长史、写过"海上生明月，天涯共此时"的那个张九龄，在自己官邸起床后，惊讶地发现夜里下雪了，而且雪也还下得很大，庭院里一派银装素裹的景象。

　　"今天，皇帝应该在长安城东郊举行迎春祭祀大典了吧？"张九龄一边感慨地想，一边提笔，写下了这首《立春日晨起对积雪》。

　　忽对林亭雪，瑶华处处开：立春日的早晨，忽然发现下雪了，庭院里银装素裹，漫天的雪花还在四处飘落。

　　今年迎气始，昨夜伴春回：原来我昨夜是伴着春天的气息回到官邸的。而在长安，今年立春日则是首次执行皇帝去年十月一日的诏令，举行迎春祭祀大典的日子。

唐　王维《溪山雪霁图》

张九龄说"今年迎气始"，是因为去年十月唐玄宗李隆基刚刚下过一道圣旨。据《唐会要》卷十："开元二十五年（737）十月一日制：自今已后，每年立春之日，朕当帅公卿，亲迎春于东郊。"这个记载中的"朕"，就是唐玄宗李隆基。

其实，从汉朝开始，天子诸侯就有四时迎气五郊之礼。其中立春之日，迎春于东郊，祭青帝句芒。唐玄宗李隆基突然下这么一道诏书，估计是此前的立春日大典，他并未亲临现场。于是这次表态，在二十六年（738）的立春日他要亲自迎春。

今年立春日之前，张九龄刚刚从外地巡视回来。去年冬天，张九龄是在孟浩然（对，就是"春眠不觉晓，处处闻啼鸟"的那个孟浩然）、裴迪的陪同下，从荆州城出发，先到当阳紫盖山、玉泉寺，登当阳城楼，然后进入松滋境内，游玩松滋耆阇寺，才顺流东下，到郢都纪南城、渚宫一游，重回荆州城的。所以，张九龄才在诗中说"昨夜伴春回"。

玉润窗前竹，花繁院里梅：如玉的白雪，浸润着窗前的翠竹；洁白的雪花落满枝头，与盛开的梅花相映生辉，更增丽色。

东郊斋祭所，应见五神来：今天，在长安东郊的斋戒祭祀之地，应该会见到五神降临人间吧。

"五神"的说法，出自《礼记》："《月令》春曰其帝太皞，其神句芒；夏曰其帝炎帝，其神祝融；中央曰其帝黄帝，其神后土；秋曰其帝少皞，其神蓐收；冬曰其帝颛顼，其神玄冥。"

立春之日，按说是春神句芒单独降临，张九龄却说"应见五神来"，反正我是不知其中原因的。

难道是只要有迎春祭祀大典，五个神就一起来，只不过立春时春神句芒走前面，立夏时夏神祝融走前面，立秋时秋神蓐收走前面，立冬时冬神玄冥走前面？规矩咱也不太懂。张九龄说来了五个咱就敬五个吧。

张九龄现存诗歌222首，除3首四言诗、2首杂言诗、4首七言诗外，其余均为五言诗。他的最高成就，也在五言诗。这首《立春日晨起对积雪》，就是他的一首五言诗。

张九龄是具有盛唐气象的诗人，也是唐朝及历朝历代文人景仰的一代文宗。

明人胡应麟《诗薮》说："唐初承袭梁隋，陈子昂独开大雅之源，张子寿首创清澹之派"；明人高棅《唐诗品汇》说："张曲江《感遇》等作，雅正冲淡，体合《风》《骚》，骎骎乎盛唐矣"；清人李重华的《贞一斋诗说》记载："唐初人当以陈伯玉、张子寿为最。"直到清末，施补华的《岘佣说诗》仍然评价："唐初五言古，犹沿六朝绮靡之习，唯陈子昂、张九龄直接汉魏，骨峻神竦，思深力道，复古之功大矣。"

这里的"张曲江""张子寿"，都是指张九龄。"曲江"是他的籍贯，"子寿"是他的字。

就连张九龄的顶头上司唐玄宗李隆基也夸他："张九龄文章，自有唐名公皆弗如也。朕终身师之，不得其一二，此人真文场之元帅也。"（《开元天宝遗事》）

啧啧，文场元帅。

一

立春日之前，孟浩然陪着张九龄外出巡游时，诗作不少，可谓一路赋诗一路行：《陪张丞相祠紫盖山途经玉泉山寺》《陪张丞相登嵩阳楼》《陪张丞相自松滋江东泊渚宫》《从张丞相游纪南城猎戏赠裴迪张参军》《陪张丞相登荆州城楼因寄苏台张使君及浪泊戍主刘家》《和张丞相春朝对雪》等。

其中的《和张丞相春朝对雪》，就是直接唱和张九龄这首《立春日晨起对积雪》的。

值得注意的是，在这组诗的诗题之中，孟浩然一口一个"张丞相"，首首都有"张丞相"。其实，孟浩然那是跟张九龄虚客气。因为此时的张九龄，早已不是丞相了。

张九龄是开元二十四年（736）十一月二十七日罢相的。接替他的，正是他看不起、也斗不过的著名奸相李林甫。与此同时，他同样看不起的牛仙客，也被任命为宰相。

对于李林甫，张九龄认为"林甫非社稷之臣也。陛下若相甫，恐异日为社稷忧矣!"对于牛仙客，张九龄认为："仙客，河湟一使典耳，擢自胥吏，目不知书，陛下必用仙客，臣实耻之。"

可是，对于李林甫和牛仙客，唐玄宗李隆基不但坚持任命此二人为宰相，甚至给了张九龄一个大大的惊喜，或者说，一个大大的惊悸。

开元二十五年（737）四月，时任监察御史的周子谅，上书弹劾牛仙客非才，并引谶书为证，惹得李隆基大怒，命杖之朝堂，打得周子谅"绝而复苏"之后，将其流放瀼州。周子谅刚刚走到蓝田，就伤重而死了。

这事一开始，本来跟张九龄没关系。但李林甫抓住机会，轻飘飘地跟李隆基来了一句："子谅，张九龄所荐也。"得，张九龄就此被贬荆州。

当年五月八日，遭贬的张九龄驰抵贬所。这才有了他和荆州、当阳、松滋等地的一番缘分。

　　要不是李林甫在李隆基前的一句话，我个人非常景仰的一代文宗张九龄，在他短短的一生中，恐怕会一直安安稳稳地在长安当他的京官，是绝不可能履足我的家乡松滋的。更何况还搭上了一个同样著名的孟浩然，"松滋"地名也就堂而皇之地进入了"放溜下松滋，登舟命楫师"的诗句之中。

　　既然张九龄早就已经罢相，那么到了开元二十六年（738）立春日，孟浩然仍然称呼已经就任荆州大都督府长史的张九龄为"张丞相"，显然客气和安慰的成分居多。

　　在孟浩然看来，甚至在唐玄宗李隆基看来，此时已被罢相的张九龄，是应该被可怜的，是需要安慰的；而从历史角度看，更应该被可怜的、更需要安慰的，却是此时此刻高高在上看不清形势、扬扬得意而看不清自己的李隆基本人。

　　张九龄罢相，只是他个人的一小步，却是唐朝的一大步。因为，唐朝前后期的历史，正是以张九龄罢相这一事件作为分水岭的。从此以后，盛唐远去，乱世降临。

　　这本就是唐人自己的看法。唐宪宗时的宰相崔群就说过："世谓禄山反为治乱分时，臣谓罢张九龄、相李林甫，则治乱固已分矣。"当时的世人都说安禄山造反是唐朝治乱的分水岭，而在崔群看来，张九龄罢相、李林甫入相，就已经是唐朝治乱的分水岭

了。此后无论安禄山反不反，唐朝都已经进入乱世了。

宋人更是这样认为。编撰《新唐书》的欧阳修、宋祁说，自从张九龄罢相后，"自是朝廷士大夫持禄养恩矣"；编撰《资治通鉴》的司马光认为，"九龄既得罪，自是朝廷之士，皆容身保位，无复直言"；苏轼也这么看："唐开元之末，大臣守正不回者，惟张九龄一人。九龄既已忤旨罢相，明皇不闻其过，以致禄山之乱。治乱之机，岂不谨哉！"

宋人晁说之曾赋诗曰："阊阖千门万户开，三郎沉醉打球回。九龄已老韩休死，无复明朝谏疏来。"诗中的"三郎"，就是指唐玄宗李隆基。韩休死了，张九龄也已经罢相了，明天应该没有令人讨厌的谏疏呈上来了。这多好，李隆基的耳根儿多清净。

是的，张九龄已经老了。在荆州写下《立春日晨起对积雪》之时，他已经61岁了。而开元二十六年的立春日，是他在荆州度过的第一个立春日，同时，也是他生命中倒数第三个立春日。

张九龄的身体，也越来越差了。开元二十七年（739）下半年起，他就卧病在床了。此时的他，开始思念家乡韶州曲江（今广东韶关）的山山水水，开始想念始兴南山下那片打算埋骨的林泉。

开元二十八年（740）立春日过后，身体稍微好了一点，张九龄就向长安的李隆基发出了哀鸣："让我回家乡看看，为先人扫扫墓吧！"

在李隆基同意后，张九龄即刻从荆州出发，启程南返。途中经过湘中时，还有诗应答大诗人王维："知己如相忆，南湖一片风。"

当他千里跋涉，终于回到朝思暮想的家乡韶州曲江时，昔日雄姿英发的赳赳少年，虽然已位高爵显，却已变成了步履蹒跚的白发老头。

"该是叶落归根的时候了。"很难说，当时自感已经灯尽油枯的张九龄，有没有这样地暗示过自己。

五月七日，刚刚回到家乡不久的张九龄，病逝于韶州曲江私第。李隆基闻讯后，"震悼其丧，褒赠荆州大都督，谥文献"。

此后，每当宰相向李隆基推荐杰出文士的时候，他就要问上一句："风度得如九龄否？"

二

立春，是一年二十四节气之首。《二如亭群芳谱》如是解读："立，始建也。春气始而建立也。""立"是"开始"的意思，"立春"就是"春季的开始"。我国的农谚，更是充满智慧："一年之计在于春，一春之计在立春。"

立春作为节气，形成于周朝。但是在立春这一天，正式举行一系列的迎春礼仪活动，却是在东汉形成的。

立春，在张九龄所处的唐朝，那可是个大日子。立春这一天，从皇帝到老百姓，至少有"祭春""鞭春""饰春""咬春"四个仪式感很强的活动需要参加。

"祭春",主要是朝廷官方的活动,没老百姓什么事儿。《旧唐书·礼仪志》载:"武德贞观之制,神祇大享之外,每岁立春之日,祀青帝于东郊。"这,就是"祭春"。

看看,其实早有制度,唐玄宗李隆基却偏偏还要在开元二十五年(737)十月一日下达圣旨,搞个"朕当亲临"什么的。可见那个时候存在制度落实不到位的现象啊。

唐朝礼制中,强调了大中小三种祭祀的级别,"祭春"属于大祀的一种,那场面,相当浩大。

唐朝祭祀的这位"青帝",是唐人崇拜的春神,是神话中的东方大神,是守望春天的春神,也是主管农事的神。

春神,被命名为"句芒",传说是三皇五帝之一少皞的儿子,本名则叫"重"。

这位神仙被命名为"句芒"的缘由,则很有意思:春天到来之时,豆子出土的豆芽弯成"勾"形,青草出土的叶尖带"芒",因此,人们将"句(勾)芒"视为是春的象征,于是,这位神仙也由此命名。

春神身材不是太高,因为按照规矩,他的身高要象征一年的三百六十日,所以只能身高三尺六寸,换算之后,也就是1.2米左右。

除了身高以外,春神的形象是:"四方形人面""鸟身""素

服"，还有"脚踏两龙"，也就是
脚踏着两条蛇。他的岗位职责是管
理草木生长，正是因为这个重要的
岗位职责，才被尊为"春神"。

东方句芒

这位春神的来头还真不小：一
是他的鸟身，说明他是我中华民
族"玄鸟"崇拜、凤崇拜的来源之
一；二是史载春秋五霸之一秦穆
公，就曾在自家宗庙里见到了这位
神仙，这说明春神也是秦国的祖先之神，而正是秦国在后来统一
了中国。

当时，除了在京城由皇帝亲自率领，举行大型"祭春"仪式
以外，帝国各地的行政长官如刺史、县令等，也要主持举行类似
的小型"祭春"仪式，同时向百姓发放赈济，劝课农桑。

与"祭春"仪式一起举行的，还有"鞭春"。

"鞭春"这一仪式也起源于周朝，也是立春日的官方活动之
一。与"祭春"有所区别的是，这个活动虽由官方主持，但鼓励
老百姓参与。

那么，"鞭春"怎么玩儿？

你要先用泥土做一个和真牛一样大小的土牛，同时土牛的笼
头、缰绳、牛鞭什么的，要一应俱全。

需要说明的是，这个"牛鞭"，就是"鞭春"仪式所需要的

道具，即用来赶牛的鞭子。

拴牛的缰绳，则必须长达七尺二寸，象征着七十二节候。

土牛身上，还要涂上颜色。涂什么颜色，则是有规矩的，相当有讲究，不能瞎涂。大诗人杜牧的爷爷杜佑所著的《通典》，说这个涂色的规矩是"各随方色"。

啥叫"各随方色"？就是根据各州县与京城的相对方位，来确定土牛的颜色。具体来讲，东方涂成青牛，南方涂成红牛，西方涂成白牛，北方涂成黑牛。

顺便提一句，这个仪式传承到宋朝时，就把个土牛的颜色，规定得复杂无比："以岁之干色为牛首，支色为牛身，纳音色为牛腹，以立春日之干色为牛角、耳、尾，支色为牛颈，纳音色为牛蹄。"看看，牛头、牛身、牛腹颜色不同，甚至牛角、牛耳、牛尾、牛颈和牛蹄的颜色都各由天干、地支来决定。这宋朝的牛，也太牛、太花了！

道具齐活了，开始"鞭春"。

"鞭春"在"祭春"之后紧接着进行。在唐朝前期，是由主持仪式的最高首长，或皇帝或刺史或县令，拿着牛鞭，象征性地鞭打土牛三下，以催促牛儿勤劳地春耕，为老百姓创造个好收成。"鞭春"之后，再将这个土牛保存七天，以便让更多的老百姓看到，并提醒他们，该春耕了。

但到了唐朝末年，这个"鞭春"就比较野蛮和火暴了，已经不是鞭打土牛三下的问题了，而是要把土牛打成碎片，然后由在场的老百姓一哄而上，各抢一个碎块去撒到自己的田里，据说这样可以保佑自己的田地到秋天获得大丰收。老百姓争抢这土牛的碎块，又叫"抢春"。

这样的野蛮搞法，当然也有人看不惯。著有《刊误》一书的唐人李涪就是其中之一。他在书中说："今天下州郡立春日制一土牛，饰以文彩，即以采杖鞭之，既而碎之，各持其土以祈丰稔，不亦乖乎？"

唐人卢肇也是见过这种仪式的。他在《谪连州书春牛榜子》一诗中如此描述"鞭春"："阳和未解逐民忧，雪满群山对白头。不得职田饥欲死，儿侬何事打春牛。"

"鞭春"的仪式，从周朝到清朝，中华大地上一直在举行，其仪式的规矩变化较多，但其中核心的鞭打土牛的仪式，则一直传承了下来。

立春之日，还要"饰春"。所谓"饰春"，就是用与春天有关的装饰物，来营造春天到来的气氛。简单地说，就是"人戴春胜，屋挂春幡"。

颜师古曰："胜，妇人之首饰也。"春胜，就是立春这一天，女子戴在头上的象征春天来临的装饰物。这些装饰物，可以用纸、布、金、银、玉等材料制作。女子佩戴春花、春燕、春鸡、春蝶、春蛾、春杆，小孩子则佩戴春娃。当时的男子，也有在头上佩戴春胜的。

春胜，多数还是用彩纸做的。剪彩为燕，称为"春燕"；贴

羽为蝶，称为"春蝶"；缠绒为杖，称为"春杆"。

唐人曹松在《客中立春》一诗中写道："土牛呈岁稔，彩燕表年春。"上一句说到了"鞭春"的土牛，下一句的"彩燕"就是"春燕"。用绢制作成小娃娃的样子，就是"春娃"，这是小朋友们的专用春胜，家长们以此为他们祈福。还可以缝制一些小布袋，内装豆子、谷子等杂粮，挂在耕牛角上，取意"六畜兴旺、五谷丰登、平安吉祥"。

人用春胜装饰，房屋则用春幡装饰。

春幡，就是把彩纸剪成悬挂或张贴用的小彩旗，以表达人们迎春的喜悦。春幡上写的字儿，一般是"迎春""宜春""大吉"等吉利字，或是"春风得意""六合同春"等吉利话。这些春幡，可以贴在门楣之上，挂在院子花枝之上，从而使整个房屋或者庭院呈现出一派春意浓浓的迎春气象。

在立春日吃东西，叫作吃"春盘"，又叫作"咬春"。

"春盘"源于东汉崔寔在《四民月令》中关于"立春日食生菜"的记载。"春盘"，又叫"五辛盘""辛盘"。哪"五辛"？葱、蒜、韭菜、芸薹、胡荽。前三种好理解，后两种中的"芸薹"是现在的油白菜，"胡荽"就是现在的香菜。"五辛"，也是"五新"。唐人认为，立春、春天适合吃这五种刚刚生长出来的新鲜蔬菜。

中医把食物和药物的性味属性，分为辛、甘、酸、苦、咸五味。其中的辛味，具有发散、行气、行血的功能。比如麻黄、薄荷、木香、红花、花椒、苍术、肉桂等，都属于辛味食物和药物，上述的"五辛"也是。

立春之时，气候由冬入春。在这个季节转换的时节，聪明的古人选用辛味食物，以运行气血、发散邪气，对于调动身体阳气、预防流感，保证身体健康，都是有积极作用的。立春吃"春盘"的道理，就在于此。

当然，"春盘"之中，可能还不仅限于这五种新鲜蔬菜，因地域差异，蔬菜品种也会有所不同。除了这"五辛"之外，只要是立春时节有的蔬菜，都可以进入"春盘"，以便让全家人都可以尝一尝新鲜的滋味、春天的滋味。

现代　张聿光《松鹤芝鹿》

这些蔬菜怎么吃？切丝儿。杜甫在《立春》里这样写道："春日春盘细生菜，……菜传纤手送青丝。"后一句诗里的"青丝"，显然不是指女子的头发，而是指切成丝儿的绿色蔬菜。

那么，问题来了：这些切成丝儿的绿色蔬菜，是直接生吃，还是炒过之后再吃？

我认为，部分适合生吃的蔬菜还是生吃，但至少有一小部分蔬菜是炒过之后才放入"春盘"的。

那么，问题又来了：你说是炒过的，唐朝有炒菜这种烹饪手法吗？

有的。唐人刘恂《岭表录异》记录："即牡蛎也……蚝肉大者腌为炙；小者炒食。""小者炒食"，看看，唐朝人多有口福，他们都有爆炒海鲜吃！

以我本人资深厨子的经验，唐朝时海鲜既然能炒，那蔬菜当然也可以炒。

当然，"春盘"也有配各类荤菜的，可以有鱼也可以有肉，也是切丝儿或切片儿。北宋苏东坡的春盘里就有鱼肉，他在《春菜》诗里说："烂蒸香荠白鱼肥。"南宋吏部侍郎方岳留下的《春盘》诗，告诉我们他吃的春盘里有猪肉："更蒸狍压花层层"，"蒸狍"就是蒸熟的猪肉。"春盘"里的菜，要配"春饼"吃，还可以配粥。"春饼"，就是小而薄的圆形软面饼。到了开吃的时候，这些蔬菜丝儿、肉丝儿、肉片儿，你每样挑一点儿，用"春饼"一卷，就像现在北京烤鸭的吃法一样，就算是吃"春盘"了。这也叫"春到人间一卷之"。现在南方的"春卷"，亦由此而来。

"春盘"不仅自己家里做，而且从东汉以来，一直就有邻里之间互相赠送的做法，叫作"馈春盘"。

上述的"春盘"是老百姓的家常做法，皇家的春盘则另有一番富贵气象：据南宋周密在《武林旧事》中记载，当时皇宫中的春盘"翠缕红丝，金鸡玉燕，备极精巧，每盘值万钱"。

元朝耶律楚材作为高官，他所吃的"春盘"，内容也比较丰富，蔬菜品种也比较多。他也有一首《春盘》诗，告诉我们他吃的"春盘"里都有些啥："昨朝春日偶然忘，试作春盘我一尝。木案初开银线乱，砂瓶煮熟藕丝长。匀和豌豆揉葱白，细剪蒌蒿点韭黄。也与何曾同是饱，区区何必待膏粱。"原来，他是在立春后一日吃的"春盘"，有粉丝、藕丝、豌豆、葱白、蒌蒿、韭黄等。

"咬春"，还有一种说法，专指生吃萝卜。为什么要吃生萝卜？因为萝卜和"五辛"一样，也属于辛味食物，吃萝卜可通气、消食，有利于身体健康。另外，民间也有传说，吃萝卜可以解除春困。

我个人倒觉得，生吃萝卜，更有"咬春"的感觉。这可是我这个农家穷小子小时候的当家水果之一。

立春了，去吃个生萝卜，来个"咬春"仪式吧。

现代　来楚生《小品册页》

雨水

早春呈水部张十八员外二首
（其一）

天街小雨润如酥，
草色遥看近却无。
最是一年春好处，
绝胜烟柳满皇都。

　　唐长庆三年（823）早春，雨水节气前后，正在吏部侍郎任上的韩愈，叫人给自己的同事兼好友张籍送去了两首诗。这是其中的第一首。

　　天街小雨润如酥，草色遥看近却无：早春的雨水，像酥油一般滋润着长安城的街道；街道旁刚刚破土的草芽，远看一片嫩绿，近看却显得零星稀疏。

　　最是一年春好处，绝胜烟柳满皇都：早春才是长安城一年中最美好的季节，远远胜过柳色如烟笼罩全城的时候。

　　诗题中的"水部张十八员外"，指的是张籍，就是写下"还君明珠双泪垂，恨不相逢未嫁时"的那个张籍。

　　在这里，韩愈对张籍的称呼有两个。一个是"水部张员外"，一个是"张十八"。

　　张籍时任水部员外郎，也就是朝廷工部水部司的副司长，所以韩愈称他为"水部张员外"。工部水部司的职责，是"掌津济、船舻、渠梁、堤堰、沟洫、渔捕、运漕、碾硙之事"。张籍是从六品上的副司长，他的直接领导是从五品上的"水部郎中"。

　　那么，"张十八"又是什么意思？

　　这就涉及唐朝时，社会生活中人们互相之间独特的"行第"称呼了。所谓"行第"称呼，就是指同一个大家族内部的子弟，按照出生先后的排行次序来互相称呼。这是唐朝官场民间普遍流行的称呼。唐人不分亲疏贵贱，互相之间都是以"行第"称呼为时尚的。他们认为这样的称呼显得亲切。所以，称呼杜甫为"杜二"，称呼李白为"李十二"，称呼白居易为"白二十二"。也有不是"二"的，称呼钱起为"钱大"，称呼柳宗元为"柳八"，称呼元稹为"元九"，称呼王维为"王十三"，称呼李商隐为"李十六"。还有，岑参，在唐朝其实被人称作"岑二十七"，刘禹锡则被叫"刘二十八"，高适更是高达"高三十五"。厉害了！

　　张籍在同族兄弟中排行第十八，这也就是韩愈称呼他为"张十八"的原因。巧合的是，韩愈本人，也是"韩十八"，同张籍排行一样。

　　于是，一个疑问，就不可避免地出现了：有人姓王，而且排行第八，那该咋办？

　　当然直接叫"王八"啊。

　　证据在唐诗里面。原来很多唐朝诗人，都跟"王八"很熟。

白居易写有《郢州赠别王八使君》，高适写有《别王八》，李嘉祐写有《赠王八衢》，独孤及也写有《自东都还濠州奉酬王八谏议见赠》，贾至则写了两首：《岳阳楼重宴别王八员外贬长沙》和《巴陵夜别王八员外》。

到了宋朝，苏轼也认识一个"王八"："数日前履常谒告，自徐来宋相别，王八子安偕来"；刘敞也写有《阁后丛筱中自生梧桐手封殖之因作口号呈范七王八二阁老》。北宋"三孔"之一的孔平仲在《朝散集》中写下了《席上劝王八饮》。啧啧，这酒喝得，痛快！

其实，唐宋时期，"王八"只是"行第"称呼中的一种而已，与张籍的"张十八"并无区别。

明　唐寅《渔隐》（局部）

———

　　张籍"张十八"，是韩愈"韩十八"一生中最亲密的朋友，没有之一。

　　唐贞元十三年（797）十月初，为参加来年的科举考试，张籍从家乡和州北上汴州，在名句"慈母手中线，游子身上衣"作者孟郊的介绍下，拜见了时任汴州观察推官、比自己还小两岁的韩愈。

　　双"十八"一见如故，因此，一段长达二十八年的交谊，开启了。

　　《旧唐书·张籍传》概括说，张籍"以诗名当代。公卿如裴度、令狐楚，才名如白居易、元微之，皆与之游。而韩愈尤重之"。好朋友嘛，当然"尤重之"了。

　　这个"尤重之"，可是有具体内容的。别看张籍比韩愈还要大两岁，但当时韩愈已经中第，而张籍则还是没有中第的白身。韩愈对张籍"尤重之"，就从科举考试开始。

　　当时，韩愈出于对张籍才学和人品的欣赏，欣然把张籍留在自己位于汴州的城西馆中读书，让他准备来年参加科举考试。

　　在这段款留张籍读书的日子，韩愈对张籍达到了"推食食之，解衣衣之"，出则连辔、睡则同房的地步。张籍在韩愈逝后写的《祭退之》中有："为文先见草，酿熟偕共觞"，"新果及异鲑，无不相待尝"，"出则连辔驰，寝则对榻床"，"有花必同寻，有月必同望"。

张籍自己都感慨，韩愈对他，那真的是"骨肉无以当"。

第二年秋季，张籍在汴州参加地方州府的"解试"。试题是《反舌无声诗》，张籍一举考得第一，荣获"解元"称号，并且取得了从汴州解送入京参加"省试"的资格。

不负韩愈重望的张籍，果然于贞元十五年（799）二月在长安一举中第。

从此，心怀感恩的张籍，视韩愈为亦师亦友的人物。《唐摭言》载："韩文公名播天下，李翱、张籍皆升朝，籍北面师之。故愈《答崔立之书》曰：'近有李翱、张籍者，从予学文。'"

此后，韩愈对张籍的仕途发展，也是全力帮助。《旧唐书·韩愈传》载，韩愈当时对张籍，"不避寒暑，称荐于公卿间"。

元和元年（806），张籍担任太常寺太祝后，"十年不改旧官衔"。又是在时任国子监博士的韩愈推荐下，张籍才得以调任国子监助教。

元和十五年（820），韩愈又在国子监祭酒任上，专门上奏《举荐张籍状》，公开称赞他"学有师法，文多古风"，张籍才升为国子监博士，再迁为水部员外郎。

只有到这时，韩愈才能在诗题中称呼张籍为"水部张员外"。

张籍一生写给韩愈的诗，共有7首；韩愈一生写给张籍的诗，则有18首，包括《早春呈水部张十八员外二首》这两首。

这两首诗，是韩愈约张籍出去游玩时写的诗。去哪里游玩？当然是曲江。

可是这一次，张籍居然以"忙""年纪大"为由一再推托。于是，韩愈就在《早春呈水部张十八员外二首》（其二）中批评他："莫道官忙身老大，即无年少逐春心。凭君先到江头看，柳色如今深未深。"

这首诗中的"江头"，指的就是长安城南的曲江池头。

曲江位于唐都长安东南隅，是当时集皇家禁苑、贵族园林、公共游赏之地于一体的风景名胜之地。在当时，到长安不到曲江，等于白来一趟。

曲江，就是当时韩愈、张籍还有白居易三人经常在一起游玩的地方。

就在韩愈写下《早春呈水部张十八员外二首》的前一年，长庆二年（822）的春天，已是兵部侍郎的韩愈，打算同时约上张籍、白居易两人，一起去曲江游览。

结果这一次张籍来了，白居易却没来。韩愈不悦，写了《同水部张员外籍曲江春游寄白二十二舍人》，质问白居易："曲江水满花千树，有底忙时不肯来？"——您到底在忙些什么，不肯来曲江一起春游？

白居易没办法，只好写下《酬韩侍郎张博士雨后游曲江见

明 仇英《枫溪垂钓图》（局部）

寄》解释："小园新种红樱树，闲绕花行便当游。何必更随鞍马队，冲泥踏雨曲江头。"——我家小园种了红樱树，平时没事转一转就当春游了。去曲江春游的话，还要骑马，赶上下雨又是水又是泥的，何必呢？总之，我这人喜静不喜动，您见谅。

到了长庆三年（823）春天的雨水节气，韩愈干脆就不约白居易了，今年的春游，他决定只约张籍，"携手南城历旧游"了。

可没想到，这次张籍也推三阻四。韩愈这下火大了，直接批评他"即无年少逐春心"，人生这么短，此时不玩更待何时？

　　韩愈要抓紧时间出去游玩，是对的，因为，长庆三年（823）的雨水节气，距离他的生命终点，只有一年多的时间了。

　　而张籍，则是陪伴韩愈到生命最后一刻的人。

　　长庆四年（824）八月十六日，张籍约了和自己一起并称"张王乐府"、时任秘书郎的王建一起，到韩愈府中赏月，韩愈很是高兴，为之作诗《玩月喜张十八员外以王六秘书至》。

　　此后，韩愈就因病告假，一病不起。这年冬天，韩愈病笃之时，张籍一直守候在他的病床边，"门仆皆逆遣，独我到寝房"。同年十二月二日，韩愈病逝于长安靖安里府邸，年仅57岁。

　　弥留之际，韩愈以后事托付张籍："公比欲为书，遗约有修章。令我署其末，以为后事程。"两个多年好友，就此阴阳两隔。

　　韩愈未及耳顺之年就英年早逝，令人惋惜。关于韩愈早早逝去的原因，白居易曾在《思旧》一诗中提及："退之服硫黄，一病讫不痊。"作为韩愈的好友，白居易指出他早逝的原因，是因为"服硫黄"。

　　说到韩愈"服硫黄"，今天的我们，很难理解古人这样的行为：把某些金属如铅、汞、金、银，或某些矿石如钟乳石、云母、硫等，经过加热合成等手段，炼成所谓的"金石药""金丹"，然后大把大把地往自己嘴里倒。

　　古人们当然也有自己的道理：他们这是受道家

的影响，希望通过服食金丹，求得长生不老。《神农本草经》说："食石者，肥泽不老。"《抱朴子内篇》记载："五芝及饵丹砂、玉札、曾青、雄黄、雌黄、云母、太乙禹余粮，各可单服之，皆令人长生飞行。"

我们今天总说："你咋不上天呢？"原来，在古代人们认为吃金丹就可以上天、"飞行"，还可以"长生""不老"。啧啧，多诱人。

《西游记》中就有大闹天宫的孙悟空偷吃太上老君的金丹的情节："就把那葫芦都倾出来，就都吃了，如吃炒豆相似。"

从先秦开始，服食金丹等"饵药"行为，就流行起来。

在魏晋名士中，"饵药"风行一时。他们大量服食五石散，即以石钟乳、石硫黄、白石英、紫石英、赤石脂等炼成的矿石粉末。这些矿石粉末均大辛大热，服了之后毒副作用一发作，就全身发痒，身热心烦，坐卧不宁，性格暴躁，表现狂傲，必须得"寒衣、寒饮、寒食、寒卧、极寒益善"，或者"宽衣大帽，四处游逛"。

"竹林七贤"为什么都宽衣博带，还动不动就脱光衣服？为什么他们个个都放荡不羁，暴躁狂傲？原来可能是吃了五石散，病发了。

到了唐朝，"饵药"达到了鼎盛时期。一代英主唐太宗李世民，年仅五十就一命呜呼，其死因也是"饵药"。包括他在内，唐朝有史料记载的因服食金丹而送命的皇帝，至少有六个之多。

唐朝皇帝都如此"率先垂范"，所以文武百官、黎民百姓，服食者甚众，丧身殒命者也比比皆是。韩愈就是其中的一个。

韩愈"服硫黄"，见诸史料。宋代陶谷的《清异录》："昌黎公愈晚年颇亲脂粉。服食，用硫黄末搅粥饭啖鸡男，不使交，千日烹疱，名'火灵库'。公间日进一只焉。始亦见功，终致绝命。"这个记录，直白一点说就是，晚年的韩愈老爷子，为了"亲脂粉"而"服硫黄"，最终导致早逝。

二

二十四节气中，反映降水的节气一共有7个，"雨水"是第一个。往后依次是：谷雨、白露、寒露、霜降、小雪、大雪。

雨水节气，标志着我国大部分地区开始气温回升，冰雪融化。在降水形式上，表现为降雨增多，降雪渐少。

《月令七十二候集解》："正月中，天一生水。春始属木，

明　陈洪绶《竹林七贤》

然生木者必水也，故立春后继之雨水。且东风既解冻，则散而为雨矣。"

《礼记·月令》："始雨水，桃始华。"东汉经学大师郑玄注释说："汉始以雨水为二月节。"

"斗指壬为雨水，东风解冻，冰雪皆散而为水，化而为雨，故名雨水。"

春天的雨，呼唤万物苏醒，催促大地回春，孕育希望；春天的雨，或细如牛毛，或密如丝线，充满诗意。

所以，无论是在古人还是今人眼中，春雨都是珍贵的。用韩愈《早春呈水部张十八员外二首》中"天街小雨润如酥"的诗句来说，就是"春雨贵如酥"；用老百姓的话来说，就是"春雨贵如油"。

宕开一笔，"春雨贵如油"这一说法，据明人冯梦龙《古今笑史》记载，出自明朝大才子、诗人解缙。

原来，解缙在年幼时，有一次在春雨中出行，不小心摔倒，引得路人大笑。他从湿地上爬起来之后，很不爽这些笑话他的路

宋　米友仁《云山墨戏图》（局部）

人，于是随口作诗讽刺道："春雨贵如油，下得满街流。跌倒解学士，笑死一群牛。"

　　今天来看，此事在解缙，倒是真的很有可能。原因之一就是，解缙给自己取的号，正是"春雨"。

惊蛰

观田家

微雨众卉新，一雷惊蛰始。
田家几日闲，耕种从此起。
丁壮俱在野，场圃亦就理。
归来景常晏，饮犊西涧水。
饥劬不自苦，膏泽且为喜。
仓廪无宿储，徭役犹未已。
方惭不耕者，禄食出闾里。

驚蟄

辛丑春生

大约在唐兴元元年（784）的惊蛰节气前后，滁州（今安徽滁州）的田家，忙碌着开始新一年的春耕。他们在田里耕地，在菜园种菜，在西涧饮牛。

辛勤劳作的农民们，完全没有注意到，田地旁边的小径上，一直有一个人在观察他们，这个人就是时任滁州刺史的韦应物，唐诗名句"野渡无人舟自横"的作者。

身为地方官，韦应物看到农民如此辛苦，颇为感慨，提笔写下了这首《观田家》。

微雨众卉新，一雷惊蛰始：经过春天小雨的浇灌，花朵都焕然一新；一声春雷响过之后，蛰伏在土中冬眠的动物都被惊醒了。

田家几日闲，耕种从此起：惊蛰节气一到，还没过几天冬闲日子的农民，就又要开始春耕了。

明 戴进《春耕图》（局部）

丁壮俱在野，场圃亦就理：健壮的青年都到地里干活了，场圃也打理出来了。

归来景常晏，饮犊西涧水：等到他们从地里回家，经常已经很晚了，可他们还得把牛牵到西涧喝水。

饥劬不自苦，膏泽且为喜：这样又累又饿，他们自己却不叫苦，只要看到滋润作物的雨水降下，就觉得欢喜。

仓廪无宿储，徭役犹未已：就算农民们整天忙碌，家里也没有存粮，朝廷的劳役仍然没完没了。

方惭不耕者，禄食出闾里：作为从不耕种的人，我深感惭愧，自己的俸禄，就来自这些辛苦耕种的农民。

韦应物，中唐著名诗人。因为他在后来曾出任苏州刺史，所以人称"韦苏州"。

历代学者评价韦应物的诗，大多都是四个字——"冲淡平和"。特别是他那句"野渡无人舟自横"，更是将他"冲淡平和"的风格，发挥到了极致。

当然，韦应物最为世人称道的，还是像《观田家》这样的五言诗。《四库全书总目提要》评价："五言古诗源出于陶，而溶化于三谢，故真而不朴，华而不绮。"

唐朝大诗人白居易就感叹韦应物的诗才无人能及："近岁韦苏州歌行，才丽之外，颇近兴讽。其五言诗，又高雅闲淡，自成一家之体。今之秉笔者，谁能及之？"晚唐诗人司空图将韦应物与王维相提并论："王右丞、韦苏州澄澹精致，格在其中。"宋朝大才子苏轼对韦应物也甚是佩服："发纤秾于简古，寄至味于淡泊，非余子所及也。"明人王世贞在《艺苑卮言》中盛赞韦应物："韦左司平淡和雅，为元和之冠。"清人乔忆在《剑溪说诗》中惊叹道："韦诗如峨嵋天半，高无与比。"

元 钱选《草虫图》（局部）

更值得一提的是，韦应物的诗歌，或者说韦应物本人，时至今日还时时被人记起，原因之一或许在于他诗歌中一以贯之的"居官自省"的爱民思想。

作为地方官，作为朝

廷赋役的执行者，他能在《观田家》悲悯地看到这些辛苦劳作的农民"仓廪无宿储，徭役犹未已"，本就已经不容易了。但他还要进一步地对自己作为"不耕者"感到羞惭——"方惭不耕者，禄食出闾里"，这就更加难得了。

不仅如此，他还在《寄李儋元锡》中感叹"邑有流亡愧俸钱"，觉得在自己的治下还有百姓流亡，所以对不起朝廷每月发给自己的工资；在《答王郎中》中表示"政拙愧斯人"，觉得自己拙于政事，导致增加了百姓负担，所以很是羞愧。

也就是说，他的"居官自省"，不是偶尔喊喊口号，而是一以贯之的真情流露；他不是偶尔矫情，而是在自己担任地方官的生涯之中，时时处处都在自省，处处时时都在自警，提醒自己仁政，提醒自己爱民。

他的那一句"邑有流亡愧俸钱"，范仲淹赞为"仁者之言"。南宋大儒、同时也是诗人的朱熹，盛赞韦应物："唐人仕官多夸美州宅风土，此独谓身多疾病，邑有流亡，贤矣！"与朱熹类似，南宋刘克庄也从这个角度夸奖韦应物："唐诗人出牧者，多夸说军府之雄，邑产之丽，士女之盛，惟元道州《贼退示官吏》云……韦苏州《寄人》云：'身多疾病思田里，邑有流亡愧俸钱。'皆有忧民之念。"南宋的黄彻则从地方官应该树立什么样的政绩观的角度为韦应物点赞："余

谓有宦君子，当切切作此语。彼有一意供租、专事土木而视民如仇者，得无愧此诗乎？"

韦应物，是一个树立了正确政绩观的唐朝地方官。

一

按照正常的剧情，韦应物作为一个树立了正确政绩观的唐朝地方官，年少时应该也是一个上进好学、品学兼优的优秀少年。

然而，史实却恰好相反。

大约在开元二十五年（737），韦应物出身于长安京兆显赫的韦氏家族。

韦氏在唐朝，世为三辅著姓，一贯有"城南韦杜，去天尺五"的说法。这个说法中的"天"，指的是皇帝、皇权。也就是说，长安城南的韦、杜两大家族，距离皇帝、皇权的距离，也就一尺五左右。

杜甫，就出身于"城南韦杜"中的那个"杜"，而韦应物，则出身于"城南韦杜"中的那个"韦"。

虽然到了韦应物的父祖辈，家道已经式微，但他仍然在天宝九年（750）时，以门荫资格，加上"少壮肩膊齐、仪容整美"，得补"三卫郎"，成为唐玄宗李隆基的侍卫之一。

所谓"三卫"，指负责侍卫皇帝的亲卫、勋卫、翊卫。韦应物做"三卫郎"一共做了五年。

他当时的日常工作，是侍卫皇帝及嫔妃们，陪着祭祀、朝会、围猎等。

史称，"韦苏州少时以三卫郎事玄宗，豪纵不羁"。其实说"豪纵不羁"，还真的是替韦应物谦虚。他自己后来在《逢杨开府》一诗中，是这样具体描述的："少事武皇帝，无赖恃恩私。身作里中横，家藏亡命儿。朝持樗蒲局，暮窃东邻姬。司隶不敢捕，立在白玉墀"，"一字都不识，饮酒肆顽痴"。

具体来说，就是当年一个大字儿都不识的他，仗着自己是皇帝侍卫，惹是生非，他这样胡作非为，其他人也拿他没办法，根本不敢管教他。

那么，这样一个"不良少年"，是如何逆袭成为"良心父母官"的呢？

有史料说是"玄宗崩，始折节务读书"，只怕不确切。唐玄宗李隆基死于宝应元年（762）四月，当时韦应物已经25岁，已经完成学业并且进入官场。

事实上，韦应物是在不到20岁的时候开始认真读书的。他也知道，自己读书晚："读书事已晚，把笔学题诗。"

但他真正的逆袭，并不是从此时读书开始的，而是在随后爆发的"安史之乱"中开始的。

天宝十五载（756）六月，长安陷落，唐玄宗李隆基逃往蜀地。

清 恽寿平《桃花图轴》

当时身在太学的韦应物逃出长安，避居于武功宝意寺、梁州等地。

生在太平世、长在太平世的韦应物，此前从未见识过战争的残酷。"渔阳鼙鼓动地来"，不仅"惊破霓裳羽衣曲"，而且也惊破了韦应物的少年迷梦。他就像一个做梦的孩子一样，被彻底惊醒了。

他这才知道，自己多年生活的长安城，可以硝烟弥漫；自己崇拜多年的大唐皇帝，可以狼狈逃窜；国家的命运，可以由辉煌转向衰败；自己的生活，也可以由天堂跌入地狱。他后来在诗中写道："生长太平日，不知太平欢。今还洛阳中，感此方苦酸。"

正是在武功宝意寺、梁州等地逃难期间，巨大的幻灭、巨大的打击，促使韦应物不断地思考和内省，他在太学读书的基础，为他的思考和内省提供了正确的方向指引。

此时的他，已完全变成了另外一个人。《唐国史补》说他"立性高洁，鲜食寡欲，所居焚香扫地而坐"。

　　唐代宗广德元年（763）冬，韦应物为洛阳丞。正是在洛阳丞任上，他因为惩办不法军士，"两军骑士倚中贵人势，骄横为民害，应物疾之，痛绳以法。被讼。"受此挫折之后，他干脆辞官不做，闲居于洛阳同德寺。

　　此后，历任京兆府功曹、鄠县令、栎阳令、尚书比部员外郎，到建中二年（782），年已 44 岁的韦应物，出任正四品下的滁州刺史。

　　在滁州，首次出任州郡行政长官的韦应物，努力做一个合格的地方官。他"为郡访凋瘵"，走遍了辖区内的山山水水，这才有了写下《观田家》一诗的机会。

　　他惭愧自己是不耕者，生怕自己"政拙愧斯人"，于是长年累月地加班，"终朝亲簿书"，坚持简政养民，仁政爱民。在韦应物的治理下，三年之后的滁州，"州民自寡讼，养闲非政成"。

　　兴元元年（784），韦应物滁州刺史任满罢职。然后，他来到了写作《观田家》一诗的西涧，闲居了将近一年，等待朝廷新的任命。

　　韦应物一生居官，廉洁自律得让人诧异，也清贫自守得叫人心疼。

　　他生命中的最后一站，在苏州。贞元四年（788）下半年，韦应物由朝廷左司郎中出任苏州刺史。

　　他在苏州的政绩，同样得到了史书的赞扬："韦公以清德为唐人所重，天下号曰韦苏州，当贞元时为郡于此，人赖以安。"

日本 狩野山雪《长恨歌图》（局部）

贞元七年（791）韦应物任满，又没有返回长安，而是寓居苏州永定寺。"聊租二顷田，方课子弟耕"，昨天还是刺史，今天就是农民了，而且还是自己没有地，需要租地耕种的农民。

大约在第二年，"良心父母官"韦应物，就在55岁左右的年龄，告别人世，悄悄地去了。

由于史料缺乏，我们无法知道他寓居永定寺之后的具体情况，也无法知道他逝世最后时刻的具体情况。甚至，连他葬在哪里，都无法知道。我们只知道，他至少葬在了苏州人的心中。

韦应物为何在罢任之后，没有返回自己的家乡长安？当然还是因为穷。他自己在诗中写了："家贫何由往，梦想在京城。"他是梦想着回到京城家乡的，可是却没有钱回去。

其实，即使他有钱回到长安，老家也是既没人也没房。这一点，他的诗中也写了，"归无置锥地"，"家贫无旧业，薄宦各飘扬"。

他似乎一生都在租房子住，多次任满闲居，都是租房或寓居佛寺。罢洛阳丞后寓居同德精舍，罢京兆府功曹参军后寓居善福精舍，罢滁州刺史后租房闲居西涧，罢苏州刺史后寓居永定寺。

韦应物与妻子结发二十年，清贫相守，患难相依，感情深厚。不幸的是，在大历七年（777）他40岁时，妻子撒手先逝。妻子逝后，韦应物终身未再续弦。

在以后的日子里，韦应物写下了《伤逝》《往富平伤怀》《出还》《冬夜》《送终》《除日》《月夜》等19首不同形式的悼亡诗，凄恻哀婉地深情怀念，那个一生都藏在自己心里最柔软地方的佳人。

韦应物有两个女儿。妻子早逝后，他就与两个女儿相依为命。

明　周臣《春山游骑图轴》（局部）

大女儿出嫁杨家之时，韦应物可能是考虑到自己官位不显，妻子又早逝，女儿嫁后娘家无何借恃，所以在《送杨氏女》一诗中，反复叮咛女儿，要谨守妇道，善事公婆："自小阙内训，事姑贻我忧"，"孝恭遵妇道，容止顺其猷"。一面是叮咛，一面又是不舍："两别泣不休"，"别离在今晨，见尔当何秋"；回到家里一看，小女儿舍不得姐姐远嫁，一直在哭，"归来视幼女，零泪缘缨流"。

千年之后，我们再读《送杨氏女》，分明看到：一位慈爱的父亲，伫立大江边，向着远去的女儿挥手送别，慈爱满眼，热泪满眶。

他，就是韦应物。

二

"惊蛰"节气的到来，标志着仲春时节的开始。

"惊蛰"本叫"启蛰"。汉朝时，汉景帝姓刘名启，避"启"改"惊"，"惊蛰"从此定名。

《夏小正》曰："正月启蛰。"《月令七十二候集解》中说："二月节，万物出乎震，震为雷，故曰惊蛰。是蛰虫惊而出走矣。"

"仲春之月，万物出乎震，震为雷，雷乃发声，蛰虫咸动，启户始出，故曰惊蛰。"

明　杜大成《花蝶草虫册》

　　"蛰"，是"藏"的意思，"惊蛰"，是指春雷乍响，惊醒了蛰伏在土中冬眠的动物。

　　惊蛰节气最典型的节气标志，就是乍响的春雷，也就是韦应物在《观田家》中说的"一雷惊蛰始"。我国农谚中也说"惊蛰始雷，大地回春"。"惊蛰"以后，天气转暖，气温回升较快，长江流域大部分地区已可以陆续听到滚滚的春雷之声。

　　韦应物在《观田家》中还说"耕种从此起"，确乎如此。"惊蛰"既是万物苏醒、大地回春的节气，也是春耕忙碌的时节。

　　每当惊蛰春耕时节，田家虽然辛苦，但能够在绿草如茵、桃花盛开，黄鹂鸟鸣叫、布谷鸟飞来的田园风光之中耕作，也不失苦中作乐。

春分

村饮

村饮家家酿酒钱，竹枝篱外野棠边。

谷丝久倍寻常价，父老休谈少壮年。

细雨人归芳草晚，东风牛藉落花眠。

秧苗已长桑芽短，忙甚春分寒食天。

这首诗的作者，是黎简。黎简，是清朝乾嘉年间岭南著名诗人。他与黄丹书、张锦芳、吕石帆并称"岭南四家"。史称他"足不逾岭"而"名动海内"。

清乾隆四十二年（1777）春天，世称"诗书画印"四绝的大才子、"岭南四家"之一的黎简，来到顺德，拜访同为"岭南四家"的好友黄丹书。

在黄丹书的邀请下，是年31岁的黎简和当地的乡亲们一起，聚会欢饮。酒酣之后，写下了这首《村饮》。

村饮家家酿酒钱，竹枝篱外野棠边：在村口篱笆之外，竹林下，野棠边，家家户户都凑钱沽酒，欢呼聚饮。

谷丝久倍寻常价，父老休谈少壮年：酒席上，大家谈到稻谷、蚕丝的价格一直在涨。长此以往，怎么受得了？然后年长的人就开始回忆自己少壮时期的物价真是便宜，马上就被年轻人出来制止了：休谈休谈，喝酒喝酒。

细雨人归芳草晚，东风牛藉落花眠：酒席在细雨蒙蒙之中结束了，天色已晚，人们纷纷在花草芬芳之中回家了；在东风轻拂下，耕牛也枕着落花睡去了。

秧苗已长桑芽短，忙甚春分寒食天：秧苗已经种下了，正在生长，桑树才刚刚发芽，养蚕也还早，春分与寒食之间，正是乡亲们休闲的时候，忙什么忙？

黎简一生，喜欢美酒，也喜欢与乡村父老一起"村饮"。包括这次在内，他自己还曾多次参与"村饮"。

这个爱好，在他的诗中，也多有记录："村南社饮村北归，花香酒痕沾布衣"（《纨绔儿》），"昨日微醉村酒归，隔邻一树红欹斜"（《石榴花叹》），"为语花村旧风土，春来花下醉无归"（《寄药房》）。

如果黎简不曾坐在"村饮"的桌上，这首诗里"谷丝久倍寻常价，父老休谈少壮年"的席间生动细节，他是无论如何也写不出来的。

黎简一生，诗作颇多，可分为交游诗、田园诗、山水诗、题画诗等四大类。《村饮》就是他的一首田园诗。

黎简在诗歌方面的成就，得到清朝众多学者的赞许。清朝藏书家、学者王昶盛赞他为当时岭南诗人之冠；清朝文学家洪亮吉表示："余于近日诗人，独取岭南黎简及云间姚椿，以其能拔戟自成一队耳。"

《清史列传·黎简传》对其诗的评价，堪称盖棺之论："其诗由山谷入杜，而取炼于大谢，取劲于昌黎，取幽于长吉，取艳于玉溪，取僻于阆仙，取瘦于东野，锤凿锻炼，自成一家。"

黎简，又是一个著名画家，而且还是广东绘画史上第一位在本土画坛成名，继而产生全国影响的画家。后世的岭南画派，视其为先驱。

他的山水画，融入了他自身对岭南物候的感受，展现出了鲜明的岭南

清　李鱓《桃花柳燕图》

地域特色；他大胆运用苍劲淋漓的笔墨，描绘个人记忆中的岭南风景；他还将本土树种木棉画进了山水画中，创造出"碧嶂红棉"的画题。黎简以自己的创作和努力，促进了广东山水画传统的形成。

黄丹书评黎简"山水直造元四家堂奥",《顺德县志》则称"其画由倪吴直窥董巨"。黎简还在世时,画作就已出名,"一时求书画者趾相接";甚至还有人为了谋利而制作他的假画售卖,"近有赝予书画鬻于肆者,作诗自嘲",他知道后怜其生计,并未深究。

黎简去世后,据《顺德县志》,"其友孙平叔尔准总制两湖,力购其遗翰,声价一时顿增,较生时翔且十倍。到今尺缣可易饼金",其画作价格就此飙升。

在书法方面,黎简的隶书秀劲舒放,纵横跌宕,堪称一绝;在篆刻方面,他的作品淳厚苍雄,自成面目。

一

乾隆十二年(1747),黎简生于广西南宁。

黎简出身书香门第。他的曾祖父黎秉忠和祖父黎超然,都是国子监生。父亲黎晴山也是能诗的读书人,但已经改行从商,到广西南宁经营米业。所以,祖籍广东顺德的黎简,出生于广西南宁。

据黄丹书,黎简"十龄能赋诗属文,稍长博综群书,常操纸笔,独游岑洞间,遇胜处辄留题"。青少年时期的黎简,曾随父亲游览山水,西入云贵,北游湘鄂。

约 20 岁时，黎简回到家乡顺德，与同郡处士梁若谷的长女梁雪成婚，婚后四年生长女黎琼。乾隆三十六年（1771）秋，黎简又到广西省亲，侍奉生母，直到 27 岁那年才奉生母雷氏一起再回广东。

从此，黎简一生足迹，未出广东。他"足不逾岭"的说法，就由此而来。

乾隆四十一年（1776），黎简为了谋生，开始在广州西郊陈氏百尺楼授徒教学。在此前后，曾作《城西杂诗》，其中佳句传诵一时，他的诗名就此开始传播。

当时，广州著名诗人张锦芳特别欣赏黎简的诗，并引荐黄丹书给黎简认识，玉成二人成为终生挚友。这才有了第二年黎简拜访黄丹书并写下《村饮》一诗的机缘。

乾隆四十三年（1778），李调元视学广东，激赏黎简的《拟昌黎石鼎联句》诗："惊为奇绝，取置第一，补弟子员。"

乾隆五十四年（1789），关槐将黎简选拔为贡生，"关晋轩督学吾粤，先生受知，选拔为贡生"。至此，黎简获得了去北京参加考试的资格，只要考中进士之后，便可授予官职。

然而，黎简就此止步了。面对朋友们的多次劝说，无意仕进的黎简赋诗"南箕吾已不能扬，南橘生宜窜此乡"，以"南箕"和"南橘"自喻，毫不犹豫地谢绝了朋友们的好意。

清人袁洁在《蠹庄诗话》中记载了黎简参加科举考试的一则

逸事，试图揭示黎简一生无心科举仕进的原因："广东拔贡黎简民，才情骏发，狂率不羁。入乡闱时，以搜检太严，慨然曰：'未试以文，而先以不肖之心待之，吾不愿也！'遂掷笔篮而去，从此不复应试。"

此事恐怕不确切。一是据史料记载，黎简曾于乾隆三十八年（1773）在顺德应过县试，未闻掷篮而去之事；二是在科举舞弊愈演愈烈的当年，搜检太严是必须的，不能说是有辱斯文之举。若把黎简终身归隐的原因，归结于如此小事，未免太小瞧他了。

换句话说，他并非受了什么刺激而归隐的，而是本来就立志于隐，矢志于隐，从不以功名为念，甘愿过着自食其力的清贫生活，靠当塾师及卖文卖画的收入来维持生活。终其一生，黎简都是清朝中叶的盛世隐士。

但是，黎简虽然避仕，却并不避世。他的隐逸，不是那种远离尘世、离尘脱俗、不问世事、不入人间的隐逸。恰恰相反，他从未脱离社会和现实，从不逃避矛盾，从未游离于世俗之外，他一直与社会保持着密切而广泛的联系，对现实生活始终关注，对社会阴暗面有着深刻的体察，对民生疾苦更有着深刻的体味。

否则，他怎么可能写出这么多充满现实气息的诗来？

黎简颇有狂名，他自己也曾经自号"狂简"。"意稍不合，虽巨金必挥去，缘是有狂名。"他干过的最狂的一件事，应该就是拒绝与袁枚见面了。

乾隆四十九年（1784）四月，当时已有诗坛领袖之称，年届七十的袁枚由赣至粤，亲自登门求见，黎简竟然将袁枚拒之门外。更狂的是，黎简还写信直接责骂袁枚，"看其诗与人品，皆卑鄙不堪"，悍然宣布"我立行，自信与彼大径庭"，因此不与袁枚见面。

黎简与妻子梁雪情深意笃。但是梁雪体弱多病，就在黎简拒见袁枚的同年同月，于二十一日病故。黎简悲痛万分，以自己所铸"长毋相忘"铜印及所书《心经》为殉。

此后，他为妻子写下多首悼亡之作，包括《述哀一百韵》等。一首《二月十三夜梦于邕江上》写道："一度花时两梦之，一回无语一相思。相思坟上种红豆，豆熟打坟知不知?"诗中引用代表相思的"红豆"典故来悼念亡妻，别具一番缠绵悱恻、深情哀婉，也可见诗人之至情至性。

自嘉庆三年（1798）起，黎简就"气病时作"，经常卧病在床，又因家贫，"药钱常不足"。嘉庆四年（1799）十一月七日，黎简病卒，时年53岁。

二

春分，古时又称为"日中""日夜分""仲春之月"。

《月令七十二候集解》："二月中，分者半也，此当九十日之半，故谓之分。"董仲舒《春秋繁露》："至于仲春之月，阳在正东，阴在正西，谓之春分。春分者，阴阳相半也，故昼夜均而寒暑平。"

也就是说，"春分"的"分"，有两个含义：一是白天黑夜等长，平分了昼夜；二是春分正好在春季的中间，平分了春季。

春分节气，也是历朝历代的君主举行祭日典礼的日子。所以，《礼记》说"祭日于坛"，"祭日于东"。

历朝历代的祭日，在日期以及祭品方面，均略有区别。《史记·封禅书》载，汉朝时"祭日以牛"，三国时魏文帝曹丕"正月朝日于东门之外"，魏明帝曹叡则"二月丁亥，朝日于东郊"。

北周时起，春分祭日的习俗就基本固定下来了。后周"以春分朝日于国东门外，为坛，如其郊。用特牲青币，青圭有邸。皇帝乘青辂，及祀官俱青冕，执事者青弁。司徒亚献，宗伯终献。燔燎如圆丘"。隋朝开皇初年，"于国东春门外为坛，如其郊。每以春分朝日"。唐朝的朝日坛，"广四丈，高八尺"，为祭日之用。

明朝皇帝在"春分之日，祭大明之神，神西向。祭用太牢、玉，礼三献，乐七奏，舞八佾。甲、丙、戊、庚、壬年，皇帝亲祭，祭服拜跪饮福受胙。余年遣文大臣摄祭"。清朝皇帝也亲自举行祭日大典。清人潘荣陛在《帝京岁时纪胜》中有记录："春分祭日，秋分祭月，乃国之大典，士民不得擅祀。"

春分节气前后，在我国古代，还要过一个今天似乎已经消失的却传承达数千年之久的盛大节日——社日节。

社日节，源于三代，兴于秦汉，传承于魏晋南北朝，兴盛于唐宋，衰微于元明清。

社日起源于中华民族祖先对于土地的崇拜。《说文》曰，"社，地主也"，《礼记·郊特牲》曰，"社，祭土"，所以"社"就是"土神"。社日节，顾名思义是以祭祀土神活动为中心内容的节日。

周朝的社日节只有一个，时间就确定在春分节气前后的仲春之月。这个时间的选择，体现了古人的智慧：仲春之月，阳气发动，万物萌生，自然是祭祀土神的时机，符合土神的自然属性。

秦汉时期，社日节出现了两个：为适应春祈秋报的需要，形成了春社与秋社两个社日，循周礼，春祭社以祈膏雨，望五谷丰熟；秋祭社以百谷丰稔，所以报功。春社时间一般在立春后第五个戊日，即春分节气前后；秋社时间一般在立秋后第五个戊日，即秋分节气

明　陆师道《临文徵明吉祥庵图》

前后。

与此同时，出现了官社与民社的区别。官社的社祀，隆重庄严，祭品丰厚；民社的社祀，则简朴随意，常常祭祀之后拉开桌子喝酒。正如《荆楚岁时记》中的记录："社日，四邻并结综会社，牲醪，为屋于树下，先祭神，然后食其胙。"这样的民社比之规矩众多的官社，更快乐：《淮南子》说"今夫穷鄙之社也，叩盆拊瓶，相和而歌，自以为乐也"。唱起来，跳起来！

唐宋是社日节的全盛时期。老百姓在社日节这一天的欢乐，也成为唐宋社会富庶太平的标志之一。

唐宋的社日节，是一个热闹程度超越了中秋节、重阳节，全民参与的节日。妇女们来了，"今朝社日停针线，起向朱樱树下行"；小朋友们也来了，"太平处处是优场，社日儿童喜欲狂"。

然后大家一起祭神，吃社肉，喝社酒，欢声笑语，"春醪朝共饮，野老暮相夸"，"桑柘影斜春社散，家家扶得醉人归"，"村村社鼓隔溪闻，赛祀归来客半醺"。

到了黎简所在的清朝，虽然社日节已日渐消失，但似乎在春分节气前后的聚会喝酒，还是按照惯例在继续举行。这才有了黎简的这首《村饮》。

春分节气，对于古代的单身男女，称得上是一个重要的节日。《周礼》载："中春之月，令会男女。于是时也，奔者不禁。若无故而不用令者，罚之。司男女之无夫家者而会之。"

《墨子》又载："宋之有桑林，楚之有云梦也。此男女之所属而观也"，也就是说，宋国的桑林、楚国的云梦，既是当时著名的社祀之所，亦是当时著名的游乐之地。桑林云梦，野外游乐，才是度过春分节气的正确方式。

对于美食爱好者而言，春分节气前后，正是出去踏青，大吃野菜的时候。此时，香椿、槐花、榆钱、野蒜、马齿苋、野荠菜、野藜篙、蒲公英等野菜，通体嫩绿，清香扑鼻。野菜是纯天然的绿色食品，也是大自然馈赠给人类的美妙食物。当然，部分野菜还是有一点毒性的，因此我们在春分节气吃野菜，下嘴须谨慎。

清明

清明

使东川·清明日

常年寒食好风轻，
触处相随取次行。
今日清明汉江上，
一身骑马县官迎。

　　唐元和四年（809）的清明节气当天，时任监察御史、充剑南东川详覆使的大诗人元稹，正在出使东川的出差途中。

　　所谓"东川"，是指剑南东川节度使的驻地——梓州（今四川三台），辖区主要在四川盆地的东中部，大致包括现在的重庆、三台、中江、安岳、遂宁等地。

　　从头衔都可以看出来，元稹这趟出差，可是正儿八经、名副其实的"钦差大臣"。他的目的地，正是梓州；他的主要任务，就是调查泸州监军任敬仲贪污一案。

　　元稹是三月七日从长安出发的。在路上走了约十天，在清明节这天行至汉江上游时，忽然想起往年自己在这个时候正优哉游哉地春游，可今年却在途中风尘仆仆地赶路，这个差别，也太大了。

于是，他提笔写下了这首《使东川·清明日》。

常年寒食好风轻，触处相随取次行：往年寒食节气的时候，在微风的吹拂下，到处都有我们形影相随，一个挨一个外出游玩的景象。

元稹此诗，还有一条自注："行至汉上，忆与乐天、知退、杓直、拒非、顺之辈同游。"

其中的"乐天"，就是他最好的朋友白居易，"知退"就是白居易的弟弟白行简，"杓直"是李建，"拒非"是李复礼，"顺之"是庾敬休。元稹这两句诗，是回忆当年六人一起在寒食节出去玩、春游的情况。

今日清明汉江上，一身骑马县官迎：今年清明日，只剩下我一个人出使东川，接受县官们的迎接。

《使东川·清明日》，是元稹这次出差途中所写的诗集《东川卷》中的一首。关于这本诗集，元稹自己写有《使东川并序》，细说来由："元和四年三月七日，予以监察御史使东川，往来鞍马间，赋诗凡三十二章。秘书省校书郎白行简为予手写为《东川卷》。今所录者，但七言绝句、长句耳，起《骆口驿》，尽《望驿台》，二十二首云。"

元稹本写了32首诗，白行简选出其中22首，帮元稹编辑成了一本诗集——《东川卷》。

一

写下这首《使东川·清明日》的时候，元稹正处于一生中最骄傲的时刻之一。

他是元和四年（809）二月，丁母忧服除之后，授官为监察御史的。在唐朝，这是一个负责"分察百僚，巡按郡县，纠视刑狱，肃整朝仪"（《六典》）的官儿。虽然级别不算高，可是权力并不小："御史为风霜之任，弹纠不法，百僚震恐，官之雄峻，莫之比焉。"（《通典》）

长安距离梓州，有六七百千米的路程。在当时的交通条件下，元稹即使走驿道前往，也是颇为辛苦的。因此，元稹这趟出差，长安的朋友们还是很牵挂他的。

谁是最牵挂元稹的人呢？当然是白居易。所谓"元行千里白担忧"嘛，与此同时，"元在千里牵挂白"啊。元白二人，就这样你担忧我、我牵挂你，于是就发生了下面神奇的一幕：

三月二十一日，梁州汉川驿。出差的元稹，在此写下《使东川·梁州梦》诗："梦君同绕曲江头，也向慈恩院院游。亭吏呼人排去马，所惊身在古梁州。"并且注释说："是夜宿汉川驿，梦与杓直、乐天同游曲江，兼入慈恩寺诸院。"

三月二十一日，长安。没有出差的李建、白居易、白行简三人，真的在游曲江，还真的去了慈恩寺！这天晚上，三人在一起喝酒，喝着喝着，白居易忽然停杯不饮，说："今天元稹应该到达梁州了"，并挥笔写下"忽忆故人天际去，计程今日到梁州"！

为了时任泸州监军的任敬仲而出差千里，在元稹的心中，是颇不以为然的。所以他在《使东川·百牢关》里自嘲"自笑只缘任敬仲，等闲身度百牢关"，并且加注释说："奉使推小吏任敬仲"。

在查处任敬仲的同时，拔出萝卜带出泥，元稹发现了原剑南东川节度使严砺的贪污线索。在元稹的穷追猛打之下，最终发现了严砺的如下贪污事实："严砺擅籍没管内将士、官吏、百姓及前资寄住涂山甫等八十八户，庄宅共一百二十二所，奴婢共二十七人"，"严砺又于管内诸州，元和二年两税钱外，加配百姓草共四十一万四千八百六十七束，每束重一十一斤"，"严砺又于梓、遂两州，元和二年两税外，加征钱共七千贯文，米共五千石"。

更叫人触目惊心的是，不仅原剑南东川节度使严砺本人涉案，严砺的多位部下，如支度副使崔廷、观察判官卢诩、摄节度判官裴俐也涉案。严砺下属12个州的刺史，遂州刺史柳蒙、绵州刺史陶锽、剑州刺史崔实成、普州刺史李怘、合州刺史张平、渝州刺史邵膺、荣州刺史陈当、泸州刺史刘文冀等8人涉案，资州、简州、陵州、龙州等4州刺史也涉案。

元稹意识到，这是一起自从大唐建立以来罕见的腐败案。该案牵涉范围之广、涉案官员级别之高、贪污数额之大、百姓受害之深，都为生平所罕见。

元稹在把案情全部调查清楚之后，写下了著名的《弹奏剑南东川节度使状》，要求皇帝严肃查处此案。

此案首犯原剑南东川节度使严砺在元稹到达梓州之前，就病死了，但元稹要求对其进行终生追责，"谥以丑名，削其褒赠"。其余涉案的各州刺史，则分别受到了贬官、降级、罚款的处分，比如泸州刺史刘文翼贬崖州澄迈县尉，荣州刺史陈当贬罗州吴川县尉。

元稹这次在剑南东川查处腐败案，特别是发还了老百姓被贪官们非法占有的钱物，为自己赢得了巨大声誉，人称"名动三川"。并且，"三川人慕之，其后多以公姓字名其子"。估计一时之间，剑南东川出现了很多名叫"稹"或名叫"微之"的幼儿。

元　钱选《蹴鞠图》

二

"清明"一词作为节气，最早见于我国古籍，是在《逸周书》中。《逸周书·周月解》载："应春三月中气，惊蛰、春分、清明"；《逸周书·时训解》又载："清明之日，桐始华。"

《淮南子》载："春分后十五日，斗指乙，则清明风至。"《国语》解释说："时有八风，历独指清明风为三月节，此风属巽故也。万物齐乎巽，物至此时皆以洁齐而清明矣。"《岁时百问》则说："万物生长此时，皆清洁而明净。故谓之清明。"

简言之，"清明"二字，就是清洁明净之意，也就是天清地明。

清明节气一到，气温大幅升高，正是春耕春种的大好时节，故有"清明前后，种瓜点豆"之说。

在二十四节气之中，既是节气又是节日的，只有清明。

明人刘侗、于奕正的《帝京景物略》记录了明朝的清明节是如何度过的：

"三月清明日，男女扫墓，担提尊榼，轿马后挂楮锭，粲粲然满道也。拜者、酹者、哭者、为墓除草添土者，焚楮锭次，以纸钱置坟头。望中无纸钱，则孤坟矣。哭罢，不归也，趋芳树，择园圃，列坐尽醉。"

基本上，已经等同于我们今天过清明节熟悉的"扫墓+踏青+宴饮"模式。换句话说，明朝人过的，已是清明节日，而非清明

节气。

所谓节气，只是物候变化、时令顺序的标志；所谓节日，则包含着一定的风俗活动或纪念意义。两者的区别，是显而易见的。

那么，问题来了："清明"是在什么时间、用什么方式，从二十四节气中脱颖而出，由节气变身节日的？

史料表明，在唐朝之前，"清明"一直作为二十四节气中的一个而存在着，起着指导农业生产的作用；就是在唐朝以后，才与上巳节、寒食节互相融合，从而形成了一个全新的清明节。

至于具体的融合过程和变身方式嘛，则相对复杂一些，先列个公式吧：

清明节＝上巳节＋寒食节＋清明节气

先别晕，我慢慢讲，一个一个讲，你就懂了。

先说上巳节。

上巳节，即三月上旬的第一个巳日。这个节日最早形成于周朝及春秋时期，一般认为最早见于文字是在《后汉书·礼仪志》。上巳节的主要内容是水边祓禊，所谓"祓禊"就是到水中洗个澡，以祓除过去一年中的污渍与秽气。

秦汉时期的上巳节，除了上述"祓禊"节俗外，朝廷还经常举行盛大宴会；到了魏晋时期，上巳节已固定于每年的三月初三，节俗则增加了野外踏青、走马骑射、曲水流觞、饮宴吟咏等。

"天下第一行书"《兰亭集序》，就是诞生于上巳节。当时是东晋永和九年（353）的上巳节，王羲之与谢安、孙绰等一起过节，所以《兰亭集序》中提到了"修禊""流觞曲水""一觞一咏"等上巳节的节日习俗。

《荆楚岁时记》也记载："三月三日，四民并出江渚池沼间。临清流，为流杯曲水之饮。"

上巳节在唐朝达到鼎盛，其节日习俗也已以踏青游玩、临水宴饮等娱乐内容为主。

唐德宗李适曾于贞元四年（788）九月专门下旨，钦准放假游玩："比者卿士内外，左右朕躬，朝夕公门，勤劳庶务。今方隅无事，烝庶小康，其正月晦日、三月三日、九月九日三节日，宜任文武百僚选胜地追赏为乐。"

唐朝皇帝还会在长安曲江举行节日宴会，宴请文武百官，白居易就曾参加过上巳节宴会，留下了《上巳日恩赐曲江宴会即事》一诗。

从宋朝起，上巳节就开始衰弱了，但是上巳节踏青、宴饮的节日习俗却留下了。

再说寒食节。

寒食节，一般是指冬至后的一百零五日，所以又称为"百五节"或"一百五"。

宋　戴进《春游晚归图》

寒食节的起源，至今有两种说法：一是寒食节起源于周朝的"改火"之制；二是寒食节起源于纪念春秋时的介子推。

所谓"改火"，是在我国古代普遍流行的一个非常古老的习俗。为什么已经有了火之后，还要"灭旧火、生新火"地"改火"？

具体原因，《隋书·王劭传》说得清楚："臣谨案《周官》，四时变火，以救时疾。明火不数变，时疾必兴。"古人相信，多年使用的旧火如果不灭掉更新，必然会引发瘟疫等疾病。

怎么"改火"呢？何晏集解引《周书·月令》有更火之文。春取榆柳之火，夏取枣杏之火，季夏取桑柘之火，秋取柞楢之火，冬取槐檀之火。一年之中，钻火各异木，故曰改火也。

唐朝没有搞这么复杂，而是将"改火"的普遍原理跟本朝的具体实际相结合，规定寒食清明之时"改火"，一年一次，大家方便。

"灭旧火"，就只能吃冷的熟食，这就有了寒食节；"生新火"，就是清明日。据《辇下岁时记》载："至清明，尚食内园官小儿于殿前钻火，先得火者进上，赐绢三匹，金碗一口。"然后，皇帝将这从"榆柳"之上钻木取火而得到的新火，赐给大臣们，谓之"赐新火"。白居易有《清明谢赐火状》，谢观有《清明日恩赐百官新火赋》，史延、韩浚、郑辕、王濯等人更是留下了多首以《清明日赐百僚新火》为题的诗。

除了"改火"之外，唐朝寒食节的节俗，还增加了一项重要内容：扫墓祭祖。

从唐玄宗李隆基开元二十年（732）的敕旨来看，寒食节扫墓祭祖，原本兴起于民间，由此开始得到了官方承认："寒食上墓，礼经无文。近世相传，浸以成俗。士庶有不合庙享，何以用展孝思？宜许上墓拜扫，申礼于茔，南门外奠祭，撤馔讫泣辞，食馔任于他处，不得作乐。仍编入五礼，永为常式。"

官方不仅承认，还专门放了假，让大家有时间去扫墓祭祖。据《唐会要》，开元二十四年二月十一日敕："寒食、清明，四日为假。"大历十三年二月十五日敕："自今已后，寒食通清明休假五日。"贞元六年三月九日敕："寒食清明，宜准元日节，前后各给三日。"假期给得越来越长了。

最后说清明节气。

清明节气，每年的日期是固定的。这一点非常重要，奠定了清明节气统一上巳节和寒食节的基础。

在唐朝，清明节气不仅是一个反映气候变化的时序标记，不仅是一个指导农事活动的经验坐标，而是正式地成为一个节日。

五代时期王仁裕的《开元天宝遗事》记载了清明时节长安人出游的场景："长安士女游春野步，遇名花则设席藉草，以红裙递相插挂，以为宴幄"；唐人陈鸿祖写的《东城父老传》也记载："清明新进士开宴，集于曲江亭。既撤馔，则移乐泛舟，又有灯阁打球之会。"

元稹的这首《使东川·清明日》回忆的也是自己在长安时跟白居易等人一起"触处相随取次行",出去游玩的情形。总之,唐人在清明节气,就是游玩吃喝。

据《唐会要》,到了唐朝大历十二年(777)二月十五日,朝廷颁布敕令:"自今以后,寒食同清明。"这是官方明文规定,寒食与清明要融合发展了。

在唐诗中,也可以找到大量上巳、寒食、清明三者互相融合的证据。

上巳与寒食,两两融合:沈佺期有《和上巳连寒食有怀京洛》;孟浩然有"卜洛成周地,浮杯上巳筵。斗鸡寒食下,走马射堂前"。

上巳与清明,两两融合:独孤良弼有《上巳接清明游宴》:"上巳欢初罢,清明赏又追。"

寒食与清明,两两融合:元稹这首《使东川·清明日》有"常年寒食好风轻……今日清明汉江上";白居易有《寒食野望吟》:"乌啼鹊噪昏乔木,清明寒食谁家哭。"

最后举一个上巳、寒食、清明三者融合的例子:王维有《寒食城东即事》:"少年分日作遨游,不用清明兼上巳。"

三者融合的过程中,清明节气日期固定而且唯一的特点,成就了以清明融合上巳、寒食的趋势。我想道理很简单:上巳节在三月的第一个巳日,不好记;寒食节在冬至后的一百零五日,也不好记。而要成为全国大众都喜闻乐见的大型节日,日期必须固定且唯一，这样才好记，这样才好每年过节。

还是回到前面那个公式吧：清明节=上巳节（踏青宴饮）+寒食节（扫墓祭祖）+清明节气（固定日期）。

正因为清明具备了节气、节日两种身份，吸纳了上巳、寒食两个节日的习俗，所以从唐朝开始，清明就兼具了扫墓祭祖的肃穆和踏青宴饮的欢乐这两种截然不同的情感氛围。

换句话说，清明节时，在扫墓祭祖活动中，该肃穆要肃穆，该哭就哭；在踏青宴饮活动中，该欢乐就欢乐，该笑就笑。

但是这个度，从唐朝开始，就有人没有把握好。据《唐会要》记载，唐朝就有人在扫墓祭祖时，一点悲伤肃穆的表情都没有，极不严肃，招致批评："寒食上墓，复为欢乐，坐对松槚，曾无戚容。"

为此，唐朝官方曾多次要求大家在扫墓祭祖时严肃点儿。唐玄宗李隆基就曾特地于开元二十九年（741）下敕规定："寒食上墓，便为燕乐者，见任官与不考前资，殿三年。白身人决一顿。"

是的，该处分就处分，看你还能不能做好情绪管理?

谷雨

谷雨

观采茶作歌

前日采茶我不喜，率缘供览官经理。

今日采茶我爱观，吴民生计勤自然。

云栖取近跋山路，都非吏备清跸处。

无事回避出采茶，相将男妇实劳劬。

嫩荚新芽细拨挑，趁忙谷雨临明朝。

雨前价贵雨后贱，民艰触目陈鸣镳。

由来贵诚不贵伪，嗟哉老幼赴时意。

敝衣粝食曾不敷，龙团凤饼真无味。

乾隆二十二年（1757）谷雨节气之前，第二次南巡的乾隆来到杭州，在云栖寺一带，观看茶农采茶、制茶的过程，并作《观采茶作歌》诗一首。

前日采茶我不喜，率缘供览官经理：前些天观看采茶，朕并不高兴，因为那都是官员们安排好了给朕看的。

今日采茶我爱观，吴民生计勤自然：今天采茶，朕就很爱看，因为能够看到当地茶农的真实生活情况。

云栖取近跋山路，都非吏备清跸处：这次朕特地走了一条云栖地区的山路，避开了那些肃静回避、戒严警跸的地方。

无事回避出采茶，相将男妇实劳劬：这样朕才能看到，茶农们无须回避只顾采茶，男男女女的茶农都很辛苦。

嫩荚新芽细拨挑，趁忙谷雨临明朝：他们要赶在谷雨节气之前，仔细采摘鲜嫩的茶叶。

雨前价贵雨后贱，民艰触目陈鸣镳：雨前茶价格贵，雨后茶价格便宜；茶农们生活艰难的真实情况，朕驻马在此看到之后，触目惊心。

由来贵诚不贵伪，嗟哉老幼赴时意：从来就是以诚实为贵，以作伪为耻；朕不禁感叹这些茶农比那些官员还要深知这一点。

敝衣粝食曾不敷，龙团凤饼真无味：看到茶农们如此辛苦还只能破衣粗食，朕就是喝着"龙团凤饼"这样的顶级贡茶，都感觉没有味道啊。

作为封建王朝的皇帝，乾隆能写出最后这两句诗，相当不容易。

最后一句诗的"龙团凤饼"，乾隆用以指代贡茶。其实作为皇帝，他的贡茶品种很多，不限于"龙团凤饼"这一种。当时已有安徽、江苏、浙江、江西、湖北、云南、贵州、四川、陕西等地，给这位皇帝进贡茶叶。

乾隆这里提到的"龙团凤饼"，起源于北宋，历来就是奢华贡茶、顶级贡茶的代名词。虽然乾隆诗里说的是龙井茶，但是"龙团凤饼"并非指的是产于浙江的龙井茶，而是代表着产于福建建州的"北苑茶"。

北宋年间，"龙团凤饼"的珍贵程度，欧阳修的《归田录》中有记录，可以证明："茶之品莫贵于龙凤，谓之团茶……其品绝精，谓之小团，凡二十饼重一斤，其价值金二两，然金可有而茶不可得。每因南郊、致斋，中书、枢密院各赐一饼，四人分之。宫人往往镂金花其上，盖其贵重如此。"

乾隆在此时此地，眼中看到的是浙江的龙井茶，笔下写出的却是珍贵的福建"龙团凤饼"，体现了皇家生活的痕迹。

清朝浙江的贡茶，除了龙井茶之外，还包括黄茶、顾渚茶、日铸茶和雁山茶。而"龙井"与"茶"，这两个词第一次联系在一起，源自元朝著名学者、诗人、"元诗四家"之一的虞集。

虞集写过一首《次邓文原游龙井》，叙述了自己一行人享受用龙井的好水，"烹煎黄金芽，不取谷雨后"的品茶过程。他虽未命名"龙井茶"，但写出了关于"龙井"与"茶"最早的诗篇。

明朝时，"龙井茶"就已定名，并且进入茶书及茶诗之中。明朝官至陕西巡抚的书法家于若瀛，就曾写过《龙井茶歌》。还有多位明朝诗人留下了关于龙井茶的诗篇。

到了清朝，乾隆成为龙井茶的"铁杆粉丝"，这同一诗题的《观采茶作歌》，他就作了两首。

第一首《观采茶作歌》作于乾隆十六年（1751）的谷雨节气之前，第一次南巡

之时。前文所述是第二首，作于第二次南巡之时。

—

第二次南巡，乾隆正月十一日从北京出发，渡黄河至天妃闸，阅木龙；抵苏州后，和皇太后临视织造机房；在杭州阅水操；回銮时绕道江宁，祭明太祖陵；然后经运河北上，阅视徐州、荆山桥、韩庄闸等处河工；北上至曲阜，祭奠孔子；四月二十六日回到圆明园。历时一百零五天。

乾隆后来在《御制南巡记》中说："予临御五十年，凡举二大事，一曰西师，一曰南巡。"可见南巡这事儿在乾隆心目中的重要程度。

公平地说，乾隆南巡还是干了几件正经事儿的。

查看河工，治理水患，是乾隆南巡的第一目的。他自己说，"南巡之事，莫大于河工"。为了深入了解黄河水患的关键工程，他的前五次南巡，都亲至清口、高家堰等地查看。只有最后一次南巡因年事已高，未能亲临现场。

第二次南巡时，乾隆还专程前往徐州，规划黄河徐州段的修堤防汛事宜；当时，他先命大臣前往勘察，随后又亲临现场查看。

对于徐州城已有石堤，他下令"应加帮以培其势"；对于土堤，则下令"应接筑以重其防"。此后的第三次、第四次南巡，乾隆又两次前来徐州黄河段，命令将添筑的石堤全部加高至17层，加长至70余里。

"河湖要工，所关尤巨，一切应浚应筑，奏牍批答，自不如亲临相度。"亲临现场，总胜于纸上谈兵，乾隆的这一见解，无疑是高明的。

在浙江，定策修筑海塘，也是乾隆南巡的又一个重大成果。

海塘历来就有柴塘、石塘的争议。从名称就可以看出，柴塘是用柴和土修筑，花费较少，但防汛能力差；石塘则是用条石修筑，花费巨大，又需征用民田，但一劳永逸。

乾隆于二十七年（1762）亲临海宁，了解实际情况后，决定采取"前期改进柴塘，后期逐步增修石塘"的办法进行海塘建设。乾隆面对这一争议已久的棘手问题，最后采取的这一办法，既不轻易征用民田，又不鲁莽上马大工程，切实发挥保护江南富庶之区的作用，非常

清 石涛《烟树涨村图》

务实，也非常内行。清史学家孟森为此称赞乾隆"持之二十余年不懈，竟于一朝亲告成功。享国之久，谋国之勤，此皆清世帝王可光史册之事"。

当然，乾隆六下江南，也有"艳羡江南，乘兴南游"的因素。这点无须否认，也不必否认。

事实上，他的每一次南巡，都相当于我们现在的"自驾游"，当然，是"顶级奢华自驾游"。

他自带交通工具：如走陆路骑马，上驷院御马二十匹就带在身边；如走水路坐船，仅供他使用的御舟就有安福舫、翔凤艇等五艘。御舟由掌管漕粮收贮的仓场衙门监造、保管，极尽奢华。杭州西湖等地，则由地方官另行置备御舟。

大臣每人给马五匹，章京侍卫官员每人给马三匹，护军、紧要执事人员每人给马两匹，太监等二人三马或一人一马，如此共需动用马五六千匹。还需要雇用骡马车四百辆，动用骆驼七八百只，以驮载扎营使用的黄布城、蒙古包及茶膳房用具等。

大臣的乘船，按品级每人配备两艘或一艘，或者两人一艘。每次需要征用船只四五百艘。

每天陆路约走五六十里，水路约走八九十里。经过的道路，皆泼水清尘，石桥石道皆用黄土铺垫，水路码头则铺棕毯；有的水陆路，还专门修有副路、副河、副桥，供办差人员和运送物资使用。

他自带顶级厨子和食材：茶房所需生产牛奶的乳牛几十头，膳房所需用于制肉的羊上千头、牛几百头，均提前从北京运至沿途各地，以备使用。

每天由北京或地方，供应冰块和泉水：在直隶用玉泉山泉水，在山东用济南珍珠泉水，在江苏用镇江金山泉水，在浙江用杭州虎跑泉水。

乾隆三十年（1765）某日的午膳，正在第四次南巡的乾隆，吃了这些菜：莲子火熏鸭子、火熏葱椒肘子、肥鸡脍豆腐、蒸肥鸡晾狍肉攒盘、荤素包子、枣尔糕老米面糕、象眼棋饼小馒首、总督尹继善进江米酿鸭子、燕窝炖白菜、鸡丝葫芦条、酒炖肉、春笋爆炒鸡、家常饼、银葵花盒小菜、银碟小菜、花椒酱、粳米膳、野鸭汤。

他自带一级警卫：銮驾启动前，早有行在兵部官员和地方大员，先行到所过州县城内稽查清道；巡幸的船队行进时，岸上也有官员骑马沿河行走，以备随时差遣；御舟用拉纤河兵三千多人，分六班轮值；沿岸的支港河汊、桥头村口，都安设围站，派有兵丁守护，以防意外。

他自带微型政府：南巡之时，御前大臣、领侍卫内大臣随侍，批本奏事处、军机处、侍卫处、内阁兵部官员等也跟随。同时，兵部在沿途设站，备有快马驰送奏章，防止皇帝与官员失去联系。

他还自建五星级宾馆：南巡途中历年陆续兴建行宫三十处，行

明　文徵明《谷雨品茶图》

宫由官员管理；在没有建行宫的地方，就搭黄布城和蒙古包住宿；每隔二三十里设尖营，作为临时停跸的地方；在御舟住宿时，水上搭黄布水城，并备有四方帐房，遇有风浪或居住不便时可上岸住宿。

随从人员的住宿，每到一地就征用四五百间民房，按品级居住。

他的行程安排丰富：每到一地，就有人进呈方舆图说、古迹单，还附有历史沿革、地理位置、人文风俗、古人题咏、本朝事迹的详细说明。基本上，比我们现在的旅行社还要专业。

除了巡视河工、阅兵等公务行程之外，当然还安排了游览西湖等著名景点的私人行程。

其实，土豪而且任性的乾隆，自己也知道这样的"顶级奢华自驾游"花钱多，总得有个停止的时候。所以第六次南巡结束时，七十五岁的乾隆恋恋不舍地写诗表示："六度南巡止，他年梦寐游。"

后来，乾隆当了太上皇以后，终于对自己的"顶级奢华自驾游"表示了忏悔。据《清史稿·吴熊光传》记载："熊光叩头曰……臣从前侍皇上谒太上皇帝，蒙谕'朕临御六十年，并无失德。惟六次南巡，劳民伤财，作无益害有益。将来皇帝如南巡，而汝不阻止，必无以对朕。'"

二

谷雨，是春季的最后一个节气。谷雨谷雨，"雨生百谷"也。

《月令七十二候集解》："三月中，自雨水后，土膏脉动，今又雨其谷于水也……盖谷以此时播种，自下而上也。"

《二如亭群芳谱》载："谷雨，谷得雨而生也。"《通纬》："清明后十五日，斗指辰，为谷雨，三月中，言雨生百谷，清净明洁也。"

谷雨节气，也是国色天香的牡丹花盛开的时节。所以，牡丹花又叫"谷雨花"。

关于牡丹，最早的文字记载见于东汉。古人对牡丹的最初认识，是它的药用价值，《花谱》记载："丹州、延州以西及褒斜道中最多，与荆棘无异，土人取以为薪，其根入药为妙。"

隋唐时期，牡丹正式成为观赏植物。据《隋志·素问》中的"清明次五日，牡丹华"，可知隋朝已有关于牡丹种植的记载。

中唐人李肇，在《唐国史补》里如此记录与唐朝牡丹有关的逸事："京城贵游，尚牡丹三十余年矣。每春暮，车马若狂，以不耽玩为耻。执金吾铺官围外寺观，种以求利，一本有值数万者。"

白居易的《买花》诗也说"一丛深色花，十户中人赋"，那时的一丛牡丹花，价格竟然与十家中等户一年的赋税等值，这也太夸张了。

北宋时期，大文人欧阳修非常喜欢"名花而甲于天下"的洛阳牡丹，写了一篇《洛阳牡丹记》。牡丹花中的著名品种"魏紫""姚黄"，就由欧阳修此文而命名。

谷雨时节，除了"谷雨花"，还有"谷雨茶"。

清明节气到谷雨节气之间，所采摘的新茶，叫作"谷雨茶"，是一年中茶之佳品。

明朝人，最重"谷雨茶"。屠隆在《茶说》中说，"采茶不必太细，细则芽初萌而味欠足；不必太青，青则茶已老而味欠嫩。须在谷雨前后，觅成梗带叶、微绿色而团且厚者为上"。

许次纾的《茶疏》指出："清明太早，立夏太迟，谷雨前后，其时适中。"张源的《茶录》进一步细分："采茶之候，贵及其时。太早则味不全，迟则神散。以谷雨前五日为上，后五日次之，再五日又次之。"

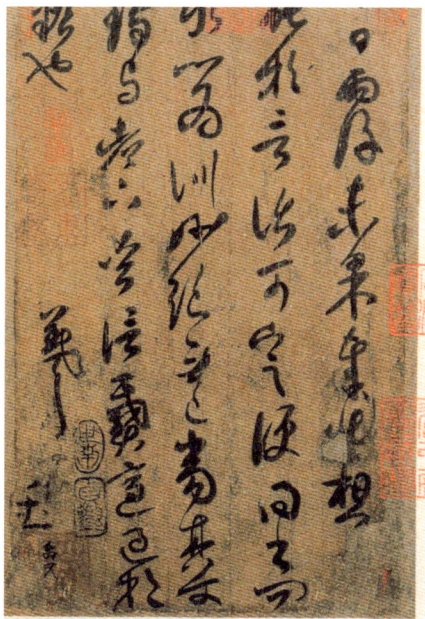

东晋　王羲之《雨后帖》

　　为什么唐宋重"明前茶",而明清至今则重"谷雨茶"?

　　这恐怕与不同时代的不同饮茶方式有关。唐朝流行煎茶,要把碾成细末的茶粉煎煮之后,连茶粉一起喝掉;宋朝流行点茶,也要把茶叶碾成细末,不同的是,茶粉放入碗中,用开水冲了之后,连茶粉一起喝掉。乾隆这首诗中提到的北宋"龙团凤饼",当时能够上升为顶级奢侈品,也与宋人的这种饮茶方式有关。

　　唐宋这两种饮茶方式,规避了"明前茶"茶味较淡的特点;反而,如果用茶味较浓的"谷雨茶",喝掉茶粉时就会觉得苦涩。所以,唐宋重"明前茶"。

　　到了明朝,人们的饮茶方式,已跟我们今天一样。今天这种只饮茶汤不吃茶叶的方式,当然会觉得"明前茶"味道偏淡,而"谷雨茶"就恰到好处了。

　　谷雨节气到了,赶紧去品品"谷雨茶",看看"谷雨花"吧。

立夏

立夏

赤帜插城扉，东君整驾归。

泥新巢燕闹，花尽蜜蜂稀。

槐柳阴初密，帘栊暑尚微。

日斜汤沐罢，熟练试单衣。

这是南宋开禧二年（1206）夏天，著名爱国诗人陆游在自己的家乡越州山阴（今浙江绍兴），写下的一首关于立夏节气的五言诗。

赤帜插城扉，东君整驾归：当城门插上红色旗帜的时候，春天就结束了，身为春神的东君，也是时候备好车马，要启程归去了。

"东君"，又称"青帝""句芒"。在关于立春的文章中，我们已经了解过这位春神。

陆游这第一句诗的意思是说，因为立夏标志着春天结束，所以到了立夏这天，主管春天的春神"东君"，就要脚踏两条蛇，回到自己的住地去了。要等到明年春天，他才会再次降临人间。

泥新巢燕闹，花尽蜜蜂稀：燕子衔来新泥垒积成巢，叽叽喳喳地叫着；春尽花落，蜜蜂也变得稀少了起来。

槐柳阴初密，帘栊暑尚微：炎热的夏日在槐树和柳树之间，留下了日渐浓郁稠密的树荫，只有少量的暑气才能够通过窗帘进入室内，让人感受到夏天的气息。

日斜汤沐罢，熟练试单衣：日落之时，诗人沐浴完毕，换上了夏日的单薄衣服，准备迎接即将到来的炎夏。

写下这首《立夏》时，陆游已82岁高龄。

一

从整首诗来看，陆游写《立夏》时的心情，那是相当不错。

在日落的时候沐浴，然后换上新做的夏日单衣。从陆游的这分从容和这分闲适，我们可以看到，咱们老爷子呀，今儿个真高兴。

老爷子当然有理由高兴：盼了一辈子的北伐，终于开始了！

换句话说，在这一年北伐开始时，陆游以为，自己盼了一辈子的"王师北定中原日"，完全可以在生前看到，而不必等到他死后，再由儿子"家祭无忘告乃翁"了。

让陆游在生命倒计时的日子里，还深感高兴和鼓舞的，就是南宋史上备受争议的"开禧北伐"。

陆游一生，总共经历了南宋王朝的三次北伐。

第一次是岳飞主持的"绍兴北伐"。

宋室南渡以后，北伐夺回中原、洗雪靖康之耻的呼声，从未断绝。南宋朝廷的第一次正式北伐，是在公元1140年，由著名的岳飞主持的"绍兴北伐"。众所周知，这次北伐由于投降派秦桧的阻挠，在捷报频传、形势大好的情况下，功败垂成，痛失好局。

"绍兴北伐"之时，陆游还小，还只是个旁观者，最多算个在旁边围观的吃瓜群众，还轮不到他一个毛头小子出面来支持抗金名将岳飞。

第二次是张浚主持的"隆兴北伐"。

陆游热情支持、深度参与了"隆兴北伐"。不仅仅因为他与"隆兴北伐"的主持者、"右丞相督视江淮兵马"张浚颇有"世谊"，还因为他当时已经40岁，正当壮年，而且已经就任镇江府通判，是朝廷命官，理应为北伐大业做出贡献。

陆游力说张浚用兵，颇思对恢复大业有所献替，然而不久，北伐失败，张浚病死，陆游也被朝廷追究主战责任，免职回乡闲居。

"隆兴北伐"失败以后，宋金双方达成了"隆兴和议"。从那以后，宋金之间已有40年未见刀兵了。

"绍兴北伐"时，陆游还小；"隆兴北伐"时，陆游又时运不济，一番辛苦付之东流，丢官闲居；这一次，陆游终于在自己的垂暮之年，迎来了新一次的"开禧北

伐"，他能不高兴吗？

可是，对于陆游而言，兆头不妙的是，"开禧北伐"的实际主持者是韩侂胄。这是一个被写入了《宋史·奸臣传》的人物，他和万俟卨、丁大全、贾似道这样的大奸臣一起，合在一篇列传中，其实，这也是一个史上争议不断的人物。

无论如何，在一生主战的陆游和辛弃疾看来，至少主持"开禧北伐"时的韩侂胄，不能算是大奸臣。这两位同样矢志收复中原的热血文人，都在自己的垂暮之年，热情支持了"开禧北伐"，热情支持了韩侂胄，个人还不惜冒着"丧失晚节"的骂名。

辛弃疾比起陆游，相对年轻一些，在开禧二年才67岁。所以他在"开禧北伐"时不顾年迈，力疾从征，先后担任绍兴知府、镇江知府、枢密都承旨等职。可就在开禧三年（1207）秋，辛弃疾病重，以至卧床不起。当年九月初十，辛弃疾带着忧愤的心情和爱国之心离开人世，据说临终时还在大呼："杀贼！杀贼！"可以说，辛弃疾把自己的生命，都献给了北伐。

在陆游、辛弃疾等主战派的支持下，就在开禧二年（1206）刚刚立夏之后的五月，宋宁宗正式下诏北伐，宋军同时在西线、中线和东线开始进攻。

闲居家乡的陆游，在北伐好消息的鼓舞之下，除了《立夏》一诗，他同时还写就了《初夏闲居》《观邸报感怀》《雨夜》《夏夜》《感中原旧事戏作》等诸多诗篇，热情拥护北伐，记录当时战况，歌颂抗金义举。同时，陆游还感慨自己"老不能从"，不能像辛弃疾一样参加北伐，为国驰骋疆场。

南宋选择在此时进行"开禧北伐"，可以说是时机正好。因为对面的金国，正处于金章宗完颜璟的统治后期，国势已日益衰落。说起来也是内忧外患，也有一本难念的经。

一是金国也面临着比南宋更加强大的外敌入侵。西夏分别于1190年、1191年两次入侵，蒙古也于1205年正月和十月两次入侵，战乱频仍，边关震动。

二是金国也面临着内部反叛的威胁。"明昌五年（1194），大通节度使爱王大辨据五国城以叛"，"自爱王叛后，北兵连年深入。加以荒旱，所在盗发"。"金主自即位，即为北鄙阻𪇆等部所扰，无岁不兴师讨伐，兵连祸结，士卒涂炭，府藏空匮，国势日

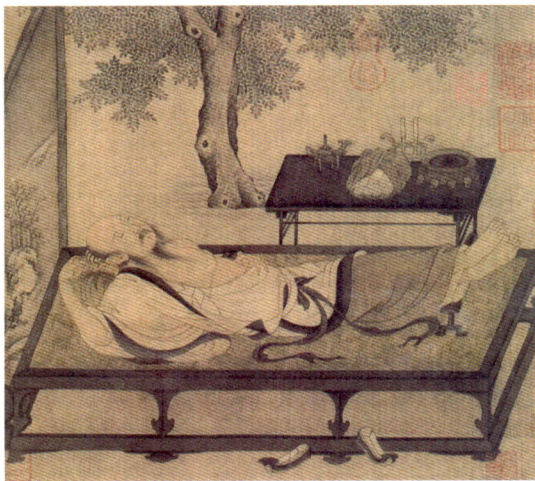

宋 《槐荫消夏图》

弱，群盗蜂起，赋敛日繁，民不堪命……韩侂胄遂有北伐之谋。"

从金国的情况来看，韩侂胄此时北伐，正好捡了个软柿子捏，形势比"绍兴北伐""隆兴北伐"都要好。可匪夷所思的是，面对软柿子，韩侂胄还是没捏住。

先是韩侂胄选定的西线主帅吴曦掉了链子。他和金人暗中交易，求金人封他为蜀王，导致西线战略要地和尚原、方山原、秦州相继沦陷；接着，宋军在东线和中线也连吃败仗，一败于宿州，再败于寿州、唐州。进入十月，金军开始分九路南下，转入反攻，信阳、襄阳、随州、应城、孝感、徐州、真州等地相继沦陷，东南大震。

短短不到一年，由宋军主动发起的北伐，就打成了胶着状态。这哪里是宋军北伐，简直就是宋金两军互相攻伐，而且宋军还落了下风。一手造成这一被动局面的，当然还是韩侂胄本人。正是他，在准备严重不足的情况下，视军国大事如同儿戏。

北伐开始之后，宋军刚刚遭遇一点小挫折，他就又开始惊慌失措、进退失据，居然授意身在前线的邱崈，着手与金人议和。可是，金人议和的条件却极为苛刻：要韩侂胄的人头，还要增加岁币。韩侂胄这才大怒，又一次改变主意，准备再度整兵出战。

可历史再也不会给韩侂胄机会了。不久，他就遭到了以史弥远为首的南宋朝廷投降派的暗杀。

开禧三年十一月三日，中军统制、权管殿前司公事夏震等在史弥远的指使下，于韩侂胄上朝时突然袭击，将他截至玉津园夹

墙内害死，并割下了他的头颅，函送金国，以作为议和条件。同时，全盘接受金国提出的其他议和条件：增岁币为三十万，犒师银（赔款）三百万两。

至此，陆游热切盼望的"开禧北伐"，彻底失败。

北伐失败，和议达成，投降派当然要清算主战派的责任。而对于退休闲居、年逾八十、来日无多，仅仅是在口头上、诗文中支持过韩侂胄北伐的陆游，投降派也"明察秋毫"，没有放过。

嘉定二年（1209）是陆游生命中的最后一年。在这年春季，陆游遭到言官弹劾，"以此得罪，遂落次对太中大夫致仕"，被剥夺了本就不大丰厚的退休待遇。

不过陆游也不需要什么待遇了。当年十二月二十九日，悲愤的陆游留下千古名篇《示儿》之后，就此逝去。

从开禧二年（1206）《立夏》开始，到嘉定二年（1209）《示儿》结束，从支持"开禧北伐"开始到被清算北伐责任结束，从82岁到85岁，短短三年里，陆游经历了一次从政治生命到自然生命的"回光返照"。

写下《立夏》时，陆游很从容——"日斜汤沐罢"，很闲适——"熟练试单衣"，一直在等待着北伐的好消息——"王师北定中原日"。

写下《示儿》时，陆游却只剩下了悲愤——"但悲不见九州同"，只剩下了遗憾——"家祭无忘告乃翁"。

可惜的是，永远也不会有"王师北定中原日"了。

在陆游逝后70年——1279年，赵宋王朝在崖山，迎来了自己的最后时刻。另一个姓陆名叫陆秀夫的主战派，以蹈海而死的方式，顽强保持了自己和大宋最后一位皇帝的尊严。

至此，陆游和辛弃疾，包括岳飞、张浚、韩侂胄在内，宋朝一代又一代主战派的风雨兼程和呕心沥血，全部付之东流。

二

立，建也，始也；夏，假也，大也。斗指东南，维为立夏。一年中的夏天，由此正式开始。

夏　立夏

立夏之时，土地宽假万物，助其蓬勃生长，万物至此皆长大；立夏之时，温度升高，炎夏将临，雷雨增多，农作物进入生长旺季。

立夏有三候：一候蝼蝈鸣，又五日，蚯蚓出，又五日，王瓜生。

自古以来，立夏节气就深受重视。《礼记·月令》记载："立夏之日，天子亲帅三公九卿大夫以迎夏于南郊。还反，行赏，封诸侯，庆赐遂行，无不欣说。乃命乐师，习合礼乐。"《后汉书·礼仪志》也记载："迎夏于南郊，祭赤帝祝融，车旗服饰皆赤。"

司春之神，是"青帝"，又称"东君""句芒"；司夏之神，则变成了"赤帝"，又称"祝融"。迎接"赤帝""祝融"，就是著名的迎夏仪式。

这个迎夏，仪式感倒是很强，问题是古代只有天子和高官才有资格干这个事儿，老百姓是无法参与的。作为普通老百姓，我们倒是可以从以下的活动中，获得立夏节气的仪式感：

一是尝三鲜。立夏前后，已有不少水果、农作物抢先成熟，所以民间历来就有"立夏尝三鲜"之说。由于地域不同，各地又有不同版本的"立夏三鲜"。我所了解的，分为"地三鲜""树三鲜""水三鲜"三种。

"地三鲜"是指从地里生长出来的三鲜，一般指蚕豆、苋菜、蒜苗；"树三鲜"是指从树上生长出来的三鲜，一般指樱桃、枇杷、杏子；"水三鲜"是指从江河生长出来的三鲜，一般指螺蛳、河豚、鲥鱼。

有的地方，还有吃"立夏饭"和"立夏蛋"的风俗。"立夏饭"由赤豆、黄豆、黑豆、青豆、绿豆等五色豆拌合粳米煮就，"立夏蛋"则用新茶或胡桃壳煮成。对于"立夏蛋"，还要用彩线编织蛋套，挂在小孩子的胸前，以供小伙伴们"斗蛋"之用。

二是吃冷饮。至少在明清时期，北京紫禁城里一直有着"立夏日启冰"的仪式。皇帝会在立夏这一天，命令朝廷掌管冰政的凌官，把去年冬天窖藏的冰块启封，切割分开，赐给文武大臣。有关资料表明，其实这一习俗起源更早，甚至可以追溯到两宋时期。

三是称体重。这一习俗主要流行于中国南方地区。清人秦荣

明　刘钰《夏山欲雨图》

光在《上海县竹枝词》中写道："立夏称人轻重数，秤悬梁上笑喧闺。"

传说这一习俗起源于三国时期的"阿斗"刘禅。

一说是刘备死后，诸葛亮把他的儿子刘禅交给赵子龙送往江东，并拜托其后妈、已回娘家的吴国孙夫人抚养。那天正是立夏，孙夫人当着赵子龙的面给刘禅称了体重，并且讲明来年立夏再称一次，看增加体重多少，再写信向诸葛亮汇报，以示她未曾虐待继子。由此，形成民间立夏习俗。

此说法只怕不确切。据《三国志·蜀书》，刘备死于章武三年（223）夏四月，一个月之后的五月，"后主袭位于成都，时年十七"。

首先，刘备死时，刘禅年已十七岁，已无须后妈照顾生活起居；其次，正如正史所书，刘备一死，蜀汉就急需刘禅继位登基，他哪里还有可能以一国继承者的身份，再入东吴？

再看另一说。说是晋朝司马昭攻灭蜀汉以后，恐原属蜀汉的臣民不服，所以善待被俘虏的后主刘禅，封他为安乐公。刘禅受封那天，正是立夏，司马昭当着一批跟到洛阳的蜀汉降臣之面给刘禅称了体重，并表示以后每年立夏再称一次，保证刘禅年年体重不减，以示未受虐待。

这一说法，又不靠谱。《三国志·蜀书》载有刘禅被册封为安乐公的圣旨原文，开头就说："惟景元五年三月丁亥，皇帝临轩，使太常嘉命刘禅为安乐县公。"

据此，册封刘禅为安乐公的时间，是在三月丁亥，不是在四月立夏。而三月里只有"清明""谷雨"两个节气，绝对不可能有"立夏"节气。所以，立夏称体重这一习俗，只怕要另找源头。

其实，也不用再找源头了。如今网络上不是有"四月不减肥，五月徒伤悲"的说法吗？可见四月称体重准备减肥，是古人今人的共识。

无论古人今人，都要抓住四月这最后的时机，调整体重，保持身材。免得五月夏天来临之际，在"熟练试单衣"之时，痛苦地发现——此肉无计可消除。

小满

小满

归田园四时乐春夏二首
（其二）

南风原头吹百草，草木丛深茅舍小。
麦穗初齐稚子娇，桑叶正肥蚕食饱。
老翁但喜岁年熟，饷妇安知时节好。
野棠梨密啼晚莺，海石榴红啭山鸟。
田家此乐知者谁？我独知之归不早。
乞身当及强健时，顾我蹉跎已衰老。

这是描写小满节气的古诗中，颇为著名的一首。其作者是鼎鼎大名的欧阳修。

南风原头吹百草，草木丛深茅舍小：夏天的南风吹拂着原上的野草，在草木丛深之处，可以看到小小的茅舍。

麦穗初齐稚子娇，桑叶正肥蚕食饱：已经抽齐的嫩绿麦穗，在微风中摇摆，宛如小孩子一样娇憨可爱，正当肥美的桑叶可供春蚕们吃个饱。

老翁但喜岁年熟，饷妇安知时节好：农家老翁只关心一年的收成，操劳的主妇也不知道这个时节田园风光的美好。

野棠梨密啼晚莺，海石榴红啭山鸟：黄莺还在野棠梨林中啼叫，山中的鸟儿也在红石榴林间婉转地鸣叫。

田家此乐知者谁？我独知之归不早：谁是最知道这种田园之

乐的人？就是我。可惜我知行不一，没能早一点归隐田园。

乞身当及强健时，顾我蹉跎已衰老：现在看来，归隐田园还是要趁着身体强健时进行才好啊；我蹉跎至今还没有归隐，可是身体已经衰老了。

欧阳修此诗，属于典型的宋朝"四时田园诗"。

"四时田园诗"，是由被誉为宋诗"开山祖师"的梅尧臣开创的。宋仁宗天圣九年（1031），梅尧臣创作了《田家四时》组诗，分春、夏、秋、冬四个季节，描绘了田家在不同季节的典型生活，由此开宋诗一代风气之先。

"四时田园诗"，多描写田家春耕、夏织、秋收、冬闲的劳动生活，衬以不同的季节背景，如同一幅幅田园生活画，别有一番田园风味。

既然欧阳修此诗属于"四时田园诗"，诗题《归田园四时乐春夏二首（其二）》中也明确提及"四时乐"，可见"其一"写的应该是春时乐，"其二"写的是夏时乐；推测"其三"和"其四"，应该写的是秋时乐和冬时乐。

可是，我找遍欧阳修留下的全集、年谱，就是没有发现《归田园四时乐秋冬二首》。

既然诗名"四时乐"，为何又只写有春夏"二首"？莫非是欧阳修年纪大了，写着写着，后面秋冬二首忘记写了？

又或者是欧阳修写了前面二首之后，江郎才尽，后面两首写不出来了？

谁敢说宋朝文坛领袖欧阳修江郎才尽写不出诗来？而且，写这首诗时的欧阳修，年仅五十二岁，也不至于就老糊涂了啊！

原来，"问题"还是出在梅尧臣那儿。梅尧臣是欧阳修的好朋友，他俩诗歌唱和逾三十年。也就是说，春夏二首是欧阳修写的，秋冬二首是梅尧臣写的；《归田园四时乐春夏二首》是欧阳修唱的，《续永叔归田乐秋冬二首》是梅尧臣和的。两人合在一起写的这四首诗，又形成一组新的"四时田园诗"，构成一卷新的四时田园图。

宋诗之中，类似的"四时田园诗"还有很多，例如郭祥正的《田家四时》、贺铸的《和崔若拙四时田家词四首》等。诗人们或以"田家四时"命题赋诗，或彼此唱和四时田园，创造了宋朝田园诗中的一道独特风景。

一

从《归田园四时乐春夏二首（其二）》全诗来看，大诗人欧阳修在小满时节，在南风吹拂，百草茂盛，"麦穗初齐"，"桑叶正肥"的田园风光之中陶醉了。

可是，别看欧阳修在诗中把田园风光写得这么美好，其实此时此刻，他诗中描写的画面，全是想象的。因为他写诗之时，人不在农村田园，而是在大宋王朝的首都开封城中。

写诗时，正值宋仁宗嘉祐三年（1058）的小满节气。

此时的欧阳修，时任"右谏议大夫、知制诰、史馆修撰、充翰林学士，刊修《唐书》、兼判秘阁秘书省"。从这一连串的光鲜头衔中，特别是颇具含金量的负责起草圣旨的"知制诰"中，我们可以看出，欧阳修此时正处于仕途的上升期。不久以后，他又将"兼龙图阁学士、权知开封府、兼畿内劝农使"。

事实上，从写诗时起直到他致仕退休的十四年间，欧阳修正处于一生的仕途鼎盛期之中。此后他历礼部侍郎、枢密院副使，后来更是高居"参知政事"这样的副宰相之职。

身为官场中人，欧阳修怎么会想归隐成为田园中人？身为开封的城里人，欧阳修怎么会想成为农村的乡里人？环境如此优渥，仕途如此通达，欧阳修怎么还会在诗中写到自己最知田园之乐，说到自己应该趁身体健康时早点退休？

仅从表面看，欧阳修这是城里人不知乡里人的苦。

其实，只要深入了解一下欧阳修的仕途经历，设身处地站在欧阳修的立场上，考虑一下他当时面临的官场处境，我们就可以得出完全不同的结论来。

首先，欧阳修想归隐，是真心的，而且他还真的做到了。

他的正常退休年龄本应是七十岁。但他在宋神宗熙宁四年（1071）七月，仅六十五岁时，就致仕归隐了。

他是"蓄谋已久"的。

早在写下《归田园四时乐春夏二首》透露归隐之志的八年之

前，皇祐二年（1050），欧阳修四十四岁时，他就约上好朋友梅尧臣，一起在颍州买田，作为将来归隐田园之处。

治平四年（1067），欧阳修在六十一岁到达"参知政事"副宰相高位，正宰相之位唾手可得，他却坚决求去，得以外放，"除观文殿学士，刑部尚书，知亳州"，迈出了他最终归隐田园的关键一步。

熙宁三年（1070），"公初有太原之命，令赴阙朝见。中外之望，皆谓朝廷方虚相位以待公。公六上章，坚辞不拜，而请知蔡州，天下莫不叹公之高节"，欧阳修又一次拒绝了宰相之职。

在此过程中，他不断请求致仕，"公在亳，年甫六十，表致仕者六，不从。至蔡而请益坚，卒不能夺公志，其勇退如此"。史称欧阳修此举，"近古数百年所未尝有，天下士大夫仰望

北宋　崔白《寒雀图》

惊叹"。

他的同僚们也纷纷表示佩服。北宋名臣韩琦推崇"公之进退，远迈前贤"，北宋名家王安石称赞"功成名就，不居而去，其出处进退，又庶乎英魄灵气，不随异物腐散，而长在乎箕山之侧与颍水之湄"。

是什么让欧阳修如此决绝、如此执着地要求离开官场、归隐田园？

不仅在于田园之乐他最知，还在于官场之险他深味。

从天圣八年（1030）"授将仕郎，试秘书省校书郎，充西京留守推官"开始，到熙宁四年（1071）致仕归隐结束，欧阳修为大宋朝廷工作了四十年。

而在嘉祐三年（1058）写下《归田园四时乐春夏二首》之前，他的仕途并不平坦，曾两遭贬谪。景祐三年（1036）一贬夷陵，七年之后方才召还京师；庆历五年（1045）再贬滁州，先后徙知扬州、颍州、应天府，又是辗转十年之后才召还京师。

人生有几个十七年？多年的贬谪生活，多年的官场险恶，至少已经部分地消磨了欧阳修的壮志。所以，他才有了颍州买田，为日后归隐打下物质基础的举动。

写下《归田园四时乐春夏二首》之后，他在皇帝的信任之下一路高升，虽然"求去"之志不减，"顾我蹉跎已衰老"，但他到底还是有点犹豫了。直到他的政敌们在治平四年（1067），向他射出了最毒的一箭。

这就是著名的"长媳案"。这年二月，御史彭思永、蒋之奇上书，诬陷欧阳修"有帷薄之丑"，与自己的长媳吴氏有暧昧关系，政见之争就此演变成了人身攻击。

"长媳案"爆发后，身心受到极大伤害的欧阳修多次上书皇帝，要求彻查此案，还自己清白。宋神宗也深知欧阳修的政治处境，主持了正义，在诬告者拿不出证据的情况下，严厉惩处了彭思永、蒋之奇。

在这一事件中，尤让欧阳修感到伤心的是，直接诬告他的蒋之奇，是他的门生，既是他一手录取的进士，也是他一手提拔的御史；而在背后支持蒋之奇诬告在先，之后又直接上书攻讦欧阳修为"豺狼""奸邪"，说他"以枉道悦人主，以近利负先帝"的范纯仁，又是他另一好友范仲淹的亲生儿子。

作为座师，被门生诬告；作为父辈，被子侄攻击。治平四年的这支毒箭，终于深深地射伤了欧阳修，"壮志销磨都已尽"，也进一步坚定了他归隐求去的决心，"壮志销尽忆闲处"。

"长媳案"平息后的次月，即治平四年（1067）三月，欧阳修放弃副宰相的高位，以观文殿学士、刑部尚书知亳州，实现了归隐的第一步。

而且，欧阳修"上马即知无返日"，从此绝尘而去，再未回头。如此门生，如此官场，如此京师，如此朝廷，留之何益？又何必留下？

当然，欧阳修如此决绝地要求归隐，还有一个原因，正是他在诗中所写的"已衰老"，即有身体衰老的原因。

欧阳修年少时由于家境贫寒，曾经极度缺乏营养，加上他后来刻苦攻读，导致身体羸弱，他自己在诗中自嘲说"握臂如枝骨"。

天圣八年（1030），二十四岁的欧阳修到京师参加科举考试，考官晏殊看着正当青春年少的他，却是"目眊瘦弱少年"。

明道二年（1033），欧阳修与谢绛、尹洙等人到嵩山游玩，二十七岁的他年龄"最少"，身体却"最疲"，可见年纪轻轻就已体力不支。

景祐四年（1037），刚刚三十出头的欧阳修，竟然已经"客

祭水车神图

思病来生白发"。

自四十三岁起，欧阳修就患有严重的眼病，而且经常发作，影响读书写字："两目昏暗，多年旧疾，气晕侵蚀，积日转深，视瞻恍惚，数步之处，不辨人物。"

五十九岁起，欧阳修又患上了糖尿病，"自治平二年以来，遽得痟渴，四肢瘦削，脚膝尤甚，行步拜起，乘骑鞍马，近益艰难"。

本来身体就很弱，再加上眼病和糖尿病的双重折磨，这样的身体状态，也容不得欧阳修长时间、高强度地在官场上打拼了，只有归隐田园，才是自全长寿之道。

正如他在诗中所说的，他真的应该"乞身当及强健时"，不该心存归隐田园之志，却一直蹉跎未成的。

等到他终于下定决心归隐之后，身体却又垮了，无法再享受

田园之乐了。熙宁五年（1072）七月，在归隐刚满一年之时，欧阳修病逝。

他的得意门生苏东坡，对于老师急流勇退，是相当欣赏的："轼受知最深，闻道有自。虽外为天下惜老成之去，而私喜明哲得保身之全。"

但是，作为欧阳修门下"受知最深，闻道有自"的学生，苏东坡对于老师一退即生命终结，未能"乞身当及强健时"，又是相当惋惜的。

在这方面，苏东坡的偶像不是自己的老师欧阳修，而是唐朝的白居易。他在《醉白堂记》中，如此地艳羡白居易："乞身于强健之时，退居十有五年，日与其朋友赋诗饮酒，尽山水园池之乐。府有余帛，廪有余粟，而家有声伎之奉。"

在苏东坡看来，白居易一生中最聪明之处，就是"乞身于强健之时"。自己的老师欧阳修认识到了这一点，却没能做到这一点，所以苏东坡一生伏首拜乐天。

二

古代历书记载，"斗指甲为小满，万物长于此少得盈满，麦至此方小满而未全熟，故名也"，《月令七十二候集解》云，"四月中，小满者，物至于此小得盈满"。

　　小满有三候：一候苦菜秀，二候靡草死，三候麦秋至。

　　小满节气的仪式感，来自两祭。一是"祭三神"，二是"祭蚕神"。

　　"祭三神"是指祭祀掌管"牛车、水车、纺车"神灵的仪式。每年"小满"前后，是民间动用"牛车、水车、纺车"的时间。在动用之前，举行"祭三神"的仪式，希望在动用"牛车、水车、纺车"之后，风调雨顺，今年能有个好收成。

　　"祭蚕神"则是指祭祀蚕神的仪式。传说"小满"节气是蚕神的生日，而且"小满"又是幼蚕孵出、桑叶生长的重要时间节点，因此某些地区要祭祀蚕神，也有祈愿当年丰衣足食的意思。

　　今天，在我们的日常生活中，牛车、水车、纺车，甚至包括春蚕，都已经离我们越来越远了。我们要寻找"小满"节气的仪式感，还真不是个容易事儿。

芒种

插秧

令序当芒种，农家插莳天。
倏分行整整，停看影芊芊。
力合闻歌发，栽齐听鼓前。
一朝千顷遍，长日正如年。

　　这首诗所描写的，正是农家在芒种前后插秧的情景。而写下这首《插秧》诗的作者，却是当时天底下最不可能插秧的一个人之一。

　　谁？爱新觉罗·胤禛。

　　后来的雍正皇帝，也就是乾隆皇帝的爸爸。

　　令序当芒种，农家插莳天：时令到了芒种节气，正是农家插秧的时间。

　　倏分行整整，停看影芊芊：不一会儿，插下的秧苗就分出了整整齐齐的行列，伫立一看，只见一片茂盛景象。

　　力合闻歌发，栽齐听鼓前：大家以歌声为号，齐心协力地干活，在收工的鼓声响起之前，田里已经插满了秧苗。

　　一朝千顷遍，长日正如年：眼下正是一年中白昼最长的时候，按照这个干活劲头，我们一天可以插遍千顷稻田。

胤禛此诗，内容写的是插秧。而包括这首《插秧》在内，此类表现农家耕田的诗，他一共写了23首。

这23首诗，题目分别是《浸种》《耕》《耙耨》《耖》《碌碡》《布秧》《初秧》《淤荫》《拔秧》《插秧》《一耘》《二耘》《三耘》《溉灌》《收刈》《登场》《持穗》《舂碓》《筛》《簸扬》《砻》《入仓》《祭神》，一一对应耕田过程中的某一个劳动片段。

23首诗串联起来，包括从泡种、插秧到犁田、灌溉，再到收稻穗、过筛子、入米仓，最后祭神，等等，整个儿就是耕种水稻的完整流程。

除了耕田的23首诗，胤禛还就纺织的完整流程，写了《浴蚕》《采桑》《择茧》《织》《裁衣》等另外23首诗。

其实，胤禛此次诗兴大发，是因为以上耕和织的每一个劳动环节都有配图。他是针对这些配图，写的这46首诗。每一幅图配一首诗，总共46幅图46首诗，称为《耕图二十三首》和《织图二十三首》，合称"耕织图诗"。

《插秧》，就是《耕图二十三首》中的第十首诗。

要说明的是，今天我们看到的《插秧》诗，却有两个版本，区别还挺大。比如第一句，在现藏故宫博物院的原图之中，我们可以清楚地看到是"物候当芒种，农人或插田"；而在清《文渊阁四库全书》所收的《钦定授时通考》中，则变成了"令序当芒种，农家插莳天"。

　　《插秧》这同一首诗，怎么会出现两个不同的版本？显然，《耕图二十三首》先出，《钦定授时通考》后出。考虑到胤禛先当皇子后当皇帝，他的诗文自然无人敢改。那么，我们今天看到的《插秧》诗，最大的可能，是他本人后来又对该诗进行了修改、润色。

　　其余45首诗中，也有不少篇目存在同样的现象。

　　从《插秧》诗中，我们还可以看出，胤禛写诗爱用叠字。比如，"倏分行整整，停看影芊芊"中的"整整"和"芊芊"。不仅《插秧》，胤禛"耕织图诗"46首诗中，多次运用叠字。比如《耖》中的"四谛视活活，百亩望匀匀"，《一耘》中的"饱雨纤纤长，含风叶叶柔"。

　　从叠字运用来看，胤禛作诗，并非俗手。他显然知道，适当

南宋　楼璹《耕织图》

的叠字运用，不仅可以使诗歌读起来朗朗上口，极富音律之美，而且还可以使诗歌在写景状物上，表述得更为准确、更为生动。

从"耕织图诗"46首诗来看，可见胤禛虽然贵为皇子，平时在实践上不大可能亲自从事耕田和纺织这些农活，却在理论上非常熟悉耕田和纺织的各个具体环节。而且，我们还可以从诗中看出，胤禛对于农事的歌颂，对于粮食、衣服的爱惜。

写《插秧》诗时，胤禛已是雍亲王。

而他创作"耕织图诗"，又是找人画图，又是亲自配诗，贵为皇子亲王，搞得这么辛苦，也是蛮拼的，为什么？

当然可以理解为他有着强烈的重农、忧农、爱农、亲农思想，所以才有此举。但投入到写46首诗这么拼，仅仅是因为重农、忧农、爱农、亲农，作为一介亲王，似乎又有点过于隆重了。

要找到真正的原因，还得回到胤禛当时所在的历史现场。我们先要搞清楚，大清王朝的雍亲王胤禛，在当上皇帝以前，心中念兹在兹、无日或忘，最重要的一件事情，是什么？

是的，雍亲王胤禛写这46首"耕织图诗"，说穿了，还是为了夺嫡。

"耕织图诗"正是创作于夺嫡的关键时期。

在每一幅耕织图上，都钤有"雍亲王宝"和"破尘居士"的印章。这两个印章表明，在创作"耕织图诗"时，胤禛的身份还是雍亲王。

两个印章，也透露了"耕织图诗"创作的时间信息。"破尘居士"是胤禛的自号，在其登基后停止使用。这是"耕织图诗"创作时间的下限；胤禛被封为雍亲王，是在康熙四十八年。这是"耕织图诗"创作时间的上限。

另外，胤禛一生的诗作，都收入了两部诗集之中：登基之前创作的诗，收入了《雍邸集》，登基之后创作的诗，收入了《四宜堂集》。在《雍邸集》的目录中，《耕图二十三首》和《织图二十三首》排在《皇父御极之六十岁次辛丑元日群臣上寿恭颂》一诗之后，说明"耕织图诗"创作于康熙六十年（1721）元日之后，六十一年（1722）十一月十三日康熙驾崩之前。耕织图的绘制，由于耗时较长，可能绘制于康熙四十八年（1709）至六十年（1721）之间。

那个时候，围绕着胤礽的废立，包括胤禛在内的其他皇子，都加快了夺嫡的步伐。

我们当然不能说胤禛向父皇康熙敬献了"耕织图诗"就夺嫡成功，但是，我们可以从"耕织图诗"中，看看他在夺嫡斗争中的思考与谋划。

一、胤禛创作并向父皇康熙敬献"耕织图诗"，巧妙投合了

康熙重农亲农、以农为本的思想。

康熙，那是真的重农亲农。在这方面，他在历朝历代的皇帝之中，都是表现抢眼的佼佼者。

作为皇帝，他不仅多次亲自祭祀先农坛，而且，他还真的会耕地：

康熙四十一年（1702），康熙到京畿之南的博野（今河北博野）视察农耕。在路经一块田地时，康熙竟然亲自执犁，耕地一亩，百姓闻讯来观者达万人之多。当时陪同视察的直隶巡抚李光地，为此专门撰文勒石，以纪其盛。

自古以来，嘴上说说亲农重农的皇帝多了，但像康熙这样真的会干农活的皇帝，却是屈指可数。

康熙引进的水稻，在康熙五十三年（1714）获得了巨大成功："玉泉山官种稻田十五顷九十余亩，其金河、蛮子营、六郎庄、圣化寺、泉宗庙、高粱桥、长河西岸、石景山、黑龙潭、南苑之北红门外稻田九十二顷九亩余，合官种稻田共一百八顷九亩有零，较往时几数倍之。"从此，时称"御稻"后称"京西稻"产出的稻米，成为清朝宫廷御用稻米的主要来源。

有这样一位重农亲农的父亲，儿子胤禛献上"耕织图诗"，算不算恰到好处？

二、胤禛借"耕织图诗"，巧妙表达了自己如果有机会继位，将萧规曹随、亦步亦趋，延续康熙的重农亲农政策的想法。

原来，康熙也命人画过《耕织图》，自己也作过"耕织图诗"。

原来，用连环画的形式表现农事活动的"耕织图诗"，首创并不在胤禛，也不在康熙。

这个首创，属于南宋一位名叫楼璹的於潜县（今浙江临安）县令。南宋绍兴三年（1133），楼璹县令首创绘制了《耕织图》45幅，包括21幅耕图、24幅织图，每幅图都附了一首五言律诗。楼璹完成史上第一幅"耕织图诗"之后，上呈给宋高宗，得到了升官奖励，其作品也得以宣示后宫、流传后世。

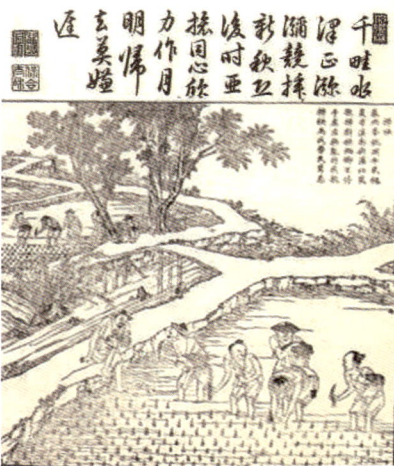

楼璹的"耕织图诗"，被称为"我国最早完整记录男耕女织的画卷"，"中国农桑生产最早的成套图像资料"，"世界第一部农业科普画册"，"农耕时代最漂亮最有价值的一本图文书"，"用绘画配合诗的艺术表现形式反映农桑劳作过程的一大创举"。

楼璹"耕织图诗"之后，元、明两代均有类似版本的作品，但其重视程度都不如清朝。

康熙在二十八年（1689）南巡时，江南士人上呈楼璹"耕织图诗"残本。康熙携回京城后，命宫廷画师焦秉贞依图重绘，历七年之功，于三十五年（1696）绘成。

古画中的插秧图

康熙版的"耕织图诗",由康熙亲自撰写序文并题诗,并于三十八年(1699)刊行颁赐诸皇子,以加强对他们的重农教育。胤禛自己也回忆说,"余昔侍丰泽园,曾蒙颁示"。

可能从受赐之日起,胤禛看到父皇康熙如此重视"耕织图诗",就动了拿"耕织图诗"做文章,别出心裁讨父皇欢心的念头。而到了夺嫡斗争如火如荼的关键时期,胤禛终于放出了蓄谋已久的大招儿。

胤禛的"耕织图诗",不是简单地照抄和模仿,而是在继承中又有所创新。

"继承"在于,康熙46幅图,他也46幅图;康熙作序,他作跋;康熙自己配诗,他也自己配诗。"夫子步亦步,夫子趋亦趋"。

创新之一,康熙是黑白画,他是彩色画。康熙的"耕织图",是命宫廷画师焦秉贞画的白描画,胤禛的"耕织图",则是由不知名的画师画的设色绢本画。可惜的是,由于夺嫡事密,为胤禛绘图的画师,虽然画艺高超却未能留下姓名。

创新之二,康熙配的是七言诗,他配的是五言诗。比如《插秧》一图,康熙配的七言诗是:"千畦水泽正涟涟,竞插新秧烈后时。亚攘同心欣力作,月明归去莫嫌迟。"相应的,胤禛配了这首五言的《插秧》诗。其实两首诗的内容,都差不离儿。

三、胤禛借"耕织图诗"，还表达了自己如果没有机会继位，将躬耕田亩，归隐田园的想法。

胤禛是如何做到这一点的？

很简单，亲自上场：他让画师把自己本人，画成了"耕织图"中的农夫，把自己的福晋，画成了"耕织图"中的织妇！

换句话说，在胤禛版"耕织图"的46幅图中，胤禛和他的福晋，几乎出现在了每一幅图之中，并且还基本上都是主角。

再换句话说，等到胤禛版"耕织图"送到父皇康熙的眼前时，康熙看到的是，四儿子在"浸种"，四儿子在"耕"，四儿子在"耙耨"，四儿子在"插秧"，四儿子在"灌溉"，四儿子在"收刈"，四儿子在"簸扬"，四儿子在"入仓"；同时，康熙还看到，四儿媳在"浴蚕"，四儿媳在"采桑"，四儿媳在"择茧"，四儿媳在"织"，四儿媳在"裁衣"。

不得不指出，在激烈的权力斗争中，有意地让自己的真实形象，在一幅画像或者一张照片中出现，此举颇为行险，算是一着险棋。因为无论这些画像或照片当时的政治效果如何，事后都是难以修改的铁证，很可能会被政治对手进行不怀好意的解读，从而使自己陷入不利的境地。

那么，在这场夺嫡权力斗争中，胤禛夫妇主演的"耕织图"上呈父皇并被公之于众之后，会被各色人等进行怎样的解读呢？

胤禛第一个要考虑的，是父皇康熙的解读。

作为父亲和皇帝，康熙看到这一幕又一幕，会是什么样的内心感受？史书上没有留下康熙看到胤禛夫妇倾情出演"耕织图"时的情绪反应，更没有留下他的内心感受。但我们不妨猜一下看看。

首先，自然是高兴。自己亲农重农，四儿子和儿媳也懂自己的心思，学着亲农重农。这无论如何，是值得高兴的大好事。

其次，当然是新奇。自己的儿子儿媳，从来没有干过农活的。可现在图中的他俩，一个亲农，一个亲蚕，看着还怪有趣的。

最后，可能还会有惋惜。如果自己选定的继位之人不是四儿子，那么，从小看着长大的雄才大略的四儿子，就可能真的只能当一个安分守己的藩王，或者当一个躬耕田亩的农夫而终老此生，太令人惋惜了。

说不定，就是康熙此刻的那一丝惋惜，决定了他最后遗诏中那一句关键的话："雍亲王皇四子胤禛，人品贵重，深肖朕躬，必能克承大统。"

胤禛第二个要考虑的，是夺嫡对手、众位皇兄皇弟的解读。

如果继位的是自己，胤禛在"耕织图"中画上自己的像，也不会丢身份，更不会留下什么笑柄。因为自古以来，天子亲耕、皇后亲蚕，常常是皇帝夫妇的"人设"之一。

如果继位的不是自己，胤禛在"耕织图"中画上自己的像，

也不至于触怒新皇帝。因为胤禛可以这样解释：我对皇位根本就没什么想法，我早就通过"耕织图"向父皇表明了想法，我只想当一个躬耕田亩的农夫而已。

可进可退，可攻可守。

胤禛最终能够夺嫡成功，成为雍正皇帝，从"耕织图"中，从《插秧》诗中，我们就可以看出，他真的是动了不少的巧妙心思，用了不少的高明手段。

二

芒种节气到来，意味着麦类等有芒作物的成熟。这是一个反映农业物候的节气，"小满后十五日，斗指丙，为芒种，谓有芒之种谷可稼种矣"。

芒种芒种，忙着种。"芒"，指麦类等有芒作物的收获；"种"，指谷黍类作物的播种。

这个时候，对于长江中下游地区而言，还意味着从此进入梅雨季节。此时，雨日多、雨量大、温度高、日照少。这样的多雨多水天气，对于正处于旺盛生长期、需水较多的水稻和棉花等作物，十分有利；但对人们的日常生活比较不利，因为阴雨多湿度大，室内用具容易生菌发霉，所以"梅雨"有时也被称为"霉雨"。

时至芒种，百花逐渐凋落，我们可以在此日举行祭祀花神仪式，给花神饯个行。

在《红楼梦》中，关于林黛玉的著名情节"黛玉葬花"，就发生在芒种时节。在第二十七回，曹雪芹写道：

"至次日乃是四月二十六日，原来这日未时交芒种节。尚古风俗：凡交芒种节的这日，都要设摆各色礼物，祭饯花神，言芒种一过，便是夏日了，众花皆卸，花神退位，须要饯行。然闺中更兴这件风俗，所以大观园中之人都早起来了。那些女孩子们，或用花瓣柳枝编成轿马的，或用绫锦纱罗叠成干旄旌幢的，都用彩线系了。每一棵树上，每一枝花上，都系了这些物事。满园里绣带飘飘，花枝招展，更兼这些人打扮得桃羞杏让，燕妒莺惭，一时也道不尽。"

一派热闹景象之中，唯有林黛玉埋香冢泣残红，在文学史上留下了一抹令人难忘的倩影。

夏至

和梦得夏至忆苏州呈卢宾客

忆在苏州日，常谙夏至筵。

粽香筒竹嫩，炙脆子鹅鲜。

水国多台榭，吴风尚管弦。

每家皆有酒，无处不过船。

交印君相次，褰帷我在前。

此乡俱老矣，东望共依然。

洛下麦秋月，江南梅雨天。

齐云楼上事，已上十三年。

唐开成三年（838）夏至刚过，大诗人白居易写成了这篇《和梦得夏至忆苏州呈卢宾客》。"梦得"，是白居易的好友刘禹锡的字。

白居易此篇，是为了唱和刘禹锡写于这年夏至当天的《夏至忆苏州呈卢宾客》而写的。可惜的是，刘禹锡的《夏至忆苏州呈卢宾客》已经散佚，我们已经无法知道他写了什么，只能从白居易的和诗里，去猜测了。

忆在苏州日，常谙夏至筵：想当年在苏州的时候，我就非常熟悉夏至当天的盛筵。

作为唐朝诗人中著名的美食家，白居易此处说自己非常谙熟苏州当地的筵席，确在情理之中。

虽然他当苏州刺史的政绩并不坏，而且本人也不是只喜欢吃吃喝喝的贪官，但以风流文人之性，必要的应酬还是有的。所以，或许此处他可以说"忆在苏州日，常吃苏州筵"。

粽香筒竹嫩，炙脆子鹅鲜：嫩竹筒中的粽子香气诱人，烧烤的仔鹅鲜香可口。

在诗中，白居易最怀念苏州的两种美食：粽子和烤鹅。

粽子源于屈原祭日，但到了唐朝，粽子又被叫作"角黍"。而且，唐人制作粽子，除了使用粽叶，从诗中看来还曾经使用竹筒，做成了竹筒粽子。可以作为印证的是，唐朝文学家沈亚之也曾写过竹筒粽子："蒲叶吴刀绿，筠筒楚粽香。""筠筒"，就是竹筒。

这句中最值得注意的是"炙"字。"炙"，就是我们今天所说的烧烤。烧烤，也是自先秦以来一直就有的一种烹饪方法，《诗经·小雅》里就有"有兔斯首，燔之炙之"，那是古人在吃烤兔啊。到了唐朝，烧烤就更为普遍了。据统计，在《全唐诗》里，在美食家诗人们的笔下，"炙"字出现的频率非常高。

据不完全统计，唐人的烧烤菜单中，有烤驼峰、烤鸭肉、烤鹅肉、烤羊肉、烤象鼻、烤野猪肉、烤鸳鸯肉、烤八哥肉、烤鱼、烤虾，等等。

写到这儿，我反正是口水都下来了：仅仅是进入烧烤菜单的，就有飞禽，有走兽，有荤，有素。至于烧烤技术，则多达二十多种，有棒炙、捣炙、割炙、腩炙、饼炙，等等。原来，唐人的烧烤吃得如此丰富。

　　既然白居易在诗中说的是烤鹅肉，那么我们就重点来看看，唐人是怎么烤鹅肉的。

　　据《齐民要术》，烤鹅肉要选用肥嫩仔鹅，可用捣炙法烧烤。先切割，用调味料腌制入味后，"唯急火急炙之，汁出便熟"。以我个人周末掌勺的厨子经验，鹅肉的确不能"微火遥炙"，否则肉会变干、变柴，失去美味。

　　据《卢氏杂说》："每有设，据人数取鹅，燖去毛及去五脏，酿以肉及糯米饭，五味调和。先取羊一口，亦燖剥，去肠胃，置鹅于羊中，缝合炙之。羊肉若熟，便堪去却羊。取鹅浑食之，谓之浑羊殁忽。"为了吃几只鹅而扔掉一只整羊，这种既土豪又有点草原风格的烧烤方法，估计当时身处苏州的白居易不大可能吃到。

　　初步估计，白居易在苏州吃的烤鹅肉，是用《齐民要术》中的烤法做的。

　　水国多台榭，吴风尚管弦：吴地苏州号称水乡，到处是舞榭歌台，充斥着丝竹管弦之乐。

　　每家皆有酒，无处不过

明　陈洪绶《蕉林酌酒图》

船：夏至之时，家家设酒待客，处处船如织梭。

交印君相次，褰帷我在前：至于说到在苏州当刺史，属我最早，你们两位呢，则是互相交印的前后任。

白居易、刘禹锡，以及诗题《和梦得夏至忆苏州呈卢宾客》中提到的卢宾客，曾经先后出任苏州刺史一职，其中刘禹锡和卢宾客还是互相交印的前后任关系。

"褰帷"，一贯作诗作文平白如话的白居易难得使用一个典故，这个典故源自东汉的翼州刺史贾琮。

按照东汉的制度，地方刺史上任时，应该"传车骖驾，垂赤帷裳，迎于州界"，以彰威仪。但到了贾琮上任翼州刺史时，他却把车前的赤帷裳掀了起来，说："'刺史当远视广听，纠察美恶，何有反垂帷裳以自掩塞乎？'乃命御者褰之。百城闻风，自然竦震。其诸臧过者，望风解印绶去。"

从此，"褰帷"典故被用来形容为官清正廉洁的地方官员。白居易此处用典，既是暗指自己当时出任的职务和贾琮一样，也是刺史一职，同时也颇有自夸之意。不过，就他在苏州的政绩而言，他当得起"褰帷"二字。

此乡俱老矣，东望共依然：如今我仨都老了，从洛阳东望苏州，仍然想念不已。

洛下麦秋月，江南梅雨天：眼下的洛阳，正是麦收的季节，这同时也是江南苏州的梅雨天气。

齐云楼上事，已上十三年：遥想当年苏州齐云楼上的那些往事，到如今已经过了十三年之久了。

齐云楼，系苏州名楼，名字还是白居易给改的。齐云楼原名月华楼，传说是唐曹恭王所建。白居易出任苏州刺史时，取其高与云齐之意，改名"齐云楼"。

夏至时节，白居易与刘禹锡唱和，写下《和梦得夏至忆苏州呈卢宾客》，向我们讲述了一段唐朝的官场佳话。

这段官场佳话，就在白居易为此诗所加的注释之中："予与刘、卢三人，前后相次典苏州，今同分司，老于洛下。"

原来，白居易、刘禹锡和诗题中提到的这位卢宾客，三个人曾经共同有过两段不同寻常的官场经历：

一是"前后相次典苏州"：即在若干年前，这三个人先后出任过苏州刺史一职。

这是史实：白居易出任苏州刺史最早，是在宝历元年（825）五月，到第二年九月调任，总共任职 17 个月。所以他在诗中说"褰帷我在前"；刘禹锡出任苏州刺史，是在大和六年（832）二月，到大和八年（834）七月调任，总共任职 29 个月；刘禹锡调任后，于大和八年八月接替他出任苏州刺史的，正是诗中提到的"卢宾客"——卢周仁，所以白居易在诗中说"交印君相次"。

二是"今同分司，老于洛下"：到了白居易写下《和梦得夏至忆苏州呈卢宾客》时，三个人同时担任"分司"官，同在东都洛阳。

三人当中，白居易是资格最老的"分司"官了。早在大和三年（829），白居易就已来到洛阳就任太子宾客分司东都了；直到开成元年（836），刘禹锡才授太子宾客分司东都，也来到了洛阳；卢周仁来洛阳最晚。

然而，别看卢周仁来得晚，却来得很关键。他就像一个引子，唤醒了刘禹锡和白居易的苏州记忆，激发了刘禹锡和白居易的苏州诗兴。

换言之，正因为卢周仁也来到洛阳担任"分司"官，才触动了刘禹锡心里对于苏州的思念，刘禹锡才写了《夏至忆苏州呈卢宾客》；也才触动了白居易心里对于苏州的思念，白居易也才写了《和梦得夏至忆苏州呈卢宾客》。

这一年，"白宾客"和"刘宾客"都是67岁，"卢宾客"则因生卒年不详无法确知年龄，但既然同在洛阳任职，很有可能这仨是同龄人。

这仨此时担任的"分司"官或者说"太子宾客分司东都"，隶属于唐朝在东都洛阳分设的另一套独立于首都长安之外的职官体系。

这套东都职官体系，可以分为东都政务机构、东都御史台和东都事务机构。东都政务机构主要是指尚书省及其下属机构，具有守卫东都、维护治安、发展经济、主管民政等职权，是"分司"官中具有一定职责和职权的职务；东都御史台也是一个实权机构，负责东都所有官员的监察；东都事务机构，主要是指九寺五监及秘书省、殿中省、内侍省、东宫等职官。中唐以后，东都事务机构基本上已没有职责和职权。

此时这仨所担任的"太子宾客分司东都"，就是隶属东都事务机构的东宫官，无职无权，是个闲差。

白居易这首诗告诉我们，在开成三年（838）夏至，三个都曾经当过苏州刺史，如今又都在洛阳任闲职的老头儿，想起了苏州。

三个老头儿中，首先写诗的刘禹锡，当然是最想念苏州的人，因为他算得上是土生土长的江南人。刘禹锡在江南度过了童年和青少年时代，对于他而言，江南是生他养他的故乡。

所以，他出任苏州刺史时，自然是竭尽全力，为故乡建设做贡献。就在他上任之前，苏州遭遇了特大水灾。刘禹锡一到任，就投入紧张的抗洪救灾工作之中。

他深入民间，查访灾情，并及时将灾情损失、百姓疾苦上报朝廷，为苏州百姓争取到了免除赋税的政

策。到他调任时，苏州不仅消除了洪灾影响，而且恢复了生产，经济也出现了复苏势头。

为此，朝廷考评刘禹锡在苏州期间的政绩为"政最"，给予了"赐紫金鱼袋"的殊荣。这也是在政坛上潦倒一生的刘禹锡，难得的一次官场得意时刻。

故土之思，再加上如此难忘的任职经历，刘禹锡能不忆苏州？

写下和诗的白居易，当然也是非常想念苏州的人。虽然他不是苏州人而是河南人，可他也在苏州度过了自己的少年时代。

建中四年（783），白父将12岁的白居易送到江南躲避战乱。正是旅居江南期间，已经15岁的白居易开始发愤读书，"始知有进士，苦节读书"。直到贞元七年（791）白居易20岁时，他才离开苏州。

当年，白居易在江南发愤读书时，非常羡慕苏州刺史韦应物、杭州刺史房孺复的才高位尊。但是，他那时年龄幼小又无功名，无缘拜望这两位心中偶像，"以幼贱不得与游宴，尤觉其才调高而郡守尊"。

于是，白居易在心中暗自许愿："异日苏、杭苟获一郡足矣！"——将来我只要在苏州刺史和杭州刺史中得任一职，则此生足矣。

这个世界待白居易不薄。长庆二年（822）七月，51岁的白居易出任杭州刺史。此后的宝历元年（825）五月，白居易又得以出任苏州刺史。他少年时"苏、杭苟获一郡"的梦想，至此两郡全获，儿时梦想超出预期地实现了。

所以，梦想还是要有的，万一实现了呢？

在苏州刺史任上，白居易其实只干了一件事。可就这一件事，带给苏州的影响持续上千年，直到今天仍被人传诵。

当时，白居易为了便利苏州水陆交通，领导开凿了一条西起虎丘东至阊门的山塘河，使得古城南北通川，既可"免于病涉"，又可"障流潦"，从而造就了苏州城内至今尚存的著名景观"七里山塘"。

白居易是因病离任苏州的。他当时坠马受伤，眼疾复发，加之自己对于晚年人生另有规划，只得忍痛离开了苏州。

离别之际，他依依不舍地写下《别苏州》："怅望武丘路，沉吟浒水亭。还乡信有兴，去郡能无情？"

不仅离别时依依不舍，白居易还从此患上了"苏州相思病"：

离开第四年时，他想苏州了，写下《早春忆苏州寄梦得》："诚知欢乐堪留恋，其奈离乡已四年"；

离开第六年时，他又想苏州了，写下《忆旧游》："六七年前狂烂漫，三千里外思徘徊"；

　　离开第十三年的夏至时节，他又想苏州了，写下这首《和梦得夏至忆苏州呈卢宾客》："忆在苏州日，常谙夏至筵"；

　　离开第十八年时，他又想苏州了，写下《送王卿使君赴任苏州》："一别苏州十八载……至今白使君犹在。"

　　仅仅想苏州，他就能写出这么多诗来，此老真是啰唆。

二

　　夏至，是二十四节气中最早被确定的一个节气。早在公元前七世纪，先人就采用土圭测日影，确定了夏至。

清　徐扬《姑苏繁华图》

一个节气一首诗

但是，秦汉以前，这个节气不叫夏至。在《尚书·尧典》里，叫"日永"，在《吕氏春秋·仲夏纪》里，有"日长至"一说。直到汉朝，才叫"夏至"。

芒种后十五日，斗指午，为夏至。此日，日北至，日长之至，日影短至，故曰夏至。至者，极也。

所以，"夏至"的"至"，不是"到来"的意思，而是"极也""极致"的意思。

夏至夏至，夏之极也。

夏至之日，皇帝要在这一天举行祭祀仪式，《帝京岁时纪胜》云，"夏至大祀方泽，乃国之大典"。而普通老百姓，也会因为夏至时麦子丰收，要举行"荐新麦"的祭祀仪式。

江南有些地方，还有吃"夏至粥"的习俗。以新小麦和糖及苡仁、芡实、莲心、红枣煮粥食之，名曰"夏至粥"，或者以小麦、蚕豆、赤豆、红枣和米煮粥。

当然，我们还可以像白居易诗中所写的那样，在夏至当天，摆开筵席，吃粽子，烤鹅肉，喝美酒，享受美好的夏日时光。

小暑

小暑

送魏正则擢第归江陵

客路商山外，离筵小暑前。

高文常独步，折桂及龆年。

关国通秦限，波涛隔汉川。

叨同会府选，分手倍依然。

小暑
辛丑牛九

这首诗的作者武元衡，是唐朝著名的诗人，后来也成了唐朝著名的宰相。

从诗题《送魏正则擢第归江陵》可以看出，当时还是登第进士的武元衡，在小暑节气之前，设宴为自己的同年魏正则饯行，送他返回家乡江陵。

客路商山外，离筵小暑前：小暑节气之前，我摆上筵席，为即将踏上商山之外的道路远行的魏正则饯行。

高文常独步，折桂及韶年：魏正则的文章，在同年之中独步一时，所以少年时代就已登第。

关国通秦限，波涛隔汉川：魏正则的家乡江陵，与长安所在的秦地接壤，只隔着一条汉江。

叨同会府选，分手倍依然：魏正则这次来长安参加科举考试，我很荣幸地成为他的同年，现在到了分手的时刻，倍觉依依不舍。

武元衡与魏正则的同年感情，看来还挺深。证据是，《送魏正则擢第归江陵》这同一个诗题，武元衡一写就是两首，五言一首，七言一首。七言诗是："商山路接玉山深，古木苍然尽合阴。会府登筵君最少，江城秋至肯惊心。"

佚名　《采莲消夏图》

《旧唐书·武元衡传》称，"元衡工五言诗，好事者传之，往往被于管弦"。可见武元衡最擅长的就是五言诗，还经常被人谱曲传唱。仅从以上这两首同题诗来看，似乎也是五言诗略胜一筹。

可是，魏正则在登第之后，不是应该直接去参加吏部铨选的"释褐试"，进而授职做官吗？为什么还要千里迢迢地返回江陵、返回荆州呢？

当然，魏正则这可能是登第之后的短期"归觐"，以便家人们能够一起分享自己成功的喜悦。

最大的可能，则是因为当时的"守选"制度。所谓"守选"，是指新及第明经、进士和考满后的六品以下官员，不是立即授官，而是回家等候吏部的铨选期限，一般为三年。

也就是说，按照"守选"制度，新科进士不能直接做官，六品以下官员不能连续做官。唐朝实行这个"守选"制度的时间，当今学界一直有争议，有说始于唐太宗贞观十八年的，也有说始于开元年间的。

魏正则作为新科进士，选择回家等上三年的好处是，再回长安参加吏部考试时，一般都能得官，而且是比较好的官职。当然，也有可能魏正则家中有急事，需要他在登第之后立即返回。

真实的原因，我们永远只能靠猜了。因为，魏正则自从这次长安登第与武元衡发生短暂交集之后，就一猛子扎进历史长河之中，直接潜伏，再也没出来了。

由于史料缺乏，我们无法确知，他的生卒年月、出仕经历、婚恋情爱或者喜怒哀乐；我们只知道，他在史上惊鸿一现之后，就消失得干干净净，无影无踪。

作为荆州人，作为魏正则的老乡，让我郁闷的是，魏正则不仅本人消失了，好像也把当时荆州读书人科举登第的运气，也一并带走了。

说来也真奇怪。自从魏正则于建中四年（783）登第之后，此后五六十年，荆州居然再没有一个举子登第！

当时，由于荆州年年向长安解送举人参加考试，却从无一人登第，所以被称为"天荒"。《北梦琐言》载，"唐荆州衣冠薮泽，每岁解送举人，多不成名，号曰'天荒解'"；《唐摭言》载，"荆南解比，号天荒"。

终于，在大中四年（850），魏正则登第68年之后，荆州才出了一个刘蜕，考中了进士，打破了荆州"天荒解"的尴尬局面，被称为"破天荒"："蜕以荆解及第，号为'破天荒'。"这也是我们今天常说的"破天荒"的由来。

但是，作为荆州人，我必须站出来指出："天荒"现象只是一段时期内偶尔出现的极端个例，不是我们荆州人读书的本事不行。我有时开玩笑，怪只怪魏正则登第之时年龄太小了，"会府登筵君最少"，把运气一次性挥霍光了，这才害得其他荆州读书人运气不好，五六十年不能登第。

运气问题，运气问题，运气问题。重要的事情，我可是说了三遍。

武元衡写下《送魏正则擢第归江陵》时，正值建中四年（783）六月，小暑节气之前。

　　唐朝的科举，一般都在春季举行，故又称春闱。武元衡、魏正则这一科放榜，是在建中四年（783）二月。同科登第的还有薛展、韦同正、韦贯之、柳涧、熊执易、韩弇等27人。这一科的主考官是礼部侍郎李纾。

　　举子们高中之后，还有一系列礼仪性活动和庆祝性活动要参加。礼仪性活动主要包括进士们全体集中，到中书省都堂参谒宰相，到礼部侍郎李纾的府第拜谢座师等。

　　然后，就是庆祝性活动。比如进士们在慈恩寺的"雁塔题名"活动，再比如各种吃吃喝喝的活动。仅宴会的名目，就有大相识、次相识、小相识、闻喜、樱桃、月灯、打球、牡丹、看佛牙、关宴、曲江宴，等等，可谓无事不宴、无日不宴。

　　这一番酬酢下来，就到六月的"小暑前"了。魏正则还要赶远路，所以这就得上路南归了，再晚就是大暑了，天热了，赶路就更辛苦了。

　　建中四年（783）的"小暑前"，魏正则的远行，是同年朋友间的一次"生离"，就让武元衡非常伤感，"分手倍依然"。

　　其实，武元衡大可不必如此。未来，还将有一个比眼前的"生离"更让人伤感、伤痛的"死别"，会在32年之后的"小暑前"，就在武元衡的人生前路上，命中注定似的等着他。

　　32年之后，是元和十年（815），六月初三，又一个"小暑前"；当年的登第进士武元衡，如今已贵为门下侍郎、同平章事，是堂堂的帝国宰相了。

就在六月初三这天清晨的上朝途中，武元衡刚刚走出府邸所在的靖安里坊门，就遭到了一伙刺客的伏击。这伙胆大包天的刺客，明显就是冲着武元衡来的："射元衡中肩，复击其左股。"

武元衡虽然是帝国宰相，但按照唐朝当时的制度，他并没有专属卫队保护他的安全，只有一些跟随他的仆役。这些人自然不是训练有素的刺客的对手，"徒御格斗不胜，皆骇走"。

武元衡是文人，本就没有多少反抗能力，而且当时他已经58岁了，更是年老体衰。到此境地，只能任人宰割了。

他的死状极惨，被刺客"批颅骨持去"，也就是说，他被残忍地砍下了头颅，落了个身首异处、横尸街头的下场。

武元衡，是大唐唯一一个遇刺而死的宰相。这样的人生结局，对于他而言，非常不公平。就他的为人处事、为官理政而言，他是真不该遭此惨祸的。

武元衡自从写《送魏正则擢第归江陵》的那个"小暑前"踏入官场以后，宦海沉浮多年的他，一直以正直、稳重、大气、爱才而闻名。

武元衡出身名门。武元衡的那个"武"，就是武则天的那个"武"。

他的曾祖武载德，是武则天的侄儿，官至湖州刺史；祖父武平一，官至考功员外郎，也是一个著名的诗人，《全唐诗》存诗

15首，《全唐文》存文6篇；父亲武就，官至润州司马，也工诗文，《新唐书·艺文志》曾著录有《武就集》5卷，惜已散佚。

唐肃宗乾元元年（758），武元衡出生于润州（今江苏镇江）。从唐代宗大历十四年（779）夏天起，22岁的武元衡第一次自润州赴长安应举；经历了建中元年、二年、三年，三次应举下第之后，武元衡终于在建中四年（783）二月登第，与年轻的江陵举子魏正则，成了同年。

与魏正则分别后的第二年，武元衡也离开长安，任鄜坊节度使掌书记。唐德宗贞元四年（788）又转任河东节度使掌书记。

掌书记，从八品，是地方节度使掌管军政、民政事务的机要秘书，主要负责表奏等文秘工作，是地位仅次于节度副使、行军司马、节度判官的重要属官。

在武元衡的时代，登第进士起始的职务，已不仅限于秘书省校书郎之类的京官，类似地方节度使掌书记这样的地方僚属，也日益成为举子们优先选择的美差之一。而且，出任地方节度使的幕僚，无须"守选"，可以快速踏上仕途。

掌书记下一步的迁转，可以在地方，迁转为节度副使、节度判官甚至是节度使；也可以去中央，迁转为监察御史、殿中侍御史、拾遗、补阙等清望官，进而踏上升迁高级官吏直至宰相的坦途。

果然，唐德宗贞元六年（790），武元

衡调任长安，担任的职务正是监察御史。此后，他先后丁父忧、丁母忧，近十年之后才又被唐德宗重新召回长安，历任比部员外郎、右司郎中等职务，进入帝国中级官员行列。

唐德宗贞元二十年（804），47 岁的武元衡升迁为正四品下的御史中丞，这已经是朝廷的高级官员了。而且有唐一代，由御史中丞直接入相的，不在少数。由此可见，武元衡已有入相之望。但他的好事，差点就被他的两个手下搅黄了。

此时，武中丞这两个手下的名字，我们今天如雷贯耳，他们是监察御史刘禹锡和监察御史柳宗元。

这两位未来的大诗人，此时还在跑龙套，时不时用他们那生花的妙笔，代自己的顶头上司武中丞写写《为武中丞谢赐春衣表》《代武中丞谢赐新橘表》《为武中丞谢赐新茶表》《为武中丞谢赐樱桃表》之类的官样文章。

看来，上下级关系处得还不错，好一番安定团结的大好局面。但是，事情正在起变化。

在唐德宗驾崩，唐顺宗即位之后，刘禹锡和柳宗元参与了王叔文集团著名的"永贞革新"，既成了朝廷上的新贵，也与顶头上司武元衡成了政敌。

也许到了这里，有些读者仿佛恍然大悟：哦，武元衡和我们熟悉的大诗人刘禹锡、柳宗元是政敌？那武元衡肯定是坏人！

但是，还真不好这么简单判断。他们虽然是政敌，却只是政见不同，初衷还是相同的，都是为了大唐的江山社稷。

　　简单说吧，刘禹锡、柳宗元和他们所在的王叔文集团，是激进派，他们希望通过唐顺宗强有力的改革，搞个"休克疗法"，立竿见影地改变大唐现在外有藩镇割据、内有宦官专权和朋党之争的被动局面。

　　最好，明天早上一觉醒来，一切都已安排得妥妥的，就好了。

　　武元衡则属于稳重派。他也想改变外有藩镇割据、内有宦官专权和朋党之争的被动局面，而且他本人后来就是死在讨伐割据藩镇这件事上。但他同时也深知，大唐肌体上的三大顽疾，绝非一日之内能够形成，当然也绝非一日之内能够清除。

　　病去如抽丝，一切的一切，都得慢慢来。年轻人，你们急什么？

　　双方理念不同，行动上自然就会有冲突。唐顺宗永贞元年（805）三月，武元衡就因与王叔文集团发生冲突，由御史中丞被罢为右庶子。

　　右庶子是东宫右春坊的长官，职责是"掌侍从、献纳、启

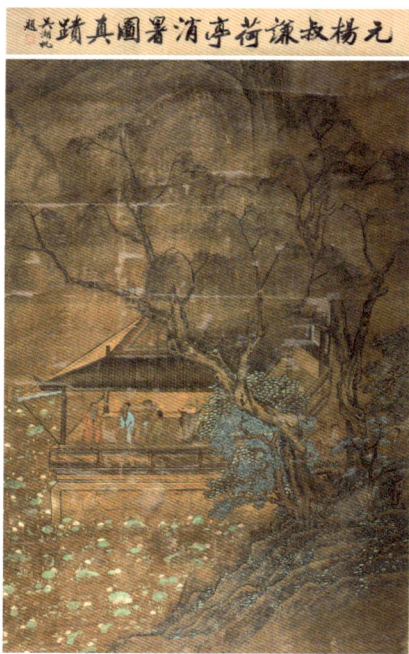

元　杨叔谦　《荷亭消暑图》

奏"，是太子的主要属官。武元衡由御史中丞调任右庶子，级别上倒是一样，属于平调，但由朝廷要职调任东宫闲职，无论如何是一种贬斥，所以《旧唐书·武元衡传》用了一个"罢"字："数日，罢元衡为右庶子。"

可是王叔文集团这次对于武元衡的罢斥，还是打错了算盘。什么地方不好罢斥他，偏要把他弄到东宫去，让东宫的皇太子深入了解他，白白地送给他一个日后飞黄腾达的机会？

由于唐顺宗即位时已患病，不能亲理朝政，因此狐假虎威的王叔文集团又动了向专权的宦官集团夺回兵权的心思，然而王叔文集团只风光了164天，在当年八月就下台了。随后，刘禹锡被贬到湖南常德，当了朗州司马，柳宗元被贬到湖南永州，当了永州司马。这就是唐史上著名的"二王八司马"事件。

这年十月，在被罢职仅仅半年之后，武元衡在新皇帝唐宪宗的赏识下，复拜御史中丞，从此在仕途上一帆风顺。终于，在元和二年（807）正月，50岁的武元衡到达仕途巅峰，官拜"门下侍郎、同平章事"，成为大唐宰相。

宦海多年，武元衡被公认为具有长者风度的官员，史称他"详整称重""重慎端谨""雅性庄重"。就连他留给唐宪宗的印象，都是"长者"形象："时李吉甫、李绛情不相叶，各以事理曲直于上前。元衡居中，无所违附，上称为长者。"

就连曾经打压过他导致他罢官的刘禹锡、柳宗元，武元衡官场得意之后，也没有对他们进行打击报复，反而对老部下还相当

关照。在刘、柳二人远贬之后，还是武元衡首先打破僵局，大约在元和六年间，致书抚问永州司马任上的柳宗元，大约在元和七年，命人到朗州赠刘禹锡"衣服缯彩等"。这，就相当大气了。

所以，武元衡贵为宰相，又如此大气而有"长者"风度，居然会落得个身首异处、横尸街头的人生结局，非常不公平。

到底是谁，竟然对武元衡这样一个堪称"长者"的人，下如此黑手呢？

联想到几天前的一幕：当时武元衡正在中书省办公，接待了成德节度使王承宗派来的牙将尹少卿。尹少卿此来求见宰相的目的，是代表王承宗，为正在跟朝廷打仗的淮西节度使吴元济说情来的。

然而，身为藩镇牙将，平时在窝里跋扈惯了，到了朝廷中书省，还出言不逊。武元衡一来坚决主战，二来也恼他满嘴狂言，立命手下人"叱出之"。

武元衡此举，加上他平时坚决主张讨伐割据藩镇的主战态度，深深得罪了那些"喜则连横以叛上，怒则以力相并"的地方藩镇。所以，淄青节度使李师道、成德节度使王承宗共同决定，派出刺客，杀了武元衡。

不过，上天待他的儿女倒是不薄。

武元衡的儿子叫武翊黄，人称"武三头"。他有此怪称，并不是因为他天生骨骼清奇，长了三个头，而是因为他是当时的超级"学霸"：

参加府试他是第一名，称为"解头"，进士及第他又是第一名，当时不叫"状元"而叫"状头"，后来参加宏词制科考试他还是第一名，称为"敕头"。于是，合计三个"头"，史称"武三头"。超级学霸"武三头"，后来官至帝国"大理卿"，距离他爹只差那么一级半级。

武元衡的两个女婿也是官场得意。一个女婿叫孙简，后来官至兵部尚书；另一个女婿叫段文昌，唐穆宗时的宰相，和老岳父一样。

二

夏至后十五日，斗指午，为小暑。小，微也，暑，热也。

是月极热，月初犹小，故谓之小暑。通俗地说，在小暑时节，虽然天气已经很热，但尚未达到极点，所以称作"小暑"。

一般而言，小暑时节雨量很大，是全年降水最多的一个节气。此时还有可能会出现暴雨、雷击和冰雹。

这样又热又多雨的小暑，恰恰又是农民开始大忙特忙的一个节气。在类似我家乡这样种植双季稻的地区，一年中最紧张、最艰苦，顶烈日、战高温的"双抢"，就要开始了。

在我的心底，伴随着酷热的，印象最深的就是"双抢"。"双抢"，即"抢收早稻，抢种晚稻"。从小暑开始，农民就要把握时机，适时收获早稻，不仅可以减少后期风雨造成的危害，确保丰产丰收，而且可以使晚稻适时栽插，争取到足够的生长期。

作为亲历过"双抢"的人，虽然当时还轮不到年龄幼小的我"锄禾日当午，汗滴禾下土"，最辛苦的活儿都是大人的事儿，但我记忆深刻。所以，作为农民的儿子，此后经年，一粥一饭，常思来之不易。

记忆最深刻的，还是"双抢"之外的第三抢——"抢暴"。这是家乡的俗话，意思是说在夏天突如其来的暴雨之前，抢收晒在稻场上的稻谷。

水稻收割之后，经过脱粒、扬谷，还要在夏天的阳光之下进行暴晒，也叫"晒谷"，以使稻谷在储藏之前，达到理想的干燥度。

可是"晒谷"最怕的，就是小暑节气经常会呼啸而至的暴雨。平铺着晒在稻场上的谷子，如果被雨一淋，那可就前功尽弃、欲哭无泪了。

唯一的办法，就是在暴雨来临之前，全家老小齐上阵，使用一种我们叫作"月板"的木制工具，快速行动。我和妹妹在后面扶着"月板"把

手掌握方向，父母则在"月板"前面拉着绳子，快速地把平铺的谷子聚拢成堆，再快速地装进麻袋，快速地转移到干燥的地方，等候下一次的晾晒。

又是一年小暑到。娇憨稚子绕膝，祥和家宴之时，和家人举杯小酌，追忆三十多年前小暑节气抢谷子的时刻，回忆父母在几亩薄田上辛勤劳作抚育我们的艰难种种，别有一番滋味在心头。

大暑

夏日闲放

时暑不出门，亦无宾客至。

静室深下帘，小庭新扫地。

褰裳复岸帻，闲傲得自恣。

朝景枕簟清，乘凉一觉睡。

午餐何所有，鱼肉一两味。

夏服亦无多，蕉纱三五事。

资身既给足，长物徒烦费。

若比簟瓢人，吾今太富贵。

大暑

辛丑牛

　　唐开成三年（838）夏天，大暑时节的东都洛阳城，酷热难当。大诗人白居易，在自己位于履道坊的府第之中避暑，提笔写下了这首《夏日闲放》。

　　时暑不出门，亦无宾客至：时当大暑，我没有出门，也没有宾客上门。

　　静室深下帘，小庭新扫地：幽静的居室之内，门帘放得低低的；室外的小庭院，刚刚打扫过，显得洁净幽雅。

　　褰裳复岸帻，闲傲得自恣：天气太热了，又是在自己家中，我撩起下裳，推起头巾，露出前额，放松一下。

　　朝景枕簟清，乘凉一觉睡：为了凉快，夏天的早晚，睡觉都垫着清凉的竹席。

　　午餐何所有，鱼肉一两味：中午吃的是什么呢？菜肴不多，

元　刘贯道《梦蝶图卷》

但有鱼有肉。

夏服亦无多，蕉纱三五事：自己的夏衣也不算多，只有蕉麻衣服三五件。

资身既给足，长物徒烦费：朝廷给的工资已很充足，自己有吃有穿有住，再不知足就是徒增烦恼了。

若比箪瓢人，吾今太富贵：如果与箪食瓢饮的颜回相比，我如今已经很富贵了。

"箪瓢人"这个典故出自《论语》，指的是颜回。

子曰："贤哉，回也！一箪食，一瓢饮，在陋巷。人不堪其忧，回也不改其乐。贤哉，回也！"

箪，用以盛饭；瓢，用以饮水。箪瓢，指的是颜回饮食简单，生活简朴，安贫乐道。

说起物资条件，说起安贫乐道，白居易跟颜回相比，深感愧对先贤是情理之中的。

颜回一生未做官，家庭贫困，而且早逝。白居易年纪轻轻就跻身朝廷清要之官，虽然仕途几经沉浮，但工资收入却一直很高；此时他在洛阳担任闲职，更是一个富贵闲人。

再比一比两个人的人生"三立"：立德、立言、立功。

颜回学了一生，穷了一生，也就是弄了个"立德"，还全是孔子夸的；颜回本人并没有留下任何重要的著作，没能"立言"；由于他没有做官，而且早逝，更没能为国为民"立功"。"三立"之中，只有"一立"。

白居易就不同了。首先他为官多年，于国于民有功，仅仅他在苏州刺史任上留下的"七里山塘"，就是他"立功"的标志性建筑；而他作为唐朝著名诗人，更是留下了2916首诗歌，影响所至，东至日韩，成为具有国际知名度的"立言"代表人物之一；至于"立德"，白居易固然不及颜回，但也未闻为官为人有失德之处，也算当时的一个完人。白居易这人生"三立"，堪称圆满。

或许白居易唯一的"问题"就是，他比颜回有钱，比颜回富贵，正如他自己在诗中所写的那样。

这首《夏日闲放》，是白居易所写的"闲适诗"中，比较典型的一首。

"闲适诗"作为一个诗歌分类名称，创始于白居易。就是他，在史上第一个把自己的诗称作"闲适诗"的。

元和十年（815），44 岁的白居易被贬江州司马，在九江城中，十分想念当时在长安的好友元稹，给他写了一封长信，名曰《与元九书》。在这封信中，白居易把自己创作的诗，分了四类：

第一类是"讽谕诗"，他的分类标准是："又自武德至元和，因事立题，题为'新乐府'者，共一百五十首，谓之讽谕诗。"

第三类是"感伤诗"，他的分类标准是："又有事物牵于外，情理动于内，随感遇而形于叹咏者一百首，谓之感伤诗。"

第四类是"杂律诗"，他的分类标准是："又有五言、七言、长句、绝句，自一百韵至两百韵者四百余首，谓之杂律诗。"

而在白居易心目中，占据第二重要位置的诗，就是第二类的诗——"闲适诗"："又或退公独处，或移病闲居，知足保和，吟玩性情者一百首，谓之闲适诗。"

可见，所谓"闲适诗"，是指在闲暇安适的状态下，创作的带有闲适情调的诗歌，是吟咏享受闲适生活时的情趣和心境的诗歌。

　　他留下的 2916 首诗中，有"闲适诗"885 首，占了三分之一；一个"闲"字，被白居易在诗中使用了 600 多次。换句话说，平均每 5 首白居易的诗，我们就能见到一个"闲"字。

　　白居易可能是史上第一个公开标榜自己是"闲人"的大诗人。他写诗说"天下闲人白侍郎""洛客最闲唯有我""洛下多闲客，其中我最闲"，并且还跟裴度争抢"闲人"的名次："不敢与公闲中争第一，亦应占得第二第三人。"

　　话说这个白居易，在元和十年（815）宰相武元衡遇刺之时，还曾以天下安危为己任，第一个上书言事，这才被贬到江州任司马的。难道仅仅一次贬谪，就让年仅 44 岁的白居易，革命意志消沉了？

　　其实，贬谪江州，只是导火索，只是转折点，不是他发生转变的原因。最主要的原因，是长期的官场生涯，让他深深体会了官场的险恶："朝承恩，暮赐死"，"昨日延英对，今日崖州去。由来君臣间，宠辱在朝暮"。

　　还是在《与元九书》中，白居易说了这样一番发自肺腑的话：

　　"古人云：'穷则独善其身，达则兼济天下。'仆虽不肖，常师此语。大丈夫所守者道，所待者时。时之来也，为云龙，为风鹏，勃然突然，陈力以出；时之不来也，为雾豹，为冥鸿，寂兮寥兮，奉身而退。进退出处，何往而不自得哉！故仆志在兼济，行在独善，奉而始终之则为道，言而发明之则为诗。谓之讽谕诗，兼济之志也；谓之闲适诗，独善之义也。"

解读一下。白居易在元和十年（815）贬谪江州之前，一直在等待着做出一番事业的"时机"，也就是他说的"所守者时"。那时的他，打算在"时机"到来之际，"为云龙，为风鹏，勃然突然，陈力以出"，为国为民，大干一番，"兼济天下"。

在元和十年（815）贬谪江州之后，白居易终于清醒地意识到，在当前的政治环境下，自己大干一番的"时机"，永远也不会来了。于是，他决定："时之不来也，为雾豹，为冥鸿，寂兮寥兮，奉身而退"，从此以后，"独善其身"，变身闲人一枚。

虽然此后他也曾服从朝廷调动，出任主客郎中、知制诰、中书舍人、杭州刺史、苏州刺史等职，但他的思想已经发生了质变，白居易不再是那个"兼济天下"、追名逐利的白居易了，而是一个独善其身、淡泊名利的白居易了。

从此以后，他志于"闲"，逐于"闲"，求于"闲"，乐于"闲"，醉于"闲"。

终于，他在长庆四年（824），年仅53岁时就到了洛阳，当上了"分司东都"的闲官，早早地过上了退休生活，从此远离了政治旋涡："始知洛下分司坐，一日安闲直万金。"

直到他以75岁高龄离世，"闲"都是他二十多年晚年生活的主旋律。"闲适诗"，就是他独善其身的产物。

一

这一首《夏日闲放》读下来，总的感觉是，已经67岁的老爷子白居易，坐在东都洛阳履道坊的宅院里，絮絮叨叨地，在跟我们拉家常、唠闲嗑儿。

曾经似乎高不可攀的白大才子，如今成了慈祥可亲的居家老爷子。千百年之后的我们，也可以经由《夏日闲放》这首诗，观赏他老人家日常生活中的衣食住行。

诗中关于"衣"有四句："褰裳复岸帻，闲傲得自恣"，"夏服亦无多，蕉纱三五事"；"食"有两句："午餐何所有，鱼肉一两味"；"住"有四句："静室深下帘，小庭新扫地"，"朝景枕簟清，乘凉一觉睡"；"行"也有两句："时暑不出门，亦无宾客至"。

先说"衣"。穿衣服，在白居易的时代，可不是件小事儿。衣服的颜色和式样，是"定尊卑，明贵贱，辨等列，序少长"的重要标志。

写《夏日闲放》之时，白居易虽然身居闲职，但他仍然是扎扎实实的朝廷命官，时任从二品的太子少傅分司东都。67岁的他，还需要再等三年，才能正式退休。

虽然白居易只是东都洛阳的闲官，但作为仍然在职的朝廷命官：在参加朝廷祭祀的重大场合时，他要身穿从二品官员的祭服；在参加元正朝会等重要场合时，他要身穿从二品官员的朝服；当他坐在办公室里"日理万机"正常办公时，他要身穿从二品官员的公服。

祭服、朝服、公服的穿着，一是场合不能错，二是穿戴要整齐，否则会被御史弹劾，轻则斥退、罚俸，重则贬谪、流放，可不是闹着玩儿的。

但白居易在家里，穿着就随便多了，可以不裹头，不束带，不穿长衫，不穿靴。他在《不出门》诗里也说，自己在家里，就是"披衣腰不带，散发头不巾"，穿得非常随意。在《夏日闲放》里，白居易就穿着比较薄的蕉纱衣服，下身的衣服被撩了起来，头巾也被推到一边，露出了前额。

在《夏日闲放》里，白居易的"食"，是豪华版的"鱼肉一两味"。这当然与白居易的经济条件有关，在唐朝那个老百姓很难吃到肉食的年代，白居易能有鱼有肉地吃饭，相当不易。

唐时，鱼的产量丰富，而且被公认为可口的美食。当时食用鱼的品种，和我们今天差不多，主要有鲤鱼、鲂鱼、鲈鱼、鳜鱼、鲫鱼、鲇鱼、银鱼和常见的海鱼，等等。

唐人食鱼，有"脍"法。所谓"脍"法，就是指将鱼肉细细地切成丝儿，经过调味之后，直接生吃。这种鱼肴，又叫"鱼鲙"。

　　唐人制作"鱼鲙"非常讲究，不仅注重鱼的新鲜程度，而且注重刀具的选择、刀法的运用。史料表明，唐人制作"鱼鲙"有专用的刀具——鲙手刀子，在唐玄宗李隆基赐给安禄山的物品清单中，就有"鲫鱼并鲙手刀子"。唐人认为，"鲙莫先于鲫鱼，鳊、鲂、鲷、鲈次之"，鲫鱼既然排在第一，李隆基当然要赐给自己最"忠心"的臣子安禄山了。刀法上，有"小晃白""大晃白""舞梨花""柳叶缕""对翻蛱蝶""千丈线"等多种刀法。技艺娴熟的厨师在制作鱼鲙之时，雪刀翻飞，鱼丝罗列，宛如杂技表演。

　　唐人的"鱼鲙"，色泽鲜亮，造型优美，如果再加入橙丝拌

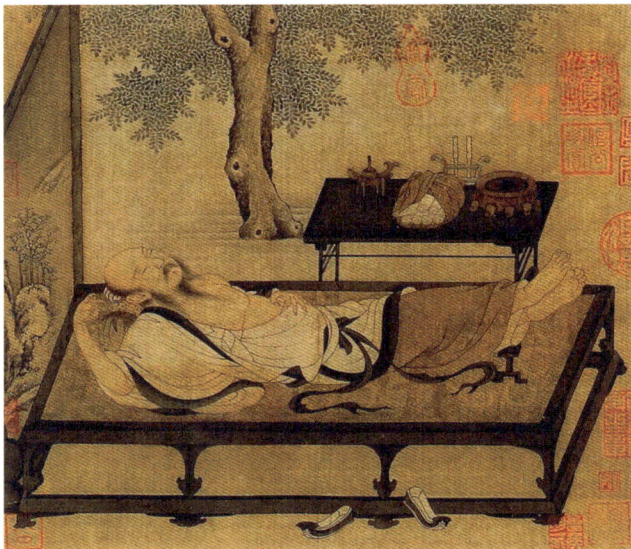

宋　王斋翰《槐荫消夏图》

之，称为"金齑玉脍"："南人鱼鲙，以细缕金橙拌之，号曰金齑玉脍"。

白居易在《夏日闲放》中的午餐，吃的是哪种肉，肉又是如何烹饪的，不好猜测；但是鱼的吃法，倒是可以推测。

白居易似乎不大喜欢"鱼鲙"这种生吃法，他的个人偏好是把鱼煮熟之后的吃法。他在《初下汉江舟中作寄两省给舍》中说"朝烟烹白鳞"，在《晨起送使病不行因过王十一馆居二首》中说"饭香鱼熟近中厨"，这都是把鱼煮熟了才吃的。

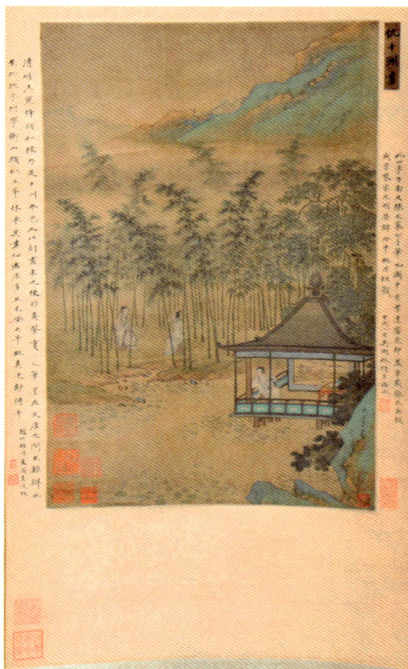

明　仇英《竹梧图》

除了鱼和肉以外，白居易也吃素菜。在他的诗中，经常可以见到"经时不思肉""三旬断腥膻""以我久蔬素""腥血与荤蔬，停来一月余""荤腥久不尝"等诗句；从诗题《仲夏斋戒月》《斋月静居》《斋戒》还可以看出，他似乎还在定期或者不定期地进行斋戒。

除了"吃"，白居易还重视"住"。他"所至处必筑居。在渭上有蔡渡

之居，在江州有草堂之居，在长安有新昌之居，在洛中有履道之居"。

《夏日闲放》中的"静室深下帘，小庭新扫地"，"朝景枕簟清，乘凉一觉睡"四句，就来自洛阳的"履道之居"——履道坊白府，也是他一生中最后的住处。

唐时的洛阳，是帝国的两个首都之一，又是一个三面环山、四水穿城、山水环抱的园林城市，引得众多名人在此定居。

位于洛阳城东南部的履道坊，堪称洛阳城中风景最佳之处。白居易对于这个住处很满意，曾经在《池上篇序》中这样说道："都城风土水木之胜在东南偏，东南之胜在履道里，里之胜在西北隅，西闬北垣第一第，即白氏叟乐天退老之地。"

白府占地17亩，大致相当于今天的9000平方米，包括三个部分，占地约三分之一的房屋，以及占地约三分之二的两个小花园——南园、西园。在两个花园中，水面占五分之一，竹林占九分之一："地方十七亩，屋室三之一，水五之一，竹九之一。"

白府的南园、西园两个花园之中，有假山，有小池，池中还有小岛，可以泛舟游玩。更为得天独厚的是，白府花园之中的池水，还是流动的活水。清人徐松的《唐两京城坊考》记载："居易宅在履道西门，宅西墙下临伊水渠，渠又周其宅之北。"也就是说，有一道伊渠，沿着白府西边院墙向北流去，然后在白府西

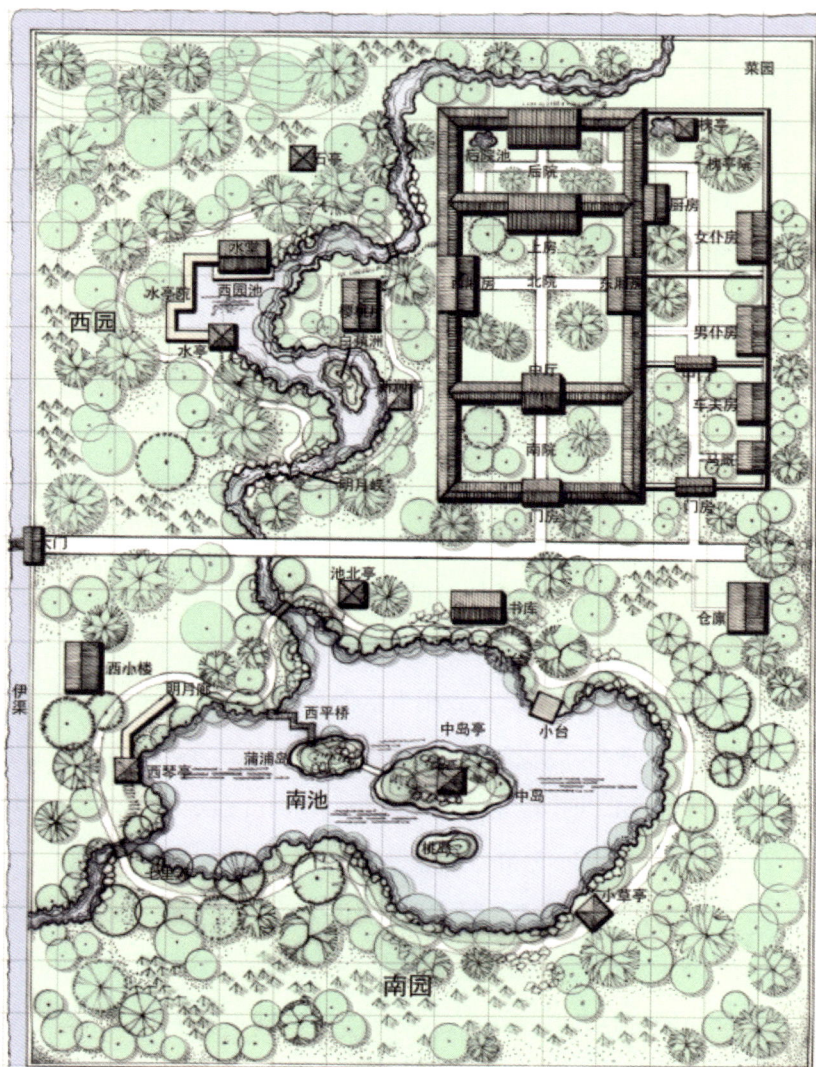

白居易宅园示意图

北角右拐，再沿着白府北边院墙向东流走。

白居易利用这一水利之便，引水入南园、西园，使花园池水保持流动，同时还别出心裁地在宅西墙下的水中放置巨石，使水石相激，造成潺潺之声，自成一趣。

关于"行"，白居易在《夏日闲放》中也有两句，"时暑不出门，亦无宾客至"，其实，这主要是因为天气热，这一群人消停了而已。

当时，就在履道坊白府的旁边，还环绕着白居易朋友们的府第，分别是：归仁坊牛僧孺宅、履信坊元稹宅、集贤坊裴度宅、崇让坊韦瓘宅、怀仁坊刘禹锡宅。这些人或赋闲或退休，在洛阳城中过得热闹得很，经常组织茶会、酒会、诗会，还有中秋、元日等节日聚会。白居易基本上是每请必到、每会必与，他自己说"人家有美酒鸣琴者，靡不过"，还说"自居守洛川泊布衣家，以宴游招者，亦时时往"。

白居易还组织过"七老会"和"九老会"这样史上著名的聚会。

会昌五年（845），74岁的白居易作为主人，邀请胡杲、吉皎、郑据、刘贞、卢贞、张浑6位年过七十的老人，加上他自己组成"七老"，在履道坊白府聚会，载歌载舞。这年夏天，在加了李元爽、禅僧如满二老之后，凑成"九老"，史称"香山九老"，或"洛中九老""会昌九老"。这九老齐聚白府，听歌、观舞、喝酒、赋诗。白居易还请来画工为老人们"照相"，并在画像上题诗，名之曰《九老图诗并序》。

聚会上有白府的歌伎表演歌舞，"樱桃樊素口，杨柳小蛮腰"就写于此情此景。

二

"小暑后十五日，斗指未，为大暑"，"小大者，就极热之中，分为大小，初后为小，望后为大也。大者，炎热至极也"，"暑，热也，就热之中分为大小，月初为小，月中为大，今则热气犹大也"。

大暑，是一年中最热的节气，也是喜温作物生长速度最快的时期，更是一年中旱涝、台风等自然灾害频发的时期。日平均气温在37℃以上的持续酷热，也将在这一节气前后出现。

每到大暑，我最想念的，就是萤火虫。大暑时节，本应是萤火虫最盛的时候。

只是，由于生活环境变化，这个当年曾经给农家穷小子带来无数欢乐和无尽遐想的小精灵，如今已难觅芳踪了。

立秋

立秋日悲怀

清晓上高台，秋风今日来。

又添新节恨，犹抱故年衰。

泪岂挥能尽，泉终闭不开。

更伤春月过，私服示无缘。

此诗作于唐元和九年（814）立秋当天，作者令狐楚。看清楚了，作者是令狐楚，不是令狐冲。

清晓上高台，秋风今日来：立秋之日的清晨，我登上高台，迎接今日到来的秋风。

立秋日会有秋风到来，出自《逸周书·时训解》："立秋之日，凉风至。"

又添新节恨，犹抱故年哀：多年前的悲哀，还没有从我的心中散去，此时却又增添了新的遗憾。

泪岂挥能尽，泉终闭不开：眼泪岂是能够流尽的，黄泉的大门始终紧闭不开。

更伤春月过，私服示无缞：最伤心的就是今年正月（春月）一过之后，我就再也不能穿着丧服寄托哀思了。

此诗题名叫《立秋日悲怀》。又是眼泪，又是悲从中来，又是丧服，令狐楚这是什么情况？怎么立个秋，他就伤心成这样了？

他悲从中来，是有正当理由的。因为，他从此正式成为没爹没娘的孩子了，虽然这一年他已经四十九岁。

元和二年（807），他的父亲去世，他成了没爹的孩子；五年之后，元和七年（812），他的母亲去世，他成了没娘的孩子。

写下这首《立秋日悲怀》时，作为没爹没娘的孩子，在立秋之日登高望远，想起父母养育之恩，他能不悲从中来吗？

一

在元和九年（814）立秋这天，哭得一塌糊涂的令狐楚，刚刚度过他母亲的丁忧期。

"丁忧"中的"丁"，在这里是"遭逢、碰到"的意思，"忧"则是"父母的丧事"的意思。所谓"丁忧"，就是"遭到父母的丧事"的意思。

从汉朝起，朝廷官员在遭遇祖父母、父母等直系尊长的丧事时，无论身在何处、担任何职，都必须在第一时间向朝廷辞职，回家穿上丧服，在一定时间内，为亲人守孝服丧。

清　恽寿平《花果蔬菜册页》

如果该官员身处军事前线，或者职责重要到无人能够替代，朝廷可能会不同意该官员"丁忧"，命令其"夺情起复"。但是这种情况比较罕见，从汉至清，总共估计也不会超过一百例，甚至不会超过五十例。

举个例子就明白了。清朝咸丰七年（1857），曾国藩作为湘军主帅，身在江西激战前线。但他父亲去世的消息一传来，他就带上同为湘军主要将领的弟弟曾国华，一同回籍"丁忧"。军情如此紧急，咸丰帝在事后也没有将他"夺情起复"。究其原因，还是"夺情起复"不符合"忠治国孝齐家"的意识形态主旋律。

关于服丧时间，按照去世亲人与官员的亲疏程度，长短不同。其中，以为父母服丧时间最长，需要三年。按照唐制，父母去世服丧三年，但如果父在而母亡，可以只服丧一年。但令狐楚的父亲早在五年前就已去世，而且由于女皇帝武则天对于母亲地位的强调，早已颁有法令在先，所以令狐楚也必须为母亲服丧三年。

服丧三年的计算方法，并不是完整的三十六个月，而是每到一年的正月，即为一年。唐律规定，最长为二十七个月。因此，令狐楚在诗中说"更伤春月过，私服示无缝"的意思是，到了元和九年（814）正月，他的服丧满了三年。

"丁忧"除了有服丧时间的规定外，还有诸多限制。

先说服装要求，也就是令狐楚"私服示无缝"这一句中的那个"缝"字。"缝"指丧服，令狐楚为母亲去世"丁忧"，必须穿上最重的丧服——"斩衰"。

所谓"斩衰"，是指用最粗的生麻布制作的丧服。丧服本应裁剪而成，但不说"裁剪"而说"斩"，一是表达亲人去世孝子悲痛欲绝，以致没有心思仔细裁剪，而是挥刀将布草草地斩成几大块披在身上之意；二是表示这类丧服无须缝边、无须任何修饰，同样也是表达悲痛欲绝之意。

"齐衰"，次于"斩衰"，"齐者何？缉也"。"缉"是什么？缝边也。也就是说，"齐衰"和"斩衰"的区别在于，"齐衰"丧服缝了边，而且"齐衰"用的麻布和"斩衰"相比，要相对细密一些。

"大功"，"齐衰"下一等的丧服，是指用熟麻布稍微加工做成的丧服，只是这种加工仍然比较粗糙，以其"用功粗大"而得名。

"小功"，次于"大功"，丧服衣料选用较粗熟麻布制成。相对于"大功"而言，其"用功细小"，故名"小功"。

"小功"再下一等的丧服，是丧服中最轻的一种，叫作"缌麻"。"缌麻"是因为服丧者所穿丧服衣料，系加工比较精细的细熟麻布或丝布制成而得名。

今天，我们在谈及亲戚关系时，经常用"未出五服"或"出了五服"来表达亲疏远近。这里所说的"五服"，就是指"斩衰""齐衰""大功""小功""缌麻"这五种丧服。

换句话说，如果有一个亲戚去世，按照丧礼要为其穿着五种丧服中的任何一种，则表示该亲戚是血缘比较近的近亲，是"未出五服"的亲戚。

在为母亲"丁忧"期间，令狐楚就必须要穿着"斩衰"。而且，他最好在母亲的墓地旁边，搭个草棚居住，这也有个说法，叫作"庐墓而居"。当然，这主要看孝子的个人意愿，并非强制性要求。如果没有"庐墓而居"，也可以住在家里，那就必须做到"父母之丧，居倚庐，寝苦枕块，寝不脱经带"。

不仅如此，还有以下的强制性要求。这些要求如果违反了，既会被朝廷追究，也会被社会舆论谴责。

"丁忧"期间，不得自己奏乐或听人奏乐，不得参与樗蒲、双陆、弹棋之类的娱乐。也就是说，下个棋都不行，更别提打个麻将了。当然，唐朝

还没有麻将。

"丁忧"期间，不得将丧服换成吉服或常服，不得参与任何酒宴；兄弟之间不得分家；自己不得嫁娶，也不得为他人主婚，为他人做媒。

最麻烦的就是这一条了，就是"丁忧"期间不得生子。《唐律疏议》规定："诸居父母丧，生子……徒一年"，即凡是在二十七月"丁忧"期内怀胎者，不论其服内出生还是除服后出生，均处徒刑一年。当然，如果能够证明是在父母去世前怀胎，然后在"丁忧"期内生子的，则不予治罪。

还有，在"丁忧"期间，必须"头有疮则沐，身有疡则浴"，即头上有疮了才能洗头，身上发痒了才能洗澡。最好呢，是达到"容貌哀毁，亲友皆不复识之"的程度，那才算是最有孝心的大孝子，才会被朝廷认可，才能得到社会舆论的肯定。

饮食上，要保证既不因"虚而废事"，也不因"饱而忘哀"。"丁忧"期间禁止饮酒食肉，最好不要食用盐、酪、葱、蒜等刺激性食物，只能食用一些粗粝的饭菜充饥。

语言方面，"非丧事不言"，与丧事无关的事情一律不谈，尽可能保持沉默，以体现丧亲之痛。即使说话，也要简明、扼要，不要加过多的修饰之词。

不同的是，丁父忧时"唯而不对"，只发出应声而不回答别人的话；丁母忧时则是稍微宽松一点儿的"对而不言"，只回答别人的话而不主动说话。令狐楚这次是丁母忧，要遵守"对而不

言"的规矩。

不可以随便说话，但可以随便哭泣。孝子居"父母之丧，不避泣涕而见人"，也就是说孝子可以随时随地哭，想起来就可以大哭几声、小哭若干，不必拘泥场合。

以上就是自元和七年（812）到元和九年（814）正月，令狐楚丁母忧时所过的日子。大致上，也是元和二年（807）到元和四年（809）令狐楚丁父忧时所过的日子。

作为家中长子，令狐楚不仅在父母身后如此有孝心，而且在父母生前就十分孝顺。

贞元七年（791），令狐楚以第五名进士及第时，其父令狐承简正在太原府功曹任上。

就在刚刚踏上仕途的令狐楚，打算就近任官方便照顾父母时，却在第二年意外地得到了桂管观察使王拱的延聘。远在广西桂林的王拱，深知令狐楚人才难得，怕他嫌路远不愿意去，还采取了一个非常手段，"惧楚不从，乃先闻奏而后致聘"。即王拱先向朝廷奏请，把事情公开化，然后再向令狐楚送达聘书。

这下，令狐楚为难了：一边是父母需要奉养，一边是父辈的面子不能不给。思虑再三，令狐楚于贞元八年（792）下半年，从太原出发，跋涉四五千里，到达桂林，以弘文馆校书郎的身份进入王拱的幕府任职。满一年之后，令狐楚得到了王拱的谅解，

"家在并汾间，急于禄养""乞归奉养，即还太原"，再次跋涉四五千里，回到太原家中。

一件两难的事儿，被令狐楚办得如此漂亮，史称"人皆义之"。可见，人家后来之所以能出将入相，还是有真本事的。

当然，令狐楚这个做法，他自己还是很累的。以唐朝当时的交通道路条件，他这一跋涉就是四五千里，单程起码得舟车劳顿三个月以上。

回到太原奉养父母的令狐楚，大约在贞元十一年（795）五月前后，进入河东节度使李说幕府，任掌书记。在这个负责为节度使写奏章文书的职务上，他充分发挥了自己被刘禹锡誉为"今日文章主"，骈文为"一代文宗"的优势，干得风生水起。

首先，他那一手文章居然能够让皇帝"见字如面"。在此前基本没有机会与皇帝唐德宗单独见面的情况下，令狐楚硬是仅凭一手漂亮文章，就做到了让唐德宗对他"见字如面"——"德宗喜文，每省太原奏，必能辨楚所为，数称之"。

要知道，河东节度使的奏章，上面署的可是节度使的名字，身为节度使幕僚的掌书记，是不够资格在这样的正式公文上面署名的。可就是这样，唐德宗仍然能够分辨出哪一篇奏章出自令狐楚的手笔，这就太厉害了。我们是应该夸唐德宗的眼光毒呢，还是应该夸令狐楚的文笔妙呢？

其次，他那一手文章居然能够让三军"无不感泣"。令狐楚在太原，共经历了李说、郑儋、严绶等三任节度使。郑儋接任节度使不到一年的时间，就在未交代后事的情况下不幸暴卒，因此而引发了军中动乱。"中夜，十数骑持刃迫楚至军门，诸将环之，令草遗表。楚在白刃之中，搦管即成，读示三军，无不感泣，军情乃安。"

令狐楚在刀架在脖子上的情况下，写出的这篇雄文，可惜没有流传下来，到底写了些什么、怎么写的，我们不得而知。但他仅凭一手好文章，就消弭了一场兵变，确是史有明载。

这样的人才不调中央任职，简直是太可惜了。元和五年（810），丁父忧服除之后，令狐楚调任长安，先后任右拾遗、太常博士、礼部员外郎，由地方僚属一跃成为中央清要之官。

此后他在丁母忧服除之后，被朝廷召为刑部员外郎。此次调任，属于正常岗位变动，级别未动。但就在他写下《立秋日悲

元　钱选《秋江待渡图》

怀》之后的当年八月，他飞黄腾达的机会来了。

这年八月，唐宪宗最宠爱的岐阳公主下嫁杜悰。因为礼仪官缺员，特命令狐楚以本官摄太常博士。精于礼仪的令狐楚在这次皇家婚礼中，表现极为抢眼："当问名之答，上亲临帐幄，帘内以窥之，礼容甚伟，声气朗彻。上目送良久，谓左右曰：'是官可用，记其姓名'。"

继唐德宗之后，令狐楚又得到了另一位皇帝唐宪宗的垂青。垂青的效果显著而且直接：当年十月，令狐楚擢职方员外郎，知制诰；十一月，令狐楚入充翰林学士，进中书舍人，成为天子近臣。

元和十四年（819）七月，令狐楚擢升中书侍郎、同中书门下平章事，跃居帝国宰相，达到一生仕途的顶峰。

此后的近二十年，令狐楚历经宦海沉浮。先后外放宣武军节度使、东都留守、天平军节度使、河东节度使，也曾两度入朝担任户部尚书和吏部尚书，封彭阳郡开国公。

令狐楚和白居易是好友，两个人生活在同一个时代，都要面对藩镇割据、朋党之争、宦官专权等三个中晚唐时期的政治毒瘤。同样的政治环境下，同为好友的两个人，却做出了不同的政治选择。

白居易的选择是逃避，他求为闲官，避往洛阳，远离政治争斗的中心。至于大唐帝国的安危存亡，他置之不理，只要此生快活。

而从令狐楚于开成二年（837）十一月十二日以七十二岁高龄在山南西道节度使任上谢世就可以看出，他选择了面对。不仅如此，他还在这个混沌的官场上，保持了难得的正直与耿介。

比如他所经历的"甘露之变"，是唐朝历史上专权的宦官们成百上千地大肆诛杀朝官的大惨变。大肆屠杀之后，望着长安街头还在流淌的鲜血，幸存的朝官早已是噤若寒蝉，向着手提滴血屠刀的权宦仇士良等俯首拜服。

只有令狐楚，这时还敢于站出来，为惨遭杀戮的宰相王涯、贾𫗧鸣冤抱屈，"既草诏，以王涯、贾𫗧冤，指其罪不切，仇士良等怨之"。后来，他又请求朝廷出面，为遇难官员收尸，"从容奏：'王涯等既伏辜，其家夷灭，遗骸弃捐。请官为收瘗，以顺阳和之气'"。在宦官一言不合就拔刀相砍的恐怖时期，令狐楚这样做，是需要巨大勇气的。

令狐楚一生，不仅仕途通达，出将入相，而且驰骋文坛，名震一时。他对李商隐有知遇之恩，与白居易、刘禹锡、贾岛、王建、张籍、李逢吉等酬唱。被好朋友白居易称为"诗敌"，又被好朋友刘禹锡誉为"今日文章主"，直到五代时期修撰《旧唐书》时，史臣刘昫等人还赞叹他是"一代文宗"。

《全唐诗》录有他近六十首诗，《全唐文》录有他近一百四十

篇文。可是，令狐楚至今仍然是一位被我们严重忽视的唐朝诗人。

值得一提的是，令狐楚教子有方，后继有人。长子令狐绪，历随州、寿州、汝州刺史，"在汝州日，有能政，郡人请立碑颂德"。

次子令狐绹更是不得了，在唐宣宗大中四年（850）和父亲一样成为帝国宰相。他比父亲还要辉煌的是，从这年起直到大中十三年（859），执掌帝国中枢政事长达十年之久，"宣宗以政事委令狐绹，君臣道契，人无间然"。虽然唐朝的父子宰相并不算少，但令狐楚、令狐绹父子俩仍然是难得的异数。

令狐楚的三子令狐纶，史无明迹，可能早夭。

虽然是辉煌的唐朝宰相，也是璀璨的唐朝诗人，可令狐楚今天在我们心目中的名头，还是不如令狐冲这个华山派首徒、魔教女婿响亮。

二

立秋，是一年之中秋季开始的节气。"立秋，七月节"，"大暑后十五日，斗指坤，为立秋。秋，揫也，万物揫敛成就也，故谓立秋"。

立，建也，始也；秋，揫也，物于此而揫敛也。从立秋这一天开始，天高气爽，月明风清，气温开始逐渐下降。

"秋"字，左"禾"右"火"，本身就代表着禾谷成熟。立秋，也意味着一年中最大的收获季节的到来。一年秋收之际，是劳动人民的喜庆时刻。

立秋之时，我国多地有"咬秋"风俗。清朝张焘在《津门杂记·岁时风俗》中记载说："立秋之时食瓜，曰咬秋，可免腹泻。""咬秋"应该咬什么瓜呢？多达六种，分别是黄瓜、苦瓜、丝瓜、南瓜、西瓜、冬瓜。

这六种瓜，当然可以一样一样地换着"咬秋"；如果兴致来了，要搞个新花样，把六种瓜混在一起"咬秋"，只要你觉得味儿不怪，当然也行，你开心就好。

处暑

宿无极县（其一）

土壤濒瀛海，风烟自一方。

气交才处暑，夜寂便生凉。

老水易蒸雨，积阴常胜阳。

妖蝗夺农力，晚稼半成荒。

處暑
辛丑春月
牛元亮

元至元六年（1269）处暑时节，四十三岁的户部员外郎胡祇遹，因公到当年的"幽青冲要地"，即今天的河北省无极县出差。

这一天，胡祇遹夜宿无极县廨，所见所闻，感而赋诗，写下《宿无极县》三首，这是其中的第一首。

土壤濒瀛海，风烟自一方：无极县濒临大海，风土人情自有其一方特色。

胡祇遹其实也是河北人。他的家乡距离无极县不远，就在邯郸西北的武安县。但是，当胡祇遹来到距离渤海只有二百多公里、比自己武安家乡更接近大海的无极县时，仍然感觉大不相同。

气交才处暑，夜寂便生凉：如今才只是处暑时节，可一到夜晚就已经感觉有凉意了。

老水易蒸雨，积阴常胜阳：处暑之日，正是一年中阴气始生的时候；此时，经过一个夏天蒸发的水蒸气，会形成一场又一场的秋雨。

《月令七十二候集解》记载："处暑，天地始肃。秋者，阴之始，故曰天地始肃。"

处暑是反映气温变化的一个节气，代表气温由炎热向寒冷过渡。这里的"处"，是"终止"的意思，表示暑气在这一天终止。

处暑之后，每下一场雨，都会有"一场秋雨一场寒"的感觉。

妖蝗夺农力，晚稼半成荒：到处肆虐的蝗虫，吞蚀了农民们的劳动成果，田野上的庄稼荒废了将近一半。

元　吴镇《渔父图》

在胡祗遹写下《宿无极县》的至元六年（1269），"北自幽蓟，南抵淮汉，右太行，左东海，皆蝗"。所以，肩负到各地巡察灾情、捕杀蝗虫任务职责的户部员外郎胡祗遹，才痛心地写下

"妖蝗夺农力，晚稼半成荒"。一个"妖"字，足见这位诗人兼官员当时对蝗虫的痛恨。

这是一首典型的"行役诗"。所谓"行役诗"，是指诗人因服兵役、劳役或公务外出时，写下的反映当时心情和经历的诗，记录了诗人跋涉途中的生活。

最早的"行役诗"，可以从我国古代诗歌的源头，最早的一部诗歌总集《诗经》里面去找。《诗经》三百一十一篇，有将近十分之一是"行役诗"，比如《采薇》《何草不黄》等名篇。

此后的历朝历代，"行役诗"历久弥盛，不断有诗人自觉继承"行役诗"的传统，写出脍炙人口的"行役诗"来，名篇佳作屡见不鲜。

胡祗遹当然未必是最出色的"行役诗"继承者，但他一生宦游山西、湖北、山东、江苏、浙江等地，写下了大量类似《宿无极县》《宿潭口驿》《宿兖州廨》《过阳信县》这样的"行役诗"。

看来，他也是个有故事的男人呐。

一

胡祗遹（1227—1295），字绍闻，号紫山。

作为元朝初年之人的他，拥有一个非典型的名与字。"祗遹"

"绍闻""紫山"，看得让人头皮发麻。尤其是"祗遹"二字，字生僻且搭配怪异，意思更是令人费解，需要解释一下。

"祗，敬也"，"恭敬"之意；"遹，述也"，"遵循"之意；"绍，继也"，"继承"之意；"闻"，"名声"之意。

可见，"祗遹"与"绍闻"，都是"恭敬地遵循、传承祖先良好家风和名声"的意思，两者是前后呼应、意义相关的一对词儿。

而这两个词在一起搭配的历史，则非常久远，源自《尚书·康诰》："今民将在祗遹乃文考，绍闻衣德言。"也就是说，从《尚书》开始，"祗遹"与"绍闻"就已是一对搭配稳定的词。

这一搭配，还一直传承到了清朝。位于北京景山正北供奉清朝历代皇帝神像的寿皇殿，其左宝坊匾额就镶嵌着乾隆御题的四个大字——"绍闻祗遹"。

而胡祗遹自号紫山，则是因为他曾在家乡武安的紫金山读书。

紫金山又名紫山，属太行山脉，位于河北邯郸西北。紫金山面积二十平方千米，主峰海拔约五百米，是邯郸佛教、道教之圣地。

所以，胡祗遹的名、字、号，虽然非典型，但却都是有故事的。

拥有一个非典型名字的胡祗遹，却是元朝初年的一个典型文人。

　　1227年（金朝正大四年、蒙古元太祖二十二年、西夏宝义元年、南宋宝庆三年）十月，胡祇遹出生于金国的磁州武安。而从这一连串的年号，我们可以知道，他出生之时正是名副其实的乱世。

　　胡祇遹所在的家族，是武安著名的书香门第。比较特别的是，胡家这个书香门第收藏的第一批书，是抢来的。

　　金朝正隆六年（1161），金国皇帝完颜亮发动"正隆南伐"。当时武安一位名叫胡益的年轻人，以良家子从征入伍。他跟着大军去南方走了一遭，没有带回金银财宝，却从宋朝国子监抢得大批图书而归。

　　靠着这批图书，胡益在家里建起了像模像样的"万卷堂"，百战归来再读书。

　　这位胡益，就是胡祇遹的高祖父。胡祇遹的曾祖父是胡溶，祖父是胡景崧。胡祇遹的父亲名叫胡德珪，在胡祇遹出生的那一年考上了金朝的进士，官至儒林郎、富平县主簿。

　　到了胡祇遹这一代，祖宗们厚积百年的才学，终于在他的身上集中爆发了。胡祇遹天赋异禀，一身兼具儒学义理之才、政务经济之才、文学词章之才。

　　儒学义理之才方面，"未及冠，潜心伊洛之学，慨然以斯文为己任，一时名卿士大夫咸器重之"。

　　政务经济之才方面，"以吏材名一时"，被称为"经济之良才，时务之俊杰"。

文学词章之才方面，著有《紫山大全集》，被誉为元朝文坛"中流一柱"、"元代戏剧学第一人"，他的散曲被《词品》评为"如秋潭孤月"，郑振铎点评为"所作短曲，颇饶逸趣"。

他是著名文学家、历史学家元好问的学生，也曾师从元初政坛领袖、文坛领袖王磐和元初名儒杜瑛；他是元曲四大家关汉卿、白朴的朋友，他还是著名书法家、画家、诗人赵孟頫的朋友。

这么说吧，胡祗遹是一位大才子，是一位全能型选手。

首先，胡祗遹是官场幸运儿。

元中统元年（1260），忽必烈继位。也是在这一年，34岁的胡祗遹由张文谦举荐为员外郎，就此踏入官场。

必须指出，当时在元朝，胡祗遹能有此际遇进入官场，实在是异数。

因为，胡祗遹是汉人，还是元朝统治之下的汉人，而且还是元朝统治之下汉人中的读书人。

众所周知，汉人在元朝统治之下的地位，不是第四就是第三。有人说这不是挤进前五强了吗？不错啊。问题是，只有前四名，分别是蒙古人、色目人、汉人、南人。

在元朝，"南人"的意思是，原南宋统治区域的居民；"汉人"主要指北方的汉族，也包括已经入居中原的契丹、女真人。

还好还好，胡祗遹是金国的汉人，好歹挤进了前三强。

而读书人在元朝统治之下的地位，就相当惨了，名列第九——"元制：一官、二吏、三僧、四道、五医、六工、七猎、八妓、九儒、十丐"。

同为读书人，我是真想把元朝当权的诸公从地下叫醒，问问他们，读书人怎么就排到第九了呢？

胡祗遹是儒家读书人，只能勉强挤进前十强。

这样的社会地位，一般情况下，胡祗遹是很难进入官场的。

在元朝，仕进只有四条路：一怯薛，二科举，三承荫，四吏员。

"怯薛"，在蒙古语中是"番直宿卫"之意，指蒙古帝国和元朝的禁卫军。这是蒙古人和色目人的特权，胡祗遹是想都不敢想的。

"承荫"胡祗遹也没戏。这也是没办法，他爹那个富平县办公室主任的级别太低，没有这个福分。

至于"吏员"，又不是胡祗遹这样的读书人能够放下身段的路径。只有靠科举了。

然而，在胡祗遹的时代，科举也靠不住。不仅靠不住，而且胡祗遹也等不来。

元朝，直到王朝灭亡只进行了十六次科举考试，而第一次科举考试还要等到延祐二年（1315），即胡祗遹死后二十年，才举行。

所以，在这样一个南人完全没戏、汉人基本没戏、读书人几乎没戏的元朝官场，胡祗遹能够经举荐而进入官场，实在是当时为数不多的官场幸运儿。

胡祗遹初入仕途是在家乡所在的彰德，不久即入朝到上都（今内蒙古锡林郭勒正蓝旗）任职十年，先是参加修史，后任中书详定官，"授应奉翰林文字，寻兼太常博士，调户部员外郎，转右司员外郎，寻兼左司"。

正是在上都，在担任户部员外郎期间，他出差到无极县等地巡察灾情，写下了《宿无极县》。

大约至元十一年（1274），四十八岁的胡祗遹被派往山西，担任太原路治中，兼提举本路铁冶。

两年之后的至元十三年（1276），胡祗遹转任湖北，担任荆湖北道宣慰副使。这一次胡祗遹在湖北的任职，时间长达五年，虽然他本人并不喜欢湖北。他很不爽地写道："南迁二千里，风土异吾乡。十月犹蚊蚋，三餐尽桂姜。"

元 吴镇《渔父图》

蚊蚋的事儿，我管不着；但在菜里放点桂姜，这是我们湖北人会烹饪会调味。胡祗遹，你显然不懂美食啊。

至元十九年（1282），五十六岁的胡祗遹转任山东，升任山东西道提刑按察使。这一次胡祗遹在山东的任职，时间也是五年，可是他本人却非常喜欢山东。他很开心地写道："爱历下风烟，江湖郛郭，城市山林。"

也罢，考虑到本人众多山东朋友的火暴脾气，此处我暂且省略关于湖北比山东好的五千字。

至元二十五年（1288），已经六十二岁的胡祗遹转任江南浙西道提刑按察使，来到杭州。担任此职三年之后，他北还故里，读书教子，诗酒自娱，于元贞元年（1295）六十九岁时去世。

其次，胡祗遹也是文坛多面手。

作为新一代的文坛领袖，胡祗遹能作诗，能作词，还能作曲，更能作文。《全元文》收其文三百一十篇，《全元散曲》收其曲十一首，《全金元词》收其词二十三首。

对于胡祗遹的文学作品，《四库全书总目》给了一个总评："今观其集，大抵学问出于宋儒，以笃实为宗，而务求明体达用，不屑为空虚之谈。诗文自抒胸臆，无所依仿，亦无所雕饰，惟以理明词达为主。"

应该说，这是一个相当高的评价。

他的诗，史上评价也颇高。好友王恽称赞他的诗"只将健笔凌云句，亦是诗坛不朽名"，张之翰甚至称赞他"文章勋业乘除里，太白渊明伯仲间"。但夸归夸，张之翰也夸得太过了。实事求是地说，胡祇遹的诗，比之李太白、陶渊明，还是稍逊那么一筹两筹的。

包括《宿无极县》在内，胡祇遹现存诗六百余首，内容丰富，诗体兼备。五律、七律多为酬赠之作，五古、七古多为纪实、感怀之作，五绝、七绝则多为题画之作。

他的诗可分为四类——行役诗、讽喻诗、隐逸诗、题画诗。其中有相当篇章，涉及当时的政治民生现实：或指陈弊政，向朝廷建言献策；或目睹战后凋敝，哀怜民生多艰；或感叹地方官施政困难，直抒对官场生活的疲倦和对家乡的思念。

公平地说，胡祇遹的诗歌，充分体现了元诗粗豪、直露的特点。他的诗虽然数量丰富，但是质量一般，佳篇不多。这胡祇遹可还是文坛领袖级的人物呐。他的诗都如此，其余元朝诗人的创作就更加乏善可陈了。

胡祇遹现存二十三首词。从内容看，可分为酬唱赠答、祝寿庆岁、纪游宴饮、纪事抒怀等四大类，主要还是酬唱赠答。总的来看，胡祇遹的词自然晓畅，又不失清丽俊雅，蕴含一种超逸之气。

胡祇遹最大的成就，还是在散曲方面，虽然作品并不算多，现存仅有十一首。内容大致分为写景、隐逸和咏妓三类，其中他着墨最多的，还是写景之作。

与同时期文人相比，他是将散曲用于表达士大夫闲适自适心态的典型人物之一。最重要的是，他的散曲风格，还直接影响到了关汉卿、白朴等元曲大家的创作，直接助力了元曲繁荣。

最后，胡祗遹还是仕途明白人。

"不能为名臣，便当作高士"，这是胡祗遹在步入仕途的第九年，即至元五年（1268）写下的诗句。这两句诗，恰是他一生仕途的真实写照。

从1260—1291年，他用了一生中最为美好的三十年时间，去努力做一个名臣；然后，从1292—1295年，他只给自己留了三年时间，去实现年少时的梦想，做一个高士。

要我说，他留给自己的时间太少了。至少，还应该再早个五年。

本来，作为金国的遗民，青年时期的胡祗遹，对新政权并没有任何抵触，在仕进这一道路上，他是积极的，追求的是"百年何足荣，万古名不灭"。所以，当他一踏入官场，就立志兼济天下，那时他对于"高士"退隐的生活方式，也就是想想而已，心中并不完全赞同。

然而，现实生活的残酷，终于还是慢慢消磨了他的"名臣"理想。即便胡祗遹面对的，是以开明著称的忽必烈，对于汉族文人也是一方面拉拢，一方面提防。胡祗遹就是在忽必烈的拉拢与提防的夹缝中间，宦海沉浮的。

称帝伊始的忽必烈，一开始还是比较重视儒臣治国的，对汉族文人是以拉拢为主。所以，胡祗遹在他称帝的元年就被举荐入仕。

但是，仅仅两年之后，中统三年（1262）的李璮叛乱事件，极大地拉低了忽必烈对于汉族文人的信任度，他转而重用色目人阿合马，对汉族文人开始以提防为主了。

而阿合马的重用，更是加剧了汉人大臣与蒙古人、色目人大臣之间的政见之争。正是在这样的背景下，胡祗遹才被调离京师，辗转地方任职近二十年之久。

身在地方的胡祗遹，虽然仍然不改兼济天下的初衷，所到之处仍然恪尽职守，但受限于元朝当局森严的等级制度，他开始逐渐明白，"名臣"只是梦想，"高士"才是现实。

而他离开官场，也与"名臣"梦碎有关，他是在"圣眷愈隆，官声愈显"的情况下突然辞官的。当时他担任江南浙西道提刑按察使，因为依法处置了骑在百姓头上作威作福的"税司逻卒"，竟然引来浙西行省官员的不满。他愤然辞职，"即轻舟还相下，筑读易堂以居，若将终身焉"。

回到故里的胡祗遹，只做了三件事：一是躬耕自乐，二是诗酒自娱，三是著书立说。这时的他，"名臣"梦碎，开始追求"高士"的生活了。胡祗遹晚年曾有一首词，充分说明了他的这种心态：渔得鱼心满愿足，樵得樵眼笑眉舒。一个罢了钓竿，一

个收了斤斧。林泉下偶然相遇，是两个不识字渔樵士大夫，他两个笑加加地谈今论古。

对了，所谓人生，不过如此：不过就是"渔得鱼，樵得樵"。我们不仅要学会时时知道"眼笑眉舒""心满愿足"，还要学会尽情享受"笑加加地谈今论古"的欢乐时刻。

直到此时，胡祗遹总算修炼成了一个仕途明白人，完全看开了，完全想通了，虽然晚了点。

二

处暑，顾名思义，一般会认为这是一个"处于暑天之中"的节气。然而，恰恰相反，这里的"处"是"终止、隐退"之意，所以"处暑"的意思是"夏天暑热正式终止"。"处，止也，暑气至此而止矣"。

简单粗暴地理解，"处暑"就是"出暑"。

古人认为，处暑时节有三大物候："一候鹰乃祭鸟；二候天地始肃；三候禾乃登。"简单说，一是鹰开始大量捕猎鸟类，二是天地间万物开始凋零，三是黍、稷、稻、粱等"禾"类农作物成熟。

处暑节气的到来，意味着暑气将于这一天结束，我国大部分地区气温将开始逐渐下降。处暑，一个代表气温由炎热向寒冷过渡的节气。也正是因为意识到了这一点，身在河北的胡祇遹，才在《宿无极县》中写道："气交才处暑，夜寂便生凉。"

白露

月夜忆舍弟

戍鼓断人行，边秋一雁声。

露从今夜白，月是故乡明。

有弟皆分散，无家问死生。

寄书长不达，况乃未休兵。

　　唐乾元二年（759）白露节气，明月当空之夜，身在秦州（今属甘肃天水）的"诗圣"杜甫，又思念亲友了。

　　还好还好，这一夜，他想的不是李白。

　　诗题《月夜忆舍弟》告诉我们，这次他想的，是他的亲弟弟。

　　杜甫一共有四个同父异母的亲弟弟，分别是杜颖、杜观、杜丰、杜占。其中杜占因为年纪幼小，此刻正跟随在杜甫身边。所以，杜甫这时想的，是另外三个已经长大成人的弟弟。

　　在这年的白露节气，杜甫能够出现在秦州，而且还深深挂念已经长大成人的弟弟们，自有其充足的理由。

　　此时的大唐帝国，正处在"安史之乱"的战乱动荡之中，叛军正在到处烧杀抢掠。而杜甫的三个弟弟，杜颖在临邑（今山东德州），杜观在许州（今河南许昌），杜丰则在洛阳，全部身陷战区。兵荒马乱的，怎能不叫杜甫牵肠挂肚？

所以，"诗圣"才写下了这首《月夜忆舍弟》。

戍鼓断人行，边秋一雁声：戍楼上的更鼓响过之后，路上已经没有了行人，只有一只孤雁悲鸣着，从秋天的边境飞过。

古人以"雁"喻兄弟，典故出自《礼记·王制》："父之齿随行，兄之齿雁行，朋友不相逾。"所以杜甫一听到雁的叫声，就想起了身陷战区的兄弟们。

话说这句中的"雁"，可是"诗圣"杜甫最喜欢的鸟儿哦。

南宋　苏汉臣《秋庭婴戏图》

在他的诗中，雁的出场次数最多，达到了七十八次，远远超过五十次的凤、四十四次的鹤、四十次的鸥。

露从今夜白，月是故乡明：今天已经是白露了，月光皎洁如水，但故乡的月亮，肯定比这里的月亮更加明亮。

这是千古名句，尤其是后面那句"月是故乡明"。近代以来，

"月是故乡明"更是成了海外华人的口头禅。多少身处异国他乡的华侨，一念起杜甫的这句诗，就老泪纵横，止不住地流。

直到今天，你在国外随便找个老华侨，当面给他来上一句"月是故乡明"，他肯定当时眼泪就下来了。

有弟皆分散，无家问死生：我与弟弟早已分散各地，失去家园以来，我也无处打听兄弟们的生死。

寄书长不达，况乃未休兵：平时寄出的家书尚且经常难以到达，何况如今烽火连天。

这是杜甫的一首"亲情诗"。所谓"亲情诗"，是指诗人写给自己的夫或妻、父母、子女、兄弟、姐妹的诗。

据不完全统计，杜甫一生写有近百首"亲情诗"，其中有三十篇是身为长兄的他，写给自己四个弟弟和一个妹妹的。这三十篇，同时也可以称之为"兄弟诗"。

杜甫的第一首"兄弟诗"，是写于"安史之乱"前、开元二十九年（741）的《临邑舍弟书至苦雨黄河泛溢堤防之患簿领所忧因寄此诗用宽其意》；第二首"兄弟诗"，就是写于"安史之乱"后、天宝十五载（756）的《得舍弟消息二首》。

此后，处于战乱之中的杜甫，开始年年月月日日时时关注分散各地的弟弟妹妹们的消息，集中地写下了多首"兄弟诗"。《月夜忆舍弟》就是他的第八首"兄弟诗"。

一

今天的我们，尊杜甫为"诗圣"。其实在唐朝，他也就是一个普通人。

"安史之乱"，是身为普通人的杜甫一生中的分水岭。他的命运因为战乱，由无忧无虑、读书漫游，而变得悲欢离合、颠沛流离。

杜甫出身官宦名门。第十三世祖杜预，是西晋著名将领、学者；祖父杜审言，是唐高宗、武则天时期的著名诗人，是唐朝"近体诗"的奠基人之一。

在这样一个"奉儒守官"的家庭里，杜甫从小就受到了很好的教育。三十五岁之前，他过的都是无忧无虑的读书漫游生活。他先是南游吴越，然后北游齐赵。正是在北游齐赵期间，他于天宝三载（744）结识了一生的好基友李白、高适等人。

天宝六载（747），杜甫怀着"致君尧舜上，再使风俗淳"的远大志向，到长安参加科举未第，从此开始了长达十年的长安求官生涯。

这十年，普通人杜甫，过得平平淡淡，甚至有些窘迫。因为一直是布衣之身，所以杜甫没有薪俸收入，手头也一直比较紧，以致需要"卖药都市，寄食友朋"。直至天宝十四载（755），他才获得太子右卫率府胄曹参军这个从八品下的官职。

　　然而，也就是在这一年，"安史之乱"爆发。杜甫的这个点儿啊，也是真不巧。

　　大乱来临时，杜甫正在长安以东的奉先（今陕西蒲城），探望此前寄居于此的妻儿。在听闻唐肃宗李亨灵武即位之后，杜甫将妻儿安置在长安正北约两百公里的鄜州（今陕西富县），只身赶往灵武。

　　不料途中却为叛军擒获，被押至长安。此时，我们熟悉的另一位大诗人王维，也被叛军关押在长安。不过，杜甫比一直被关押，后来还被迫担任伪职的王维幸运，他借机逃出了长安，并顺利到达灵武，于至德二载（757）五月十六日被唐肃宗李亨任命为左拾遗。这一年，他四十五岁。

　　就仕途起步的年龄而言，杜甫是稍微晚了一点；但就仕途起步的职务而言，杜甫担任的正是唐朝众多高官起步的难得美职。

　　左拾遗是隶属于唐朝中央政府机构门下省的谏官，虽然级别只是从八品上，但却是在皇帝身边侍从值班的清望谏官。要知道，唐朝至少有百分之八十的宰相，是由拾遗、补阙、监察御史这样的清望谏官起步的。

　　可惜，杜甫官运不济，又开始走背字儿。左拾遗只当了几个月时间，他就因为上疏救援宰相房琯的事触怒皇帝，于乾元元年（758）六月被贬为华州（今陕西渭南）司功参军。

　　次年七月，因"时关辅乱离，谷食踊贵""关辅饥"，吃不饱肚子的杜甫，只好从华州辞职，带领家人，加入逃难民众的队伍，来到了他此时写下《月夜忆舍弟》的秦州。

而在秦州度过了白露节气，并且总共只待了短短三个多月的杜甫，此时正处于一生之中最为艰难的时刻。

绝非夸张。杜甫在年少时没有吃过什么苦，长安十年也就是日子过得紧巴了一点，秦州之后，他后来在成都杜甫草堂的日子，也还算安逸。

而在秦州，处于逃难中的杜甫，过的是"居无定所""食不果腹""多病缠身""想亲念友"的日子。种种因素叠加起来，杜甫在秦州的日子，就过得比黄连还苦。

先说"居无定所"。杜甫来到西距长安近千里的秦州，本来就是逃难，"居无定所"自然属于正常。但他此行的初衷，是确有定居之意的。

杜甫于乾元二年（759）七月到达秦州时，先是租住在秦州城内，后又到侄子杜佐家中寄居过一段时间。在此期间，他曾先后在秦州的东柯谷和西枝村两个地方，寻找建设草堂定居下来的地儿。

还好，杜甫没有找到理想的地儿，否则，我们今天就得到甘肃天水而不是四川成都去参观杜甫草堂了。

杜甫因为什么原因而没有定居秦州，史无明载。最主要的原因，可能是因为不安全。

秦州，当时已是地理位置关键的边境要地。这正是杜甫诗中

"边秋一雁声"那个"边"字的来由。"安史之乱"爆发之后，疲于应付的唐朝中央政府没有办法，只好拆西墙补东墙，把秦州所在的陇右道部队，包括西部边境的其余防御兵力大量东调，以图先行解救国都被围之急。

后果很严重。陇右兵力空虚之后，吐蕃军队乘虚而入，战略位置重要的秦州，早已被其锁定。这样一来，秦州城中，"警急烽常报，传闻檄屡飞""鼓角缘边郡""城上胡笳奏"，已是常态。

在杜甫心中，吐蕃军队只怕比安史叛军还要厉害一些。安史叛军好歹能听懂他的话，把他关起来之后也能找个机会开溜，吐蕃军队要是不耐烦他的文绉绉，说不定提刀就把他砍了。

于是，他在留下"卜居意未展，杖策回且暮"的诗句之后，于仅仅三个多月之后的当年十月，就离开了秦州，从而成为甘肃省天水市史上最著名的过客之一。

当然，杜甫没有定居秦州，可能还有另外一个原因，那就是他在秦州吃不饱肚子，一家人经常处于"食不果腹"的边缘。

他在离开秦州时的诗中，提及自己当时吃的日常食物："充肠多薯蓣""崖蜜亦易求""密竹复冬笋"。薯蓣，就是山药；崖蜜，自然指的是野生蜂蜜；再加上冬笋，他吃的都是纯天然、野生、绿色食物。

可那年的杜甫，却是别无选择，只能吃这些东西。最难的时候，杜甫还要靠捡拾山中的橡实、栗子，甚至挖掘黄精这样的药材，来填饱家人的肚子。

即便如此，杜甫吃的东西，还是太素太素了，基本跟喂兔子差不多。

一辈子在吃这件事儿上苦哈哈的杜甫，似乎一直跟肉食荤菜的缘分不大，而且他的肠胃因为长期吃素已经受不了大油大荤的刺激了。最后，杜甫竟然因为"啖牛肉白酒一夕而卒"，实在是因为他本人并没有深刻意识到这一点啊。

就是吃青菜，也经常不够，只能依靠亲友馈赠了。他在秦州的朋友——隐士阮昉，就曾经送给杜甫三十束薤："盈筐承露薤，不待致书求。"（《秋日阮隐居致薤三十束》）

朋友阮昉的薤，"不待致书求"；可亲侄儿杜佐的薤，却还要麻烦杜甫他老人家亲自写诗去求："甚闻霜薤白，重惠意如何。"（《佐还山后寄三首》）

薤，李时珍说它"叶类葱而根似蒜"，杜甫则形容"束比青刍色，圆齐玉箸头"，我们今天叫它"藠头"。此物是烹调佐料和佐餐佳品，可鲜炒，可腌制。本人就极爱用家乡辣酱腌制的藠头丝儿，风味独特，可以佐酒。

杜甫这时的主食是黄粱，"白露黄粱熟"，"正想滑流匙"。可是，杜甫在秦州，一无田地，二无时间耕种，全靠自己的一点儿积蓄和亲友接济，终究还是一个"食不果腹"的局面。

在如此之差的营养条件下，偏偏抵达秦州之时的杜甫，本人已经是"多病缠身"了。

最早找上他的，是肺病。他还在长安时的天宝十二载

（753），就说自己"常有肺气之疾"，"衰年病肺惟高枕""肺病几时朝日边"。为此，他经常气喘咳嗽、肺枯口渴，夜晚只能高枕而卧。

祸不单行。转年，他又患上了疟疾。他在秦州作诗，就谈到自己的疟疾发作的具体情况，"隔日搜脂髓，增寒抱雪霜"，说明他患上的是隔日发作一次的寒疟，而且非常严重，痛苦程度达到了"搜脂髓"的地步。

到了"安史之乱"爆发的天宝十四载（755）时，杜甫又得了消渴症："长卿多病久。"因为司马相如曾得过消渴症，而司马相如又字长卿，所以古代称消渴症为"长卿病"。大致上，消渴症相当于我们今天的糖尿病。

同时，杜甫还有牙疾、眼暗、耳聋、足弱等小毛病，再加上前面所说的肺病、疟疾、糖尿病，杜甫已经全身是病了。

可他此时才刚刚四十八岁啊，哪里还是当年那个"一日上树能千回"的杜甫啊？

自己都这样了，杜甫还在"想亲念友"。除了在《月夜忆舍弟》中想念弟弟们以外，他在秦州，还分外思念另外一个人。

话说杜甫寂寞时，会思念谁？

当然是李白啦。

在秦州，杜甫是早也想李白，晚也想李白，清醒时想李白，做梦时也想李白。

为什么杜甫做梦想李白，我们都能知道，有《梦李白二首》为证啊："三夜频梦君，情亲见君意。"

除了《梦李白二首》以外，杜甫在秦州想李白，还写了《天末怀李白》《寄李十二白二十韵》，总共四首诗。他一生给李白写了十四首诗，秦州这四首，只占总数的近三分之一。

但是，另外一个数据，就比较震惊了：杜甫在秦州，可只待了短短的三个月啊。这么短的时间，他就想李白想出了四首诗，平均一个月超过一首啊。

为什么这么频繁？当然有原因，而且，至少有两条。

第一个原因，秦州是李白的祖籍之地。杜甫来到了好朋友的祖籍之地，岂能不看山像李白，看水也像李白？

第二个原因，这一年的李白，正在危难之中。两年前的至德二载（757），李白因陷入永王李璘案，被流放夜郎。杜甫到达秦州之时，李白正在流放途中，所以杜甫极为惦念老友，才一想再想。

不同的是，写《梦李白二首》和《天末怀李白》时，杜甫只知道李白正在长途跋涉前往夜郎的途中；而写下《寄李十二白二十韵》时，杜甫已经确知，李白已于本年二月在白帝城遇赦，"千里江陵一日还"，于是狠狠地为好朋友，高兴了一下。这也算是他在逃难秦州之时，唯一一件值得高兴的事儿了吧。

好朋友是逢凶化吉，遇赦放归了，可弟弟们还是音信全无。所以，在这样一个月夜，杜甫再次想起了他的弟弟们。

可是，我却只想穿越回去，酸楚地问上一句：在这个白露之夜，您和您的家人，可曾吃饱？

今天的我们，一直以为泪流满面吟诵"月是故乡明"的老华侨们的命运，已经足够悲惨了，岂不知杜甫在原创这句诗时的境遇，比那些老华侨们还要更惨。

二

白露，"露至秋而白也"，这是一个反映自然界气温变化的节令。《月令七十二候集解》说，白露为"八月节，秋属金，金色白，阴气渐重，露凝而白也"。

"露"，是由于温度降低，水汽在地面或近地物体上凝结而成的水珠。"白露"之得名，缘于从这一天起，一天比一天凉，露水也一天比一天多，此时的露富有光泽，明亮而没有颜色，故称"白露"。

白露时节的天气，正如《礼记》中所记录的："凉风至，白露降，寒蝉鸣。"一到白露节气，人们就会明显地感觉到，炎热的夏天已经过去，凉爽的秋天已经到来。

而"白露"进入诗中，则不必等待"诗圣"杜甫的这首《月夜忆舍弟》了。比杜甫更早的《诗经》，才是"白露"入诗的源头。就在《诗经·秦风·蒹葭》篇里面，那还是我们耳熟能详的名句："蒹葭苍苍，白露为霜。所谓伊人，在水一方。"

秋分

庚戌秋分

渐渐风清叶未凋，秋分残景自萧条。

禾头无耳时微旱，蚊觜生花妻渐销。

钱进嫩苔陈阁静，字横宾雁楚天遥。

西园宴集偏宜夜，坐看圆蟾过丽谯。

秋分
辛丑春月
牛睿

　　北宋熙宁三年（1070）秋分节气的夜晚，河北大名府，六十三岁的本地最高行政长官——"判大名府"韩琦，在长夜之饮，于酒酣之际，写下了上面这首诗。

　　渐渐风清叶未凋，秋分残景自萧条：在渐渐秋风吹拂下的树叶，虽然还没有凋零，但秋分时节的草木，已经开始显得萧条了。

　　禾头无耳时微旱，蚊嘴生花毒渐销：今年秋分无雨，稍有旱情，但并非灾年；而进入八月的蚊子，嘴上开了花，不会再咬人了。

　　这两句，韩琦是针对两句谚语而写的。

　　"禾头无耳"，来自《朝野佥载》中记载的一个谚语："秋雨甲子，禾头生耳。"意思是秋天的庄稼，在遭遇过量雨水灾害之后，其禾头会长出卷曲如耳形的芽蘗。由于顶部出芽，这一季的庄稼就只好报废了。既然"禾头无耳"，则并非灾年，庄稼仍然有望丰收。此句表达的是，韩琦作为地方行政长官，关心农民收成的心情。

"蚊觜生花"，也来自民间的谚语"六月半，蚊嘴赛过钻；八月八，蚊嘴开了花"。意思是蚊子在夏季最为活跃，叮人传播病毒，但只要过了八月初八，到了秋分时节，就不再肆虐了。此句表达的是，韩琦作为普通人，在夜饮之际，描述"蚊子少了，不那么叮人了；即使叮人也不那么毒了"的感觉，所以"毒渐销"。

钱迸嫩苔陈阁静，字横宾雁楚天遥：水面上一圈一圈状如铜钱的绿苔，更显得水阁宁静；空中那一字南飞的鸿雁，更显得天空辽阔。

西园宴集偏宜夜，坐看圆蟾过丽谯：在自己府邸西园中举行的酒宴一直持续到深夜，我和朋友们一起，坐看一轮明月掠过那壮丽的高楼。

可以肯定的是，在那个秋分之夜，和韩琦一起喝酒，发呆坐看当年明月的，就有他的幕僚兼学生兼朋友——强至。

证据是，强至当时也写了一首《依韵奉和司徒侍中庚戌秋分》："金气才分向此朝，天清林叶拟辞条。三秋半去吟蛩逼，百感中来醥蚁消。候早初逢旬甫浃，月圆前距望非遥。如今昼夜均长短，占录无劳史姓谯。"

除了这首和诗之外，比较特别的是，强至跟韩琦一起喝酒，彼此唱和写下的诗，总共竟有七十九首之多，几乎占他一生八百二十二首诗歌总数的百分之十。

其实，按年龄计算，强至是比韩琦小十五岁的晚辈，并且视后者为自己人生中的伯乐。可惜的是，强至遇见韩琦，陪他一起看月亮，有点太晚了。

"只是心中的感慨万千，当作前世来生相欠；你说是我们相见恨晚，我说为爱你不够勇敢。"

声明一下，他俩没爱情，但有友情。大家别担心。

他俩相见，是在写下《庚戌秋分》《依韵奉和司徒侍中庚戌秋分》二诗的三年之前，而且相见的地点不是在河北大名，而是在陕西西安。

三年之前的治平四年（1067）十二月，韩琦从"司徒兼侍中、同平章事、昭文馆大学士"的首相位置上被罢免，以"司徒兼侍中、判永兴军兼陕西路经略安抚使"的身份到达西安。

为了方便工作，他留用了早已在前任幕府中任职的幕僚强至，自此两人相见相识。第二年十二月，韩琦改判大名府，强至亦追随而来。

这才有了韩琦和强至两个人一起，和一帮朋友在熙宁三年（1070）秋分节气的喝酒宴集之乐，这才有了《庚戌秋分》《依韵奉和司徒侍中庚戌秋分》这两首诗。

一

写下《庚戌秋分》之时的韩琦，正处于自己一生中唯一一次的政治低谷。

在此之前，他少年得志，顺风顺水，曾经很红，红得发紫的那种红。而此时的他，已经是一个过气的政治老人。

他的少年得志、顺风顺水，是这样的：

如果说韩琦是北宋王朝的第一名臣，估计只会有两个人表示不服。

第一个是写出千古名篇《岳阳楼记》的范仲淹。他曾和韩琦一起，在陕西主持针对西夏的军事行动，扭转了宋军一直不利的战争局势，被军中倚为长城，编有歌谣说"军中有一韩，西贼闻之心胆寒；军中有一范，西贼闻之惊破胆"，人称"韩范"。

另一个是北宋著名贤相富弼。他曾和韩琦一起，享同日拜相之荣，共同主持北宋朝廷的中央政事，得到朝野交口赞誉，人称"富韩"。

但范仲淹和富弼表示不服，只怕不行。因为，无论是"韩范"还是"富韩"，只是范仲淹和富弼在风水轮流转，"韩"可是一直硬硬的，还在。

另外，明眼人一看即知，"韩范"指的是军事，"富韩"指的是政事。换句话说，韩琦无论是政事还是军事，都是顶尖级的好

五代　巨然《秋山问道图》

手。难怪人家少年得志，顺风顺水，出将入相的。事实上，史家论及韩琦，多称"北宋第一相"。

韩琦的仕途起点，相当之高。他是天圣五年（1027）进士榜的第二名，也就是"榜眼"。这一年，他才刚刚二十岁。

这年和他一起登第的，还有一位的名字，我们今天如雷贯耳。谁？包拯。可是包拯跟韩琦比，不仅考试成绩比韩琦差，而且中第这年还比韩琦整整大了九岁。

韩琦所在的天圣五年进士榜，也是北宋史上有名的"龙虎榜"之一。三百七十七名进士中，先后共有七人荣登枢府，成为北宋宰相级别的执政官员，分别是状元王尧臣、榜眼韩琦、探花赵概、包拯、文彦博、吴育、吴奎。

初登政坛，韩琦最抢眼的表现，就是宋仁宗景祐三年（1036）八月的"片纸落去四宰执"。此年的韩琦，年仅二十九岁，正在右司谏任上。他以一己之力多次进谏，告诉宋仁宗"丞弼之任未得其人",直接导致宰相王随、陈尧佐,参知政事韩亿、石中立等四人同日罢相,一时名震京师。

康定元年(1040)二月,韩琦受命出京,出任陕西安抚使,和范仲淹一起,打造了"韩范"时期。庆历三年(1043)四月,"韩范"同时进京,担任枢密副使这样的副宰相级别的官员,并且和富弼、欧阳修等人一起,开始推行"庆历新政"。

然而就在范仲淹《岳阳楼记》名篇首句的"庆历四年春","庆历新政"因保守派的阻挠而失败,范仲淹、韩琦、富弼、欧阳修等"庆历四杰"相继被贬出京任职。韩琦这一去,就是十一年,先后任职于扬州、郓州、真定府、定州和并州。

读过金庸先生《鹿鼎记》的朋友,大概都还记得韦小宝衣锦还乡,在扬州一边观赏"金带围"芍药花,一边听布政使慕天颜讲述"四相簪花宴"故事的那一幕。

金庸先生笔下的韦小宝,虽然是小说人物,但这段佳话却是史实,而且就发生在庆历五年(1045),佳话的主角儿,正是当时"知扬州"的韩琦。

"金带围"真的好灵验,虽然应验的时间长了点。十一年之后的嘉祐元年(1056)八月,四十九岁的韩琦应召进京担任枢密使,正式踏上了自己"宰相十年、赞辅三朝"的辉煌之路。

这十年,韩琦由枢密使,进而"集贤相"(同中书门下平章事、集贤殿大学士),进而"昭文相"(昭文馆大学士、监修国史)。在北宋,"昭文相"就已经是宰相群体中的首相了。

今天来看，韩琦十年宰相的最大政绩，一是拥立了两位皇帝——宋英宗、宋神宗；二是提携了两大文人——苏洵、苏轼。

宋英宗治平四年（1067）九月，在宋英宗驾崩、宋神宗已成功继位的情况下，自认已可功成身退的韩琦，自请罢相。然后，于第二年七月来到了当时连遭地震、水灾的河北大名府，于垂暮之年，再次为国守边。

然后，在写下《庚戌秋分》的时候，拜王安石所赐，迎来了一生中的政治低谷。

对，这一切，都是因为那个王安石。

韩琦与王安石，相识很早。二十五年前的庆历五年（1045），王安石还曾经是韩琦的直接手下。韩琦在扬州主持的"四相簪花宴"，其中有一相，就是王安石。

不过，当时的韩琦，是以资政殿学士知扬州，既是政坛前辈，也是顶头上司；王安石呢，则是刚刚出道的政坛新人，以进士第四名的身份签书淮南判官，是韩琦的幕僚，直接下属。

可是，两大名人的关系，一开始就没搞好。据《名臣言行录》记载，导火索是这样埋下的：

（韩魏）公知扬州，王荆公初及第，为签判，每读书至达旦，略假寐，日已高。急上府，多不及盥漱。魏公见荆公少年，疑夜饮放逸。一日从容谓荆公曰："君少年，无废书，不可自弃。"荆公不答。退而言曰:"韩公非知我者。"魏公后知其贤,欲收之门下,荆公终不屈。

这则记录的意思是说,王安石年轻时读书很用功,有时候到了凌晨就和衣而睡,导致急着上班时形象不佳。上司韩琦不知他是通宵读书,还以为他是通宵饮酒作乐,于是便劝他多读书,不要不求上进。王安石也挺傲气,当面不答,背后说韩琦不了解他。从此,两人之间的嫌隙已生,导火索就此埋下。

此事至少说明韩琦与王安石,同为北宋名臣,同为著名文人,一开始就有点儿互相不服的意思,以致后来发展到了政见不同、互相攻讦的地步。

其实,作为前辈和长者,如何对待目前小有缺点但日后前途远大的年轻部下,在韩琦之前,就已经有一个成功的例子,可资借鉴。

这个例子发生在唐朝的牛僧孺与杜牧之间,地点也是在扬州。当时牛僧孺也是以淮南节度使的身份出镇扬州,礼聘刚刚踏入政坛的杜牧,担任他的节度使掌书记。

当时的杜牧,不仅年少多才,而且风流多情。

"十年一觉扬州梦,赢得青楼薄幸名"这样的名句,没有一点儿生活体验,就可以随便写得出来吗?

和韩琦一样,身为前辈的牛僧孺也想提醒一下杜牧,不要这样挥霍青春,但他采取了与韩琦不同的处理方式:"有卒三十人,易服随后,潜护之",也就是说牛僧孺派了三十个人,在暗中保护杜牧出入青楼，而且"如是且数年"。原来，长者还可以这么爱护年轻人呐。

等到杜牧调任长安，要离开扬州了，牛僧孺才在为他饯行的私宴上，当面说穿："以侍御史气概达驭，固当自极夷涂，然常虑风情不节，或至尊体乖和。"牛僧孺说得文绉绉的，我还得给大家翻译一下：侍御史的新岗位很重要，也很有前途，希望你今后洁身自好。

杜牧不知有人跟踪的事儿，当然不认账了，牛僧孺笑而不答："即命侍儿取一小书簏，对牧发之，乃街卒之密报也。凡数十百，悉曰：某夕杜书记过某家，无恙。某夕宴某家，亦如之。"得，"杜书记青楼日记"，新鲜出炉了。

我们基本可以肯定，此后历朝历代各种版本的"青楼日记"，都是对杜牧的简单模仿。

当时，杜牧的反应是："因泣拜致谢，而终身感焉。故僧孺之薨，牧为之志，而极言其美，报所知也。"牛僧孺此举，得到了杜牧的终身感激。

客观评价，牛僧孺一生，本来政绩平平，而且带头陷入了著名的"牛李党争"，于国于民并无太大贡献。但他死后，却被杜牧杜书记在墓志铭中夸得像朵花儿，就是因为当年的那件事。

今天来看，在墓志铭这个问题上，杜牧也算语言贿赂吧？

谁让牛僧孺比韩琦更会笼络少年才子呢？

要知道，牛僧孺面对的，是真在出入青楼的杜牧；韩琦面对的，却是真在读书的王安石。

彼此多一点儿沟通，有话好好说，不就结了？但当时的王安石跟韩琦，这事儿不但没结，反而把梁子结下了，把导火索埋下了。虽然此后二人在官场上不无交集，但彼此心里不大对付，则是肯定的。

前面是韩琦"宰相十年、赞辅三朝"，风头正劲，王安石不敢争锋；等到宋神宗继位，韩琦罢相，王安石拜相，终于轮到后者占上风了。

在韩琦写下《庚戌秋分》的前一年，熙宁二年（1069）二月，王安石拜相，成为参知政事，同时成立"制置三司条例司"。"王安石变法"，正式登上历史舞台。

可是，关于"王安石变法"，特别是关于青苗法，韩琦一开始，其实是拒绝的。

就在韩琦写下《庚戌秋分》的当年，熙宁三年（1070）二月，韩琦正式向宋神宗上书，请罢青苗法。宋神宗对于韩琦上书的反应是，"琦真忠臣，虽在外，不忘王室。朕始谓可以利民，不意乃害民如此"！

韩琦的上书，带给王安石的压力，也是巨大的。他马上就称病不出，要求罢相去当闲官。当然，最终的结果，还是王安石赢了。

元　夏永《岳阳楼图》

但韩琦并未罢休，就在写下《庚戌秋分》的八月，他又一次上疏，请罢青苗法，不仅如此，他还请求裁撤此次变法的指挥机关——"制置三司条例司"！这，就需要相当的政治勇气了。

今天看来，比较吊诡的是，当初推行"庆历新政"、崇尚改革的"庆历四杰"，除了范仲淹已于皇祐四年（1052）早逝以外，其余三杰韩琦、富弼、欧阳修，都反对新法。对了，还要加上另外两个重量级人物，司马光和苏轼，他们也反对新法。

为什么？是因为他们老了，丧失了年轻时的改革锐气？显然，并不是。

仅从韩琦年谱及相关史料来看，韩琦与王安石对立、分歧，以致要废掉后者的改革总司令部，恐怕至少有一个原因，韩琦与王安石对于新法的视角不同。

王安石在中央，"居庙堂之高"，他看到的全是良法美意、富国强兵，听到的全是喜大普奔、举国欢庆；韩琦在地方，"处江湖之远"，他看到的则是新法扰民、酷吏横行，听到的则是百姓受苦、怨声载道。

没办法，神州太大了。事实上，中央的政策到了地方，有偏差、打折扣的现象，包括下情难以上达的现象，直至今天也还未敢说全部根绝，更何况在北宋那个行政效率低下的封建时代？

就这样，早年就已存在的小小嫌隙，此时再出现的不同视角，直接导致韩琦与王安石这两个同样震古烁今的大人物，背向而行，而且渐行渐远。

当然，在韩琦一方，他早就知道，虽然自己连续上疏请罢新法，但以宋神宗的求治方殷，以王安石的立功心切，肯定是不会听自己这番逆耳忠言的。如果不听，那大宋的普通老百姓们可就遭殃了。

所以，因为宋神宗，因为王安石，因为青苗法，因为老百姓，在熙宁三年（1070）那个秋分之夜，在大名府自己的府邸西园，和强至一起"坐看圆蟾过丽谯"的韩琦，内心里并不像他诗中所说的那样平静。

二

秋分，在《春秋繁露》中被如此解读："秋分者，阴阳相半也，故昼夜均而寒暑平。"

明朝张景岳在《类经·运气》中说："秋分前热而后寒，前则夜短昼长，后则昼短夜长，此寒热昼夜之分也。至则纯阴纯阳，故曰气同。分则前后更易，故曰气异。此天地岁气之正纪也。"

"秋分"的"分"，是"半"的意思。这样，秋分就有了三个含义：

一是秋季过半。按照农历，"立秋"是秋季的开始，到"霜降"为秋季终止，"秋分"正好是从立秋到霜降这九十天秋季的一半。

二是昼夜各半。秋分这一天，太阳到达黄经180°（秋分点），几乎直射地球赤道，因此全球各地昼夜等长。

三是寒暑各半。到了秋分，气候由热转凉。此时南下的冷空气与逐渐衰减的暖湿空气相遇，产生一次次的降水，气温也一次次地下降，正所谓"一场秋雨一场寒"。

秋分也曾是传统的"祭月节"，现在的中秋节就是由"祭月

节"而来。早在周朝，周天子就有春分祭日、夏至祭地、秋分祭月、冬至祭天的习俗。看来，韩琦是深知这一点的，所以才在秋分这天夜晚，有意地抬头望月，"坐看圆蟾过丽谯"。

秋分时节，凉风淅淅，风和日丽，秋高气爽，丹桂飘香，蟹肥菊黄，正是美好宜人的时节，正是适合放风筝的时刻。

此时再不出去，更待何时？

寒露

鲁中送鲁使君归郑州

城中金络骑，出饯沈东阳。

九月寒露白，六关秋草黄。

齐讴听处妙，鲁酒把来香。

醉后著鞭去，梅山道路长。

寒露

辛巳秋月
牛力

　　唐乾元元年（758）九月，"安史之乱"的战火，仍未熄灭。时任郑、陈、颍、亳等州节度使兼郑州刺史的鲁炅，来到淄青节度使侯希逸的驻节地——鲁中的曲阜，联络军务。

　　过了寒露节气之后，鲁炅便向侯希逸告辞，准备返回自己的驻节地郑州。侯希逸则按照当时同僚送别的惯例，骑马一直送到城外驿站，并设宴为他饯行。

　　正是在这次酒宴之上，"大历十才子"之一，时任侯希逸幕府从事的韩翃，写下了上面这首诗，为鲁炅送行。

　　城中金络骑，出饯沈东阳：曲阜城中的所有官员，都乘坐装饰华贵的良马，出城为鲁炅送行。

　　有人说了，不许你忽悠。诗中明明说的是给"沈东阳"送行，关鲁炅什么事？还真不是忽悠。是的，你在诗中看到的是送

南宋　马远《秋江待渡图》

沈东阳，但他们真的是在送鲁炅。

那么，沈东阳是谁？为何在此时此地乱入？沈东阳，就是沈约（441—513），曾担任过南齐的东阳太守，所以简称沈东阳。

问题还是来了。沈东阳不是唐朝人呀，唐朝的韩翃要给他送行，怎么也够不着啊。那韩翃为什么在此处说自己送的是沈东阳呢？

因为沈东阳，是韩翃的，还有另一个"大历十才子"之一钱起的，还有"诗仙"李白的，以及一大批唐朝诗人们的心中偶像。

沈约，沈东阳，是史上著名的文学家、史学家，是齐、梁的文坛领袖，可是当年的大家。

一是诗才了得，开创"永明体"诗，对我国诗歌从比较自由的古体诗到格律严整的近体诗，有促进之功；

二是史才了得，今天"二十四史"中的《宋史》即为他所撰。不仅如此，史载他还撰有《晋书》一百一十卷、《齐纪》二十卷、《高祖纪》十四卷，只是多已亡佚；

三是事业了得，他历仕宋、齐、梁三代，曾助梁武帝登位，封建昌县侯，后官至尚书令。

也只有这样的人，才能进入李白、钱起、韩翃的心中。于是很多唐朝诗人写诗时，如果要提及一个自己尊敬而又不便直呼其名讳的人时，就常常用"沈约"或"沈东阳"来代替。

比如李白的"沈约八咏楼，城西孤岑峣"，钱起的"未曾无兴咏，多谢沈东阳"。诗人们的这一传统，甚至还延续到了北宋，辛弃疾写道："花知否？花一似何郎，又似沈东阳。"

所以，我没有忽悠。韩翃在此处，是用"沈东阳"代替"鲁炅"，他送的其实就是鲁炅。只是因为，他如果不时常在诗中提一提"沈东阳"，出门看见李白、钱起，都不好意思打招呼。

九月寒露白，六关秋草黄：时值九月寒露节气，露珠一片晶莹；鲁地秋天的小草已经发黄。

"六关"，是春秋时期鲁国设置的关卡名称。这里指鲁地。《孔子家语·颜回》："孔子曰：'下展禽，置六关，妾织蒲，三不仁'。"王肃注："六关，关名。鲁本无此关，文仲置之以税行者，故为不仁。"原来，"六关"是一个专门负责收税的"不仁"关卡。

齐讴听处妙，鲁酒把来香：齐歌悦耳，鲁酒飘香，席间大家喝着美酒喝着歌，宾主尽欢。

齐讴，就是齐国的音乐和歌舞。许慎在《说文解字》中说："讴，齐歌也。"早在春秋时期，齐讴就和楚舞、秦筝一起，驰誉诸侯国。孔子在齐国听到的那个让他"三月不知肉味"的《韶》乐，其实就是齐讴。

到了唐朝，齐讴还是稳居流行歌曲排行榜之上，多位诗人对其赞不绝口。李白写道"清管随齐讴""微声列齐讴"，皎然赞誉说"齐讴世称绝"。侯希逸身为淄青节度使，驻节齐鲁之地，当然要尽地主之谊，用最好的齐讴为鲁旻饯行了。

鲁酒，泛指产于山东的美酒。孔子就喝过鲁酒，而且他喝鲁酒还特别讲究：他在《论语·乡党》中说"沽酒市脯，不食"，意思是说从市场上随便买来的酒和肉，他是不吃的。他老人家，只喝精心酿造的鲁酒。

史上的鲁酒，曾以"鲁酒薄"而著称，即以酒精度数低而著称。因为鲁国的低度酒，喝起来口感不好，史上还引发过战争：

"楚会诸侯，鲁、赵俱献酒于楚王，鲁酒薄

而赵酒厚。楚之主酒吏求酒于赵，赵不与，吏怒，乃以赵厚酒易鲁薄酒，奏之。楚王以赵酒薄，故围邯郸也。"

大致解释一下。鲁国和赵国在楚国鼎盛的时候，为表示臣服而献酒。当时楚国管酒的官吏想谋点私利，贪污一点儿赵国的高度酒，结果赵国不给。于是他公报私仇，把赵国的高度酒和鲁国的低度酒互换了一下。

楚王呢，偏偏又是一个喜欢喝高度酒的人，看赵国居然拿像水一样的低度酒来糊弄自己，"就是那个二锅头，兑的那个白开水"，于是大怒，发兵包围了赵国首都邯郸，"冲冠一怒为薄酒"。从而在史上有了一个因为鲁国的低度酒，即"鲁酒薄"，而导致赵国躺枪、挨打的故事。

鲁酒一直到了唐朝，才因为李白而名声大振。李白当年游历山东，免费的鲁酒肯定喝了不少，吃人家的嘴软，所以在诗中一个劲儿地夸赞鲁酒的优点："鲁酒若琥珀""鲁酒不可醉""鲁酒白玉壶""闲倾鲁壶酒"。特别是那首"兰陵美酒郁金香，玉碗盛来琥珀光"，更是催生了鲁酒中的第一品牌——兰陵酒。

在韩翃参加的饯行宴上，招待音乐是齐讴，招待用酒是鲁酒，都是本地最好而且驰名全国的土特产啊。话说侯希逸为了给鲁昃饯行，也是蛮拼的。

醉后著鞭去，梅山道路长：客人回到郑州的道路还很长，正好趁着酒醉饭饱，快马加鞭而去。

说好的"骑马不饮酒、饮酒不骑马"呢？醉驾，典型的醉驾。

韩翃在诗中提到的梅山，位于今天郑州市的西南方向，韩翃在这里是以梅山代指郑州。而韩翃之所以能够如此精准地说出郑州周边的小地名，是因为他本人就是河南南阳人。原来，韩翃的心中，也装着"壮美中原，老家河南"呀。

《鲁中送鲁使君归郑州》，只是韩翃一百三十七首送别诗中的一首。

韩翃在唐朝诗人中，有"送别诗之王"之美称。原因是虽然他流传到今天的诗，只有一百六十五首，居然有一百三十七首是送别诗，送别诗占比高达百分之八十三！别的诗人自然也送别，但没有像韩翃这样，不是在送别就是在送别的路上。

韩翃在唐朝诗人中，还有"点将录""点鬼簿"之美称。这主要是因为他在诗中大量使用人名，活的点将，死的点鬼，堆砌极多，有

明　仇英《枫溪垂钓图轴》

的甚至达到了不堪入目的地步。这首《鲁中送鲁使君归郑州》还算好的，但活着的他点了"鲁使君"，去世的则点了"沈东阳"。

比这还过分的有"差肩何记室，携手李将军""御史王元贶，郎官顾彦先""中丞违沈约，才子送丘迟""仆射临戎谢安石，大夫持宪杜延年"……不一一列举了，大家有兴趣的到他的诗中去找，一百六十五首诗中如果找到一百一十个人名儿，那就对了。

韩翃这么爱点名儿，那做他的朋友，频繁被他点将，好还是不好？我总觉着不大好。要是换我是他的朋友，他动不动就来上一句"玉树临风章雪峰"，虽属实事求是，总还是感觉老脸有那么一点儿微微泛红，是不？

话说诗中不是不能提人名儿，但万事都要把握一个度。过度地提及人名儿，在诗句中堆砌人名儿，以致冲淡了诗句本身的意义，影响了诗歌本身的美感，恐怕不太好吧！

一

写下《鲁中送鲁使君归郑州》之时，送客的韩翃，被送的鲁炅，可都是有故事的男人儿。

先说故事短的鲁炅。就在这次饯行之后的十月，鲁炅就跟朔方节度使郭子仪、河东节度使李光弼等九节度使一起，踏上了史称"九节度使围相州"的平叛战场。

此役，鲁炅的战场分工是"分界知东面之北"。也就是说，鲁炅负责进攻相州（今河南安阳）的东北方向。从地图上看，鲁炅军队的驻扎位置，跟自己辖区相距遥远。反而在他的背后，距离最近的，就是淄青节度使侯希逸的辖区。而且，侯希逸并没有接到围攻相州的命令。

虽然并没有找到直接的史料来证明，但我可以猜测，在乾元元年（758）九月的寒露前后，鲁炅不辞辛苦，在大战前夕非要来曲阜一趟，绝不是为了游山玩水。他此行找淄青节度使侯希逸只有一件事：请求侯希逸在战役打响之后，以自己辖区的粮草，就近保障自己的后勤军需，以确保自己军队的战斗力。战后鲁炅再予以奉还或加倍奉还云云。

而从韩翃《鲁中送鲁使君归郑州》中大家喝着美酒喝着歌来看，双方谈得很好，一切的一切，都谈妥了。鲁炅有所求而来，有所得而去。

可是战事却不顺利，包括鲁炅在内的九节度使，号称六十万人包围一座孤城，居然在第二年六月初六就失败了，鲁炅还负了伤，"王师不利，炅中流矢奔退"。九节度使的军队一路逃命，丢光了补给，"所过掳掠，炅兵士剽夺尤甚，人因惊怨"。

五天之后，鲁炅率残部逃到新郑，听说郭子仪和李光弼虽败不乱，所部全身而退之时，害怕朝廷追究自己溃不成军、抢掠害民的责任，于是"炅忧惧，仰药而卒"。

写到这里，不禁要为鲁炅点个赞。"安史之乱"爆发之后，拥兵自重、不知朝廷为何物的骄兵悍将，不知凡几。鲁炅居然在兵败之后，知道羞耻，知道害怕，以致自尽谢罪，相当不易了。所以《旧唐书》夸他"料敌虽非其良将，事君不失为忠臣"。

再说故事长的韩翃。

韩翃虽然在《旧唐书》《新唐书》中并无传记，史料缺乏，但散见于《本事诗》《唐才子传》《太平广记》中的记录表明，他的一生至少有三个故事颇为传奇，值得一提。即早年的"李白同事"、中年的"美女奇缘"、晚年的"升官奇遇"。

韩翃大约出生于开元七年（719），于天宝十三载（754）进士及第。在这前后，他荣幸地进入了翰林院，成为翰林待诏，也与李白成了同事。

韦执谊《翰林院故事》记载："至二十六年始以翰林供奉改称学士，由是遂建学士院……其外有韩翃、阎伯屿、孟匡朝、陈兼、李白、蒋镇在旧翰林院中。"

李肇的《翰林志》也记录说："开元二十六年，刘光谦、张垍乃为学士，始别建学士院于翰林院之南，又有韩翃、阎伯屿、孟匡朝、陈兼、李白、蒋镇在旧翰林院。"

可见，韩翃与李白不仅是同事，而且共事的时间还比较长。

余生也晚，且兼不才，没有在大唐的翰

林院干过。所以，我无法确知韩翃当年和比自己大十八岁的李白一起共事，在翰林院上班的日子是怎么度过的。

他俩在早上打卡时互相点头寒暄吗？他俩会各泡一杯茶然后在同一间办公室叽叽咕咕官场逸事一上午吗？他俩中午会一起去机关食堂打饭吗？还是李白自恃有才，又是老资格，根本就不关心机关新来的年轻人，心安理得地享受韩翃的端茶送水？

韩翃在李白面前赞叹《清平调》三首诗写得好，尤其是"借问汉宫谁得似，可怜飞燕倚新妆"是神来之笔时，李白会不会不屑地在他耳边来上一句："傻小子，你懂个啥，我那是骂杨贵妃像赵飞燕一样呢！"

反正，在我看来，这段同事经历对于韩翃的诗才进步，肯定是有利的。

大约就在跟李白同事的时候，韩翃还经历了一段"美女奇缘"。韩翃的这段奇缘，在《太平广记·柳氏传》和《本事诗·情感》中均有大同小异的记载：

> 天宝中，昌黎韩翃有诗名……有李生者，与翃友善，家累千金，负气爱才，其幸姬曰柳氏，艳绝一时，喜谈谑善讴咏。李生居之别第，与翃为宴歌之地，而馆翃于其侧。翃素知名，其所候问，皆当时之彦，柳氏自门窥之，谓其侍者曰："韩夫子岂长贫贱者乎！"遂属意焉。李生素重翃……乃具膳请翃饮，酒酣，李生曰："柳夫人容色非常，韩秀才文章特异，欲以柳荐枕于韩君，可乎？"翃惊栗避席曰："蒙君

之恩，解衣辍食久之，岂宜夺所爱乎？"李坚请之……翃仰柳氏之色，柳氏慕翃之才，两情皆获，喜可知也。

这一段记录表明，当时还处在贫困之中的韩翃，白捡了一个"艳绝一时"的柳氏作为老婆。表面看，韩柳二人可算郎才女貌，奇缘一段，实际上则没有说得那么传奇。

记录上写得清楚，柳氏原来是李生的女人，是李生"居之别第"的"别宅妇"。所谓"别宅妇"，是指唐朝男人养在别处的、不合法的，瞒着妻妾的情妇。

有人说，这就不对了啊：唐朝的男人们不是幸福地享受着一夫多妻制吗？看到中意的，娶回家不就完了？还整出"别宅妇"来了？

说起来都是泪啊。唐朝男人是一夫多妻制那不假，娶妾也合法，可是唐朝女人们的地位也高，悍妇妒妇也极多，有的男人看中了其他女子，也不敢娶回家啊，只好弄出个"别宅妇"的花样来。

可妻合法，妾合法，"别宅妇"不合法。唐玄宗就曾分别在开元三年（715）和开元五年（717）两次下诏，要求禁绝"别宅妇"。柳氏跟着李生再怎么折腾，李生也不可能给她未来的。在这种情况下，韩翃才进入了柳氏的视野。

关键是李生也乐意。对于朝廷而言，柳氏本就不合法；对于家里妻妾而言，柳氏更是没有转正的可能。把她嫁给韩翃，给她

一个未来，一别两宽，各生欢喜，岂不是最好的结果？

柳氏嫁给韩翃之后，两个人接下来，还有传奇。

韩翃与柳氏洞房花烛后不久，就离开留在长安的柳氏，去了淄青节度使侯希逸的幕府。在他写下《鲁中送鲁使君归郑州》之时，他俩过的仍然是两地分居的生活。

一连几年没见柳氏的韩翃，从曲阜寄来一封信："章台柳，章台柳，往日青青今在否？纵使长条似旧垂，亦应攀折他人手。"——这封信的意思，一是表达韩翃的关心，问柳氏安好；二是表达韩翃的担心，怕柳氏在长安不安分，"攀折他人手"，给自己戴了绿帽子。

柳氏也是很有才华的，她回信道："杨柳枝，芳菲节，可恨年年赠离别。一叶随风忽报秋，纵使君来岂堪折？"——我还好，就是想你想得有点憔悴，目前还没给你戴绿帽子，放心。

可等到韩翃于永泰元年（765）跟随侯希逸再回长安时，这绿帽子还是戴上了。长时间独居无助、又"艳绝一时"的柳氏，终于被朝廷宠信的蕃将沙叱利强抢为妇。当然，柳氏本人，一开始是拒绝的。

韩翃得知此事，束手无策，郁闷至极。一日在酒宴之上跟幕府的同事们说了，当时就有虞侯许俊站出来打抱不平。他拿着韩翃的字据，骑一马牵一马，直入沙府，声称："沙坠马，垂危，命柳夫人到！"见到柳氏即出示字据，一拥上马，绝尘而去。很快，许俊就护送柳氏来到韩翃面前，说："幸不辱命！"一座皆惊。

为避免沙叱利报复，韩翃、许俊等人马上将此事告知了当时也在长安的侯希逸。侯希逸倒也有担当，立即代部下出头，奏明皇帝。唐代宗倒也不糊涂，御批："赐沙叱利绢两千匹，柳归韩翃。"韩柳二人，就此破镜重圆，再铸传奇，从此过上了两相厮守的日子。

老婆是抢回来了，可韩翃的官运，却一直不济。侯希逸死后，他先后入汴宋节度使田神功、田神玉幕府，直到建中元年（780）左右，已经年过六十的韩翃，还在河南开封担任新任汴宋节度使李勉的幕僚。不出意外的话，韩翃大概就会屈处下僚，潦倒一生了。

但是，正如电影《阿甘正传》中所说的那样，"人生就像一盒巧克力，你永远不知道下一个吃到的是什么味道"。一天半夜，韩翃在幕府的好友韦巡官突然来访，见面就祝贺韩翃说："你已被任命为驾部郎中，知制诰。"

驾部郎中，从五品上的级别，就是兵部驾部司司长，"掌舆辇、车乘、传驿、厩牧、官私马牛杂畜簿籍"，也就是个国家中级官员吧。六十多岁的人了，才到中央当个中级官员，固然是提拔重用，却并不能算很大的喜事。

真正的喜事，在于后面那三个字儿："知制诰。"这三个字的意思是，"起草圣旨"。"知制诰"三个字儿的含金量，就在这里。带有这三个字儿的官员，其主要职责就是陪在皇帝身边，帮皇帝起草圣旨。唐朝多少位极人臣的宰相，都是由这三个字儿起步的。

韩翃一个身在地方的节度使幕僚，朝中也无贵人相助，怎么可能天上掉这么大个馅儿饼，还正好砸中了他？所以，韩翃的第一反应是："必无此事，定误矣。"

可韩翃就是运气来了，朝中还真有贵人相助，这个贵人还贵得不行，贵到了极点。这个贵人不是别人，就是当时的皇帝唐德宗。事情的原委是这样的：

当时中书省报告说制诰缺人，两次呈报拟定人选给唐德宗，唐德宗就是不表态，"御笔不点出。又请之，且求圣旨所与，德宗批曰：与韩翃"。中书省这下犯了难，因为当时有两个韩翃，另一个时任江淮刺史。于是，就把两个韩翃都报了上去。

这一次，唐德宗"御笔复批曰：'春城无处不飞花，寒食东风御柳斜。日暮汉宫传蜡烛，轻烟散入五侯家。与此韩翃。'"唐德宗背下来并且写下来的这首诗，正是韩翃早年所写的《寒食》诗。

有才真是好啊。韩翃有此"升官奇遇"，一跃成为天子近臣，中枢要员。可惜的是，幸运来得稍晚了一些，韩翃才子此时已经老了。他调到中央之后，虽然升官为中书舍人，却未到宰相之位，就于贞元四年（788）去世了。惜哉，惜哉。

二

"秋分后十五日，斗指辛，为寒露。言露冷寒而将欲凝结也。"《月令七十二候集解》说："九月节，露气寒冷，将凝结也。"

白露和寒露，都是露，都是二十四节气中的秋季节气。可是，此露不同彼露。白露的露珠，透明晶莹；寒露的露珠，寒光四射。寒露节气的露水比白露节气的露水寒冷，通常会凝结成霜。

白露时节，天气转凉，开始出现露水；到了寒露时节，则露水增多，而且气温更低，此时有些地区会出现霜冻。

我国有民谚说："白露身不露，寒露脚不露"，意思是说：白露节气一过，穿衣服就不能再赤身露体了，而寒露节气一过，就要注意足部保暖了。

一言以概之，白露节气，是炎热转向凉爽的标志；寒露节气，则是凉爽转向寒冷的标志。

寒露时节，就物候而言，有三样好东西：菊花、红叶、螃蟹。

菊花，确实是古人早就认可的寒露节气的三大物候之一。此时的菊花，遍地盛开，正是观赏的最佳时节。

诗人杜牧应该也是在寒露节气的前后出来浪过的。其名句"停车坐爱枫林晚，霜叶红于二月花"，写的就是寒露节气时的红叶。漫山遍野的红叶，才是寒露节气该有的样子。

"秋风响，蟹脚痒。"从寒露节气开始，螃蟹就开始大量爬上餐桌。秋游之际，赏完菊花，观完红叶，停车坐下，持蟹饮酒，正是一大乐趣。持蟹之际，如果还能够斟满一杯正宗的菊花酒，更是人生至乐。

霜降

霜降

谪居

面瘦头斑四十四，远谪江州为郡吏。

逢时弃置从不才，未老衰羸为何事？

火烧寒涧松为烬，霜降春林花委地。

遭时荣悴一时间，岂是昭昭上天意！

　　唐元和十年（815）霜降节气之后，从长安出发的白居易，出蓝田，过襄阳，乘船经鄂州，抵达了自己的贬谪目的地——距离长安约三千里的江州（今江西九江）。

　　此前的六月，他上书谏诤，不料平白遭人诬陷，八月一贬为刺史，旋即追贬为江州司马，由太子左赞善大夫这样的正五品京官，被贬为江州司马这样的从五品下的地方官员，白居易所遭受的打击，可想而知。

　　千里跋涉到达江州之后，心情尚未平复的白居易，揽镜自照，顾影自怜，写下了这首《谪居》。

　　面瘦头斑四十四，远谪江州为郡吏：在面容消瘦头发花白的四十四岁年纪，我被贬到千里之外的江州担任司马一职。

　　逢时弃置从不才，未老衰羸为何事：自己生逢盛世却被弃置不用是因为自己没有才能，但身体上的未老先衰却不知原因。

不得不指出，"逢时弃置从不才"这一句，白居易既是自谦，也颇有牢骚之意。

火烧寒涧松为烬，霜降春林花委地：野火在寒涧中蔓延，松树被焚为灰烬；霜降时节的严霜突袭春林，花儿受到意外摧残，凋零于地。

遭时荣悴一时间，岂是昭昭上天意：自己一时遭到贬谪，只是小人陷害的结果，绝不会是圣明之君的本意。

不得不再次指出，这最后一句，白居易完全是在安慰自己。

事实上，作为宦海沉浮多年的人，白居易怎么可能不明白帝国官场皇权至上的运行规则？更何况，唐宪宗并非容易被人蒙蔽的英主，元和前期也正是他刚明果断的时候。

包括白居易本人在内，完全可以作出这样的判断：他此次被人诬陷的冤案，不管是出自哪个小人的创意，不经过所谓"圣明之君"唐宪宗的点头，是绝对无人可以撼动官居五品的白居易的。

白居易此次贬谪江州的具体原因是，那年六月初三宰相武元衡被刺身死这一件震惊朝野的大事。

"盗杀宰相武元衡，居易首上疏论其冤，急请捕贼，以雪国耻。宰相以宫官非谏职，不当先谏官言事。会有素恶居易者，掎摭居易，言浮华无行，其母因看花堕井而死，而居易作《赏花》及《新井》诗，甚伤名教，不宜置彼周行。执政方恶其言事，奏贬为江表刺史。诏出，中书舍人王涯上疏论之，言居易所犯状迹，不宜治郡，追诏授江州司马。"

之所以原文照抄《旧唐书》这段话，主要是因为它详尽地说明了白居易被贬江州的两个原因：

白居易被贬江州的第一个原因是，"以宫官非谏职，不当先谏官言事"。白居易当时的官职，是隶属东宫左春坊的左赞善大夫。这一职务，是属于东宫的官职，是谓"宫官"。

政敌攻击白居易的理由是，东宫的"宫官"不是朝廷的御史、拾遗、补阙这样的谏官，从岗位职责上讲不是负有言责的第一责任人，不应该先于谏官对国家大事发表意见。

近现代 傅抱石《秋风红雨图》

什么叫不讲理？这就叫不讲理。

首先，左赞善大夫的职责"掌传令，讽过失，赞礼仪，以经教授诸郡王"中，本就有"讽过失"这一条。虽然按照规定，其"讽过失"的主要对象应是东宫皇太子，但唐朝没有任何一条官方律令明文禁止东宫官员针对东宫以外的国家大事发表意见。事实上，唐朝历史上东宫官员就国家大事发表意见的例子，屡见不鲜。

其次，和东宫官员一样隶属朝廷职官体系，但同样不负有言责的官员，还有司天监、尚药局侍御、内府令等众多官员。这些官员在史上就国家大事发表意见、劝谏皇帝的，也不在少数。

再次，自古英主，从来都是千方百计地广开言路、畅通言路的，而用这样无厘头的理由堵塞言路的，则闻所未闻。唐宪宗听任这样不讲理的做法，与自己那个坚持"兼听则明、偏听则暗"的祖爷爷唐太宗李世民，简直是云泥之别。由此，唐宪宗的那个所谓"元和中兴"，也比唐太宗的"贞观之治"，要差很多。

关于唐朝宰相们诬陷白居易的第一个理由，我们可以打个比方。比如，大街上突然听到有警察追着一人大喊："抓小偷！"大家一齐上前帮忙，最后发现小偷被装备精良、训练有素、英勇善战的城管抓住了。正当大家准备夸奖城管及时补位，共同维护了安定团结的大好局面时，警察不干了：不行，抓小偷不是你城管的职责，你不能先于警察做事。赶紧给我放了，让我再抓一次！

对，就是这么不讲理。

白居易被贬江州的第二个原因，是"其母因看花堕井而死，而居易作《赏花》及《新井》诗，其伤名教"。

什么叫不厚道？这就叫不厚道。

利用母丧攻击白居易的，主要是中书舍人王涯。这个王涯，也是白居易当年在翰林院的老同事。白居易后来写诗回忆"同时六学士"，指的就是白居易、王涯、李程、裴垍、李绛、崔群六个翰林学士。

可就是这位知根知底的老同事，不仅拿同事母亲死因这样的伤心事来伤害人，还拿白居易从来没有写过的诗来诬陷他"甚伤名教"，导致他一贬刺史再贬司马。

拿这种牵强的个人私事，在关键时刻捅老同事一刀，王涯这事儿干得相当下作。那么，王涯为什么这么干？是出于公心，还是出于私心？

当然是私心，大家都知道。王涯这么下作，主要是怕白居易成为自己拜相的强劲对手。

事情明摆着：当年大家一起成为翰林学士，本是齐头并进，但白居易却因丁母忧而守制三年，王涯这才就任中书舍人，取得先发优势。如今白居易复出就任左赞善大夫，虽是闲职，但以他之文才和能力，很难说不会后来居上，再次抢前争先，从而成为自己将来拜相的竞争对手。

可是王涯知道，自己明显不如白居易。现在白居易被宰相攻击，正是天赐良机，自己何不落井下石，再加一把火，让他当不成一把手刺史而只能当上司马这样的郡吏，增加他以后东山再起的难度？这样一来，他以后爬得再快，恐怕也得在我后面拜相了。

小心眼的王涯，如意算盘打得啪啪响，事实也正如他所愿：他果然于元和十一年（816）就先于白居易拜相了，而被他成功诬陷的白居易，此生压根儿就没有拜过相！

这就是王涯高明的地方：平时称兄道弟、喝酒吃饭，同时暗地里搜集证据，引而不发；到了关键时刻，就拔出一直在身后藏着的刀来，妒贤忌能，阴狠下作，一击而中。

试想，如果不是白居易朋友圈里的人，怎么可能知道白居易母亲的确切死因？还有，就算白居易真的全无心肝在守丧期写过《赏花》及《新井》诗，王涯又是怎么在传播手段有限的时代及时准确地知道这两首诗的？

朋友圈里，有小人呐。大家要吸取白居易的教训，睁大眼睛瞧瞧，自己的朋友圈里，有没有王涯这样的小人？如果有，虽不能拔刀相向，也要永远删了他，离他远远的。

王涯如此妒贤忌能、阴狠下作，只有两点很意外：一是他没有想到史笔如刀，自己干的下作事儿，在正史上被明文记录，永远地刻在了耻辱柱上。

二是在太和九年（835）十一月二十一日的"甘露之变"中，时任堂堂宰相的王涯，竟然被杀红了眼的宦官爪牙们，腰斩于城西南隅柳树下，其全家也遭遇灭门惨祸。

王涯如此下场，可与白居易没有半毛钱的关系，白居易并没有谋求报复这个小人。小人腰斩两段、鲜血淋漓之时，白居易正在距离长安八百多里的东都洛阳。

可是，人在做，天在看。虽然是巧合，但相信王涯的这个下场，足以让如今同样有小心眼儿毛病的，喜欢妒贤忌能的，时不时使个阴招儿的大男人们，吓得一激灵了。

贬谪江州，是白居易一生的分水岭。

江州，左倚庐山，右襟长江，是风景秀丽的旅游胜地；但在唐朝，江州隶属江南西道，虽然地处交通要道，人口也颇稠密，却并不为北方人白居易所喜欢。

在白居易眼中，湿热多雨的江州，完全就是"卑湿"的"炎瘴地"和"瘴乡"："瘴乡得老犹为幸""炎瘴九江边""共嗟炎瘴地""住近湓江地低湿"。这样的恶劣环境，无疑加重了白居易的郁闷心情。

还好，时间是最好的解药。从元和十年（815）霜降节气之后来到江州，直到元和十四年（819）初量移忠州刺史，白居易用了整整三年多的时间，终于走了出来。

就是在江州，白居易从被诬陷的泥淖中站起，擦干了眼泪，扫除了心灵的阴霾，调整了自己的人生目标，改变了自己的人生理想，彻底完成了自己的人生蜕变。

江州，是白居易的人生转折之地。

来到江州之前，白居易的仕途，可谓春风得意，顺风顺水。

贞元十六年（800），二十九岁的白居易进士及第，"慈恩塔下题名处，十七人中最少年"。十八年冬，又应书判拔萃科，得授秘书省校书郎。元和元年（806），再应"才识兼茂明于体用科"，授盩厔尉。元和二年秋调回长安任集贤殿校理，十一月授翰林学士。元和三年任左拾遗。"十年之间，三登科第，名入众耳，迹升清贯"，白居易后来得意地如是回忆。

这个时候的白居易，以为自己报答皇帝和朝廷的方式，就是多参政、多议政，为国家大事提供更多的参考意见："是时，皇帝初即位，宰府有正人，屡降玺书，访人急病。仆当此日，擢在翰林。身是谏官，月请谏纸。"

白居易先后写了《论王锷欲除官事宜状》《论裴均进奉银器状》《论承璀职名状》等谏章，把藩镇、宰相、宦官都得罪了个遍。在《论承璀职名状》中更是直接质问唐宪宗："陛下忍令后代相传，云以中官为制将、都统，自陛下始？"惹得唐宪宗大发雷霆："是子我自拔擢，乃敢尔，我叵堪此，必斥之。"

白居易真是太年轻了。正当白居易春风得意，逮谁灭谁的时候，母亲去世中止了他惹火朝廷内外所有政治势力的进程。包括唐宪宗在内的所有人，都松了一口气：这个愣头青，至少可以消停三年了。

　　白居易丁忧归来，重新授职为隶属东宫系统的太子左赞善大夫。这个任命本身就已经是一个信号，一个让他老实待着不要多嘴的信号。可人家白居易虽然丁忧三年，"归来仍是少年"，终于在武元衡被刺身亡这件大事上，再次没有管住自己的嘴，命运就此转折，被贬江州。

　　江州，是白居易的心态转变之地。

　　贬谪江州之前，白居易是"兼济天下"的心态；贬谪江州之后，白居易转变为"独善其身"的心态。

　　作为一个思想已经完全质变、心态已经完全转变的白居易，虽然此后也曾出任主客郎中、知制诰、中书舍人、杭州刺史、苏州刺史等职，但白居易不再是那个"兼济天下"、追名逐利的白居易了，而是转化成了一个"独善其身"、淡泊名利的白居易了。

　　关键在于，在那个时代，白居易应该怎么做，才能做到既安身立命，又独善其身？

　　直接辞职归隐？不妥。一是从此没有了经济来源，毕竟他也是人，他也要吃喝拉撒，也有一大家子要养活；二是容易触怒皇帝，甚至招致杀身之祸。在封建专制时代，要么谄媚，要么赞美。任何远离或者不合作行为，都有可能会被视为反叛而遭到镇压。

　　隐士当不成，农民也当不成。考虑到当一个农民的技术难度和体力难度，白居易觉得自己还是应该继续混官场。

　　鉴于此前自己"兼济天下"的官场做法已经失败，白居易决

明 沈周《秋林闲钓图》

定另外发明一种"独善其身"的官场做法。

正是在江州，江州司马这一职务，给了白居易此生最为重要的启发。

首先，江州司马这一职务，没什么重要工作内容。对此，白居易认识得很清楚，他在《江州司马记》中说："司马之事尽去，唯员与俸在"，"州民康，非司马功；郡政坏，非司马罪。无言责，无事忧"。

其次，江州司马的工资，还挺高："上州司马，秩五品，岁廪数百石，月俸六七万。官足以庇身，食足以给家。"

大把的时间、大把的钱，这样的日子，白居易应该怎样度过？当然是出去游玩啊。

于是，在同事们都在为国为民操劳的时候，白居易在外面游玩："刺史，守土臣，不可远观游；群吏，执事官，不敢自暇佚；惟司马绰绰可以从容于山水诗酒间。由是郡南楼、山北楼、水溢亭、百花亭、风篁、石岩、瀑布、庐宫、源潭洞、东西二林寺、泉石松雪，司马尽有之矣。"

受此启发，白居易发明了"独善其身"1.0版——"吏隐"："苟有志于吏隐者，舍此官何求焉？"是的，江州司马这样的官儿，正是白居易想要的：有官无职责任轻，数钱数到手抽筋。

当然，"吏隐"作为"独善其身"的1.0版，还是略有一点点美中不足。为啥呢？类似江州司马这样的吏，职务和级别太低，毕竟还是一个听别人吆喝的小角色。起码还要点卯出勤，有些工作被刺史大人吩咐下来，不干还是不行。

要是能够升个级，搞个"独善其身"的2.0版就好了。最好呢，级别要高一点，起码要正四品以上；不用每天上班点卯出勤，隔个几天去一下就行了；工作内容也不用太复杂，仅限于礼仪性质即可；最重要的是，工资比现在再多一些才好。

他想得可真美。那么，在帝国政坛中，有没有这样的好位子呢？白居易开始搜寻。

突然，白居易眼前一亮："大隐住朝市，小隐入丘樊。丘樊太冷落，朝市太嚣喧。不如作中隐，隐在留司官。似出复似处，非忙亦非闲。不劳心与力，又免饥与寒。终岁无公事，随月有俸钱。"

"独善其身"1.0版"吏隐"，升级为2.0版"中隐"——"隐在留司官"。

所谓"留司官"，是指唐朝设在东都洛阳的一套中央职官体系。其主要职能，就是为皇帝巡幸东都提供服务。而在皇帝长期

不到东都的时期，"留司官"也必须常设。时间一长，就形成大唐帝国级别高、工资高、基本没事干的东都"留司官"体系。

心态改变之后，目标确定之后，剩下的就是付诸实施了。正是在江州司马任上的元和十三年（818），白居易刚刚四十七岁时，他就已经决定，最多五十岁，他就要过上"中隐"的"留司官"生活："三十气太壮，胸中多是非。六十身太老，四体不支持。四十至五十，正是退闲时。"

嗯，先确定一个小目标。

白居易说到做到。在长庆二年（822）五十一岁时，他正担任中书舍人一职，在距离宰相只有一步之遥的时刻，突然自求外任，去杭州当刺史。然后在长庆四年（824）五月，如愿以偿当上了"太子左庶子分司东都"这样的留司官。这一年，他年仅五十三岁。

从此直到以七十五岁高龄辞世，除了短暂出任苏州刺史去过苏州、出任秘书监去过长安以外，白居易一直待在洛阳没有挪窝，安安稳稳、快快活活地"中隐"了二十多年。

这期间，长安官场上"牛李党争"争得头破血流也好，"甘露之变"杀得血流成河也好，朋友同事出将入相也好，小人王涯身首异处也好，都跟心态良好的白居易没关系。你们耍你们的心眼，我过我的日子。

心态一变天地宽。

江州，是白居易的诗风转变之地。

白居易的一生，留下了2916首诗。

而从一开始，他写诗，就是有目的的，可不仅仅是为了玩乐和消遣。他的目的，在《与元九书》中说得明白："故仆志在兼济，行在独善，奉而始终之则为道，言而发明之则为诗。谓之讽喻诗，兼济之志也；谓之闲适诗，独善之义也。"

看看，他写个诗，都跟"兼济"和"独善"有关。

贬谪江州之前，白居易正处于政治上积极进取、有所作为的时期，所以这一时期他主要在写"兼济"的"讽喻诗"，追求的是以激越耿直的文字，针砭时弊，点评时政。《卖炭翁》就是这一时期的名篇。

贬谪江州之后，白居易的心态，由"兼济"转化为"独善"，诗风也由"讽喻诗"转变为"感伤诗"和"闲适诗"。这首《谪居》，就是一首典型的"感伤诗"，也是白居易诗风转变的一个典型标志。

终白居易一生，只创作了173首讽喻诗，仅占总数2916首的5.9%，而且基本集中在政坛生涯的前期；但他一生却创作了215首"感伤诗"和216首"闲适诗"，占14.8%。

而在江州，白居易创作的288首诗中，讽喻诗陡降至16首，

感伤诗和闲适诗却大幅增加，达到了92首。后者与前者相比，差距有五倍之多。

从此以后，在白居易的笔下，山入诗，水也入诗，酒入诗，肉也入诗。白居易硬是把诗歌创作，活生生地从阳春白雪，直接降到了鸡毛蒜皮。

后世有人攻击他的诗过俗，不无道理。可是，不是雅的白居易玩不来，而是一雅就得牵涉政治，就得事关讽喻，白居易觉得不好玩儿、不便玩儿，干脆就不玩了。

二

霜降，是秋季到冬季的过渡节气，也是一个反映物候变化的节气，表示天气渐冷，开始降霜。

《月令七十二候集解》："九月中，气肃而凝，露结为霜矣"；《二十四节气解》："气肃而霜降，阴始凝也。"

霜降时节，夜晚的地面上散热很多，温度骤然下降到零度以下，空气中的水蒸气在地面或植物上直接凝结形成细微的冰针，有的成为六角形的霜花，色白且结构疏松，这就是"霜"。

俗话说"霜降杀百草"，意思是被严霜打过的植物，是没有生机的，是即将枯萎的。事实上，如果初霜时间过早，对不耐寒

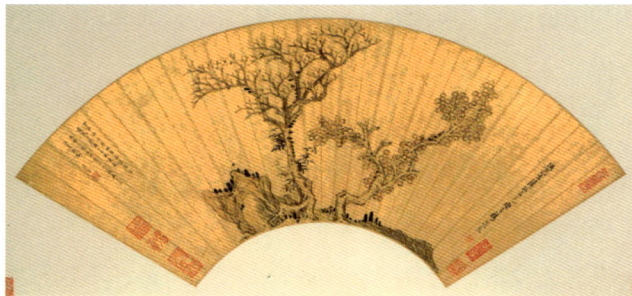

明　陈洪绶　扇面

的作物后期生长和成熟的影响的确很大。一旦由于气温较低而造成霜冻，尚未成熟的秋收作物和未及收获的露地蔬菜，将受到损失。

动物对于霜降的典型反应，则是冬眠。霜降之后，虫类全部藏进洞中，不动不食，进入冬眠状态。

虽然霜和霜冻形影相随，危害庄稼的却是"冻"，而不是"霜"。霜打的茄子蔫了，可有的水果和蔬菜，经过霜打之后，却变得更加香甜可口，比如萝卜，还有柿子。

柿子一般在霜降前后成熟。此时的柿子，皮薄肉厚，十分鲜美。板栗也是这个时候健脾养胃的应季食物。

霜降时节，红叶更加烂漫。大片大片的树林，在经过秋霜的亲吻之后，开始漫山遍野地变成红色、黄色，成就秋日最美丽的画卷。这是这一年的秋天带给人们的最后一个惊喜。

强烈建议，趁着天未寒、人未老，出去走一走，"看万山红遍，层林尽染"，感受一下"万类霜天竞自由"。

立冬

立冬日

己亥残秋报立冬，新新旧旧迭相逢。

定知天上漫漫雪，又下人间叠叠峰。

无意自然成造化，有形争得出陶镕。

夜来西北风声恶，拗折亭前一树松。

北宋宣和元年（1119）立冬当天，荆南宜都（今湖北宜都）风雪大作。

以"观文殿大学士、通奉大夫、提举西京嵩山崇福宫、清河郡开国公"荣衔退居在家，这年已经七十七岁高龄的张无尽，早上一起床就发现，自己府中凉亭前的一棵松树，竟然被风吹断了。他觉得这个立冬节气有些不寻常，于是感慨地写下了上面这首《立冬日》。

己亥残秋报立冬，新新旧旧迭相逢：今年的残秋之后，就是立冬节气，新旧节气迭加着，相继到来。

"己亥"二字，是这首《立冬日》的系年依据所在。张无尽一生，只比较正常地经历了两个"己亥"年；他要经历过三个"己亥"年，怎么着也活了一百二十岁；他要经历过四个"己亥"

年，大家得赶紧去抓住这个老妖精，把他炖了，估计吃了可以长生不老。

张无尽所经历的第一个"己亥"年，是六十年前的 1059 年。当时他才十七岁，还在跟随自己的哥哥张唐英读书。未入社会、未历宦海的稚子一枚，是写不出《立冬日》这首诗中的淡定从容和人生哲理的。所以，《立冬日》是张无尽在自己人生中的第二个"己亥"年，也就是 1119 年，写出来的。

定知天上漫漫雪，又下人间叠叠峰：立冬这天下起了雪，这下漫天飞舞的雪花，又要装扮人间层层叠叠的山峰了。

无意自然成造化，有形争得出陶镕：由自然界天然创造的雪花，降落人间，形成了一个个白色的山峰，宛如陶铸熔炼而成。

夜来西北风声恶，拗折亭前一树松：昨夜西北风呼啸了一夜，又猛又烈，把凉亭前的一棵松树吹断了。

看清楚了，《立冬日》这首诗的作者，是张无尽，不是金庸先生笔下、赵敏郡主眼中的那个"狠心短命的小鬼"张无忌。

虽然，张无忌托金庸先生妙笔的福，比张无尽更有名气。但我相信，史上真实的张无尽，应该和小说虚构的张无忌一样帅。《倚天屠龙记》中的张无忌"长身玉立，面目英俊"，《宋史·张商英传》中的张无尽却也是"长身伟然，姿采如峙玉"，都是英俊的长腿大帅哥。

张无尽，其实名叫张商英，字天觉，号无尽居士。作为北宋

著名的贤相之一，世人也称他为张无尽、无尽丞相。

张无忌没有继承乃父张翠山的书法及文才，只是一味地内力强、武功好，不免有遗珠之憾；张无尽就不同了，在北宋时期，他不仅文才强，而且名声大。反正比今天的张无忌要名声大。

还在张无尽生前，他的门生唐庚就曾给他一信："某既至泸南，泸南边人知某为门下客也，争持酒肉相劳，且问相公起居状。某具言相公年七十余，精力如四五十人，须发乌光，无一茎白者。今虽翘然，独与道游，而愿力深重，不忘利物之心。父老闻此，悉以手加额，至于感慨流涕。"

张无尽是四川新津（今属四川成都）人，年轻时曾在家乡为官，二十九岁官至南川（今重庆南川）知县。南川与泸南相距并不甚远，可能当年张无尽曾因公到过泸南，所以泸南父老见过他年轻时的样子。加之他在地方为官时颇有爱民之举，是以到了他七十多岁时，仍有泸南百姓询问起居、转致问候之荣。

张无尽后来拜相时，有记录说，"四海欢呼，善类增气"，"于是天下殷然知有张公矣"。

他的文才，更是名震敌国、名动后世。他曾有文集一百卷，惜已散佚大半；《全宋诗》收录有他的一百〇二首诗，这首《立冬日》却不在其中，而是收录于宋人蒲积中编辑的《古今岁时杂咏》一书中。

金国文学家及理学家赵秉文，曾称赞他的文章是"名理之文也"；元初宰相耶律楚材称赞他的诗为"无尽之妙言，昭如日月，与天地而齐终，岂风霾之能掩哉！"元末学者谢应芳更是将他与司马光、王安石相提并论："至宋三百年文盛之日，凡居台辅，如司马温公光、王荆公安石、张公商英等，皆进士而丞相也"；《宋史》评价他说："商英能立同异，更称为贤，徽宗因人望相之。"

他的另一个著名之处，在于他的书法，尤善草书。直到清朝的《御定佩文斋书画谱目录》，还认为他的书法在宋朝可与米芾齐名，可见其水平非同凡响。

但是，张无尽"喜草书而不求工"。换句话说，张无尽的草书尚有不足之处，其间随意羼杂之笔较多。举个例子，要是他用草书把这首《立冬日》写一遍，写完之后自己都未必认得全。

不信？这种事儿他早就干过了。与张无尽同时代的北宋僧人惠洪，在其所著《冷斋夜话》中有记录：

"张丞相好草书而不工，当时流辈皆讥笑之，丞相自若也。一日得句，索笔疾书，满纸龙蛇

北宋　李成（传）《寒林平野图》

飞动，使佺录之。当波险处，佺罔然而止，执所书问曰：'此何字也？'丞相熟视久之，亦自不识，诟其佺曰：'胡不早问，致予忘之！'。"

看看，他自己写的字，自己不认识，还怪佺儿不早问。呵呵，多可爱的老头儿。

张无尽还有一个著名之处，即他一生信佛，甚至佞佛，被称为"北宋佛教最得力的外护居士"，还被称为"护法丞相"。他名字中的"无尽"二字，就因为他"平生学浮屠法，自号无尽居士"而来。

今天的五台山成为佛教名山、旅游胜地，最应该感谢的人，就是他。他应五台山僧众要求而撰写的《续清凉传》，实际上就是五台山的旅游广告软文。

他在该书中，详细记载了他本人在五台山见到的灵应圣迹，从此吸引了大批欲见灵应圣迹的官员及百姓上山，一举旺了五台山的香火，直至今天。

关于张无尽的综合评价，当然还是大宋王朝的结论最为权威。还在北宋末期的靖康元年（1126）二月，张无尽逝世五年后，宋钦宗"诏三省枢密院尽遵复祖宗法，而近世名臣，未有褒录，何以示朕意？司马光、范仲淹可赠太师，张商英可赠太保"。

看看，在宋钦宗眼中，张商英是与司马光、范仲淹齐名的"近世名臣"，风头甚至盖过了韩琦、欧阳修。

直到南宋绍兴十四年（1144），张无尽逝世二十多年后，宋高宗还郑重其事地追谥他为"文忠",作为大宋王朝对于张无尽的盖棺定论。

张无尽是信佛的人。我相信,在他内心之中,对于"夜来西北风声恶,拗折亭前一树松"的解读,一定比我们复杂得多。而"风摧树断"的暗示,更是激起了他心中此生鼎盛时期已过、自己即将往生的波澜。

事实也确实如此。在写下《立冬日》这首诗的宣和元年(1119)立冬节气,他已七十七岁,距生命的尽头,只有两年了。

张无尽,是独力打造北宋王朝最后一抹亮色的悲情人物,也是目睹北宋王朝背影远去的最后文人。

张无尽是四川新津人,出生于庆历三年(1043)。

治平二年(1065)二月,二十三岁的张无尽中进士第,得授达州(今四川达州)通川县主簿,不久调任汉州(今四川广汉)洛县主簿。在这两个类似副县长兼办公室主任的岗位上,张无尽一直干到二十五岁,随后丁父忧离职守制。

张无尽在二十六岁时遭遇一生中最大的损失:这一年,他的人生导师、学业老师兼四哥,已经担任朝廷殿中侍御史的张唐英，不幸英年早逝，年仅四十三岁。

张唐英对于张无尽，曾尽兄长之责，颇有引路之功。《邵氏闻见录》记载："张唐英者，天觉丞相兄也。丞相少受学于唐英。"可以想象，如果张唐英没有过早离去，两人齐头并进，"打仗亲兄弟"，互相借力，兄弟俩的人生，都将是另外一番局面。

张无尽是家中老六。大哥张轩英、二哥张颛英、三哥张民英、四哥张唐英、五哥张虞英，还有一个七弟张邦英。七兄弟中唯有张唐英、张商英（张无尽）两兄弟进士及第。

张唐英这一死，张无尽今后只能靠自己单打独斗了，有时候，只怕还得冒着生命危险去拼。他的南川知县，就是他冒着生命危险，深入虎穴招降渝州叛蛮王衮的回报。

直到三十岁，张无尽的主要活动范围，一直局限于自己的家乡四川。直到他遇见了另一个姓章的。

章惇，一个取代了张唐英，成为张无尽新的人生导师的人。

熙宁二年（1069）七月，章惇以"夔湖北路察访使、经制夔州夷事"的身份来到四川。章惇后来也是北宋名相之一，其为人史称"豪俊，博学善文"。此时正当年少，又贵为钦差大臣，春风得意之际，对当地官员嬉笑怒骂、牛气哄哄，"夔之监司、知州被其凌辱，俱不堪"。

被凌辱得没有办法的四川当地官员们决定：关门！放张无尽！哦不，推出张无尽："有知渝州南川县事张商英者，其才辩可与章公敌。"在这种情况下，姓张的遇见姓章

的第一面，就颇具戏剧性：

"一日召于末座，商英著道士服来，长揖就坐。惇好大言，商英又为大言以胜之。惇喜，归朝荐商英于荆公，以中书检正官召，商英由此进。"

一个吹牛的，遇见了另一个更会吹牛的，于是服了，并惊为天人。这一次吹牛比赛之后，经由章惇的推荐，张无尽由当时的丞相王安石提拔到京师，任职太子中允、权监察御史里行，进入了前途无量的清贵言官行列。

从此，姓张的和姓章的，好朋友，一辈子。

而经由王安石、章惇引荐进入中央政坛，决定了张无尽一生的政治面貌——"新党"。

在当时，凡是拥护王安石改革主张的，都是"新党"，又称为"元丰党人"。推荐他的章惇，早已是"新党"的成员了，而提拔他的王安石，更是"新党"的党首。"新党"代表人物还有吕惠卿、曾布、韩绛等人。

凡是反对王安石改革主张的，都是"旧党"，又称为"元祐党人"。这些"旧党"中人，并非我们所想象的守旧人士、迂腐之人，也全是大名鼎鼎的牛人、大咖，不是大牌政治家就是大牌学者：文彦博是四朝宰相，吕公著是著名学者，司马光是《资治通鉴》的作者，范祖禹是《唐鉴》的作者，程颐是"二程理学"的开创者，至于苏洵、苏轼、苏辙和黄庭坚、秦观就更不用说了。

平心而论，致力于通过变法改变北宋财政"积贫"、军事"积弱"局面的"新党"王安石、章惇等人，并非蓄意更改祖制，祸国殃民、为非作歹之徒；而反对变法的"旧党"司马光、苏轼等人，也并非因为变法触动了个人私利，而为了一己之私才反对变法的。

再平心而论，"新党"王安石一方，在推进变法过程中，确实存在操之过急、用人不当的毛病；"旧党"司马光一方，在阻挠变法过程中，也确实存在以偏概全、全盘推翻的毛病。

更要命的是，双方一开始，还只是"意见之争"；随着几任皇帝、皇太后的态度游移，搞过几次你方唱罢我登场之后，"意见之争"终于无可救药地演变成了"意气之争"。

"意气之争"的最大问题在于：绝对地、不加分辨地党同伐异，于国于民有利的事，可以为了反对而

明　唐寅《关山行旅图》

反对；于国于民不利的事，可以为了赞成而赞成。

"意气之争"的手法，也越来越严酷。一党掌权，就要把另一党全部赶出中央，还将他们的名字一一刻在石碑上榜示朝堂，不许他们返京，不许他们的子孙入仕做官，不许……等到另一党掌权，上述种种，又来一遍。

幸亏北宋皇帝们杀文官的瘾头不大，否则"新党""旧党"的人头加起来，都不够砍的。

但如此这般折腾上几次，北宋的国势，就没法儿不江河日下了。

北宋之亡，至少有一半原因，要归咎于这场持续近百年的"新党"和"旧党"之间的党争。

熙宁五年（1072），三十岁的张无尽，正式加入战团，进入党争旋涡。

张无尽的选边、站队，是"新党"，就连后来的宋徽宗赵佶都说他"无一日不在章惇处"。所以，他这一生的荣辱，都与"新党"、与章惇，息息相关。

"新党"得意时，他调任京师，可以官至侍郎、尚书；"旧党"得意时，他贬谪地方，可以担任江陵县税务所长。

几经沉浮之后，大观四年（1110）六月，他才在六十八岁的高龄"除尚书右仆射兼中书侍郎"，实际主持北宋中央政局。

此时，王安石死了，司马光死了，苏轼死了，章惇死了。无论"新党""旧党"，都已成黄土党。

虽然上朝的百官依旧人声鼎沸，可在张无尽看来，偌大的朝堂早已显得空空荡荡。既然都走了，只留下我一个人，那么就让我来认认真真地为大宋做点实事吧。

也许是预感到来日无多，从实际主持北宋中央政局的那一天开始，张无尽就争分夺秒地开始了一个人的努力："于是大革弊事，改当十钱以平泉货，复转般仓以罢直达，行钞法以通商旅，蠲横敛以宽民力。"

同时，他劝宋徽宗赵佶"节华侈，息土木，抑侥幸"。赵佶到底是个花花公子的底子，实在憋不住奢侈之心，又不便过于驳颤巍巍老丞相的面子，于是玩起了小孩子般的捉迷藏游戏："帝颇严惮之，尝葺升平楼，戒主者遇张丞相导骑至，必匿匠楼下，过则如初。"

君臣之间，竟然如此儿戏。所以，真要死的人，你拦不住；真要作死的人，你也拦不住。宋徽宗赵佶就是这样的人。

此时，张无尽的人生导师章惇早前说过的那句话应验了："端王（赵佶）轻佻，不可以君临天下"。一年之后，轻佻的宋徽宗赵佶，终于再也不耐烦玩捉迷藏游戏了，开始了北宋和他自己的作死之旅：罢免贬谪张无尽，重新起用蔡京。

政和二年（1112），已经七十岁的张无尽"领崇信军节度副使职，衡州安置"。与此同时，重新上台的蔡京尽改张无尽之政，国事再度陵替。引得一帮太学生们群情激奋，直接上书朝廷，以诉前宰相张无尽之冤。

但这一切，都已经跟张无尽没有关系了。风烛残年的他，已经竭尽所能，为大宋尽了自己的最后力量，独力打造了王朝的最后一抹亮色。

奈何宋徽宗赵佶就是不听，自己就是要作死，还要带着大宋一起作死。江山毕竟是人赵家的，张无尽只有无奈地看着北宋王朝的巨大背影，渐渐远去。

宣和三年（1121），张无尽以七十九岁高龄谢世，并未归葬蜀地，而是安葬于宜都白羊驿，先葬江边，后来迁葬附近山中。我家乡附近的荆山楚水，得埋忠骨，与有荣焉。

张无尽离去的这一年，揭竿而起的宋江、方腊正在四出攻略，闹得海内骚然，而最终要了北宋死命的"海上之盟"也已经达成。北宋，已经不可逆转地驶入了覆亡的快车道。

六年之后，有一个人，在自己国破家亡、身陷囹圄之后，才又想起了张无尽的忠直和努力："思张商英忠谏，尝为赋诗，有'尝胆思贤佐'之句。"

这个人，就是赵佶，就是宋徽宗。

二

立冬节气的到来，标志着一年冬季的开始。

冬，是一年中最后一个季节。甲骨文中的"冬"，字形如绳结，象征着四季的终结。东汉许慎《说文解字》中说："冬，四时尽也。"

"立，建始也"，即"建立""开始"之意；"冬，终也，万物收藏也"，秋季作物全部收晒完毕，收藏入库，动物也已躲藏起来准备冬眠，以躲避寒冷。

立冬，是中国古代的大日子。古代立冬之日，天子有出北郊迎冬之礼，并有赐群臣冬衣、矜恤孤寡之制。《吕氏春秋》中载："是月也，以立冬。先立冬三日，太史谒之天子，曰：'某日立冬，盛德在水。'天子乃斋。立冬之日，天子亲率三公九卿大夫，以迎冬于北郊。还，乃赏死事，恤孤寡。"

在浙江绍兴，立冬是开始酿造黄酒的日子。

黄酒是源于中国的独有酒种。立冬到第二年立春这段时间，最适合酿造黄酒。原因是，冬季水清冽、气温低，可有效抑制杂菌繁育，又能使酒在低温条件下长时间发酵过程中，形成良好的风味，是酿酒发酵最适合的季节。

绍兴在此时酿造黄酒，也是对中国古代酿酒经验的传承。事实上，立冬到第二年立春这段时间适合酿酒，正是古人的发明。黄酒在立冬开始酿造，"经冬复历春"之后，到了立春再开坛品尝，正是美味之时。

为什么我国古代名酒多以"春"命名？原因就在于这个酿造

时间。马端辰《毛诗传笺通释》记载说："周制盖以冬酿酒，经春始成，因名春酒。"

像李白、杜甫、白居易，这些号称"斗酒诗百篇"的唐朝诗人们，听起来酒量很大，其实他们喝的都是古法酿造的低度黄酒。真要拿现在的蒸馏白酒来比试一下，只怕酒量还不如我。写诗，我当然甘拜下风，喝酒嘛，就不好说了。

小雪

小雪

和萧郎中小雪日作

征西府里日西斜，独试新炉自煮茶。

篱菊尽来低覆水，塞鸿飞去远连霞。

寂寥小雪闲中过，斑驳轻霜鬓上加。

算得流年无奈处，莫将诗句祝苍华。

小雪 辛丑
立冬

　　略知北宋历史的人，大约都知道宋太祖赵匡胤曾经按剑怒吼而出的那句大实话："卧榻之侧，岂容他人鼾睡乎!"

　　但却很少有人知道，当时身在赵匡胤对面，耳中第一个听到这句大实话，脸上兴许还沐浴着伴随这句大实话喷薄而出的唾沫星子的，就是上面这首诗的作者，徐铉，时任南唐兵部尚书、知制诰、修文馆学士承旨的徐铉。

　　当时是宋开宝八年（975）十一月，徐铉作为南唐的首席使臣，正在东京（今河南开封）力劝赵匡胤放南唐一马，"乞缓兵以全一邦之命"，不要攻占金陵。

　　平定南唐是赵匡胤的既定国策，而且大军早已出发，岂能仅凭徐铉的三寸不烂之舌就功亏一篑？赵匡胤虽然干的是无端讨伐之事，但同时也是可爱的老实人，这才在情急之下，吼出了史上那句著名的大实话。

史称徐铉当时的反应是："惶恐而退。"随后，他又回到即将陷落的金陵，陪同城破国亡的南唐后主李煜，再度北上，投降大宋。

徐铉，是土生土长的南唐文臣。写《和萧郎中小雪日作》的时候，他正在南唐太子左谕德、知制诰、中书舍人任上。这首诗，也是他给好朋友"萧郎中"萧俨的和诗。徐铉似乎很喜欢写唱和诗，他一生留下的四百二十一首诗中就有二百五十三首唱和诗，占比超过百分之六十。

诗题中的"萧郎中"萧俨，当时正以"刑部郎中"的身份，

明　董其昌《枯木寒林图》

担任晋王、江南西道兵马元帅、洪州大都督李景遂的幕僚。

徐铉为好友萧俨写下和诗之时，正值后周显德六年（959）的小雪节气。

征西府里日西斜，独试新炉自煮茶：征西元帅府里，夕阳西下之时，萧俨独自一人，尝试用新炉来煮茶。

萧俨寄给徐铉那首诗的内容，现已无考。但这两句诗，徐铉

显然是在回应好友来诗内容中所描述的画面。

到了徐铉、萧俨的时代，茶已是人们日常生活中的必需品。

唐朝以前，茶的饮用主要在南方，到了唐朝中期，才得以普及全国。史称"茶兴于唐"，"至德、大历遂多，建中以后盛矣"；到了宋朝，茶更是达到了另一个繁荣的顶点。宋人蔡绦在《铁围山丛谈》中说："茶之尚，盖自唐人始，至本朝为盛。"

关于煮茶的用具，唐人陆羽的《茶经》只列了"釜"一种。从唐诗中来看，唐人还曾用"鼎""铛""盂"等煮茶。萧俨在这里煮茶的用具，是"炉"。可见，当时的煮茶用具已呈多样化趋势。

至于萧俨煮茶所用的水，可能是江水，因为宋人杨万里曾有诗"携瓶自汲江心水，要试煎茶第一功"；也有可能是井水，因为宋人陆游曾写有《夜汲井水煮茶》；更有可能是天水，也就是雪水，因为宋人孔平仲曾在《十二月二十五日大雪》中说："呼童梯屋器贮之，犹得煎茶待嘉客。"

篱菊尽来低覆水，塞鸿飞去远连霞：此时，花园中的菊花盛开，低低地覆盖了水面，边塞的鸿雁高飞，消失在了远方的晚霞之中。

寂寥小雪闲中过，斑驳轻霜鬓上加：这一年的小雪节气，我徐铉也是在悠闲中度过的，只是发现自己鬓上，花白的头发又增加了不少。

这一年，徐铉四十三岁。四十三岁的中年男人，鬓角出现白发，既正常，也很普遍。想当年，兄弟我也……

算得流年无奈处，莫将诗句祝苍华：就算在对流年易逝最无奈的时候，我们也不要仅仅为了自己少添几根白发，拿自己的诗句去祈求头发之神——"苍华"。

"苍华"，是道教用语。道教以人的身体为小天地，对于人体的各个部位都赋予神名，其中掌管头发的神仙，名叫"苍华"，字"太元"。至于发神为什么叫"苍华"，字"太元"，包括脑神为什么叫"精根"，字"泥丸"等，不要问我章雪峰，问张三丰去。

"卧榻之侧，岂容他人鼾睡乎！"是那个时代，天下第一武人对天下第一文人的怒吼。

是的，这就是当时的实际情况：北宋武功强，南唐文化高。

换句话说，南唐相对于北宋，都有着极强的文化自信。

君对君，有文化自信。

后周世宗柴荣，号称英主，但史书说他"善骑射，略通书史黄老"。所谓"略通"，就是文化水平不高的委婉表达。

接下来的宋太祖赵匡胤，是北宋开国皇帝，史书也只是说他

"容貌雄伟，器度豁如，识者知其非常人。学骑射，辄出人上。"史书上的大概意思是，赵匡胤，一是长得帅，二是气度大，三是骑射好。书上就是没说文化水平高。

来看看南唐的君主们。南唐开国君主李昪"独好学，接礼儒者"，"以文艺自好"。他专门设置"建业书房"，用以收藏各地征集的三千多卷图书；他重视教育，在秦淮河畔设国子监，兴办太学、小学，培养国子博士和四门博士。

南唐中主李璟，爱好文学，"时时作为歌诗，皆出入风骚"，具有较高的文学艺术修养，经常与宠臣如韩熙载、冯延巳等人饮宴赋诗。他的词感情真挚，风格清新，语言不事雕琢，对南唐词坛产生过一定的影响。"小楼吹彻玉笙寒"，就是他创作的流芳千古的名句。

南唐后主李煜，更是可以称之为艺术家了。他多才多艺，工书善画，通音晓律，能诗擅词。他的书法，号称"金错刀""撮襟书"，他的画作，世称"铁钩锁"。李煜尤以词的成就最高。一首《虞美人·春花秋月何时了》，写尽亡国之痛。

北周、北宋君主，和南唐君主比较起来，大概是小学生和博士生的区别。

臣对臣，更有文化自信。

赵普是北宋开国第一文臣，但他"少习吏事，寡学术"，"半部《论语》治天下"的典故更是传遍天下。连个《论语》都只看半部的人，文化水平当然不算很高了。

对比一下写《和萧郎中小雪日作》的徐铉。事实上，徐铉是当时横贯南唐、北宋的第一文人、一代文宗，也是著名的文学家、书法家。

徐铉长于书法，喜好小篆。欧阳修在《集古录跋尾·泰峄山刻石》中评价："昔徐铉在江南，以小篆驰名，郑文宝其门人也，尝受学于铉，亦见称于一时。"其行书则开宋人尚意书风之先河，行书代表作《私诚帖》现藏台北故宫博物院。

徐铉还精于文字学，他曾与句中正等共同校订《说文解字》，增补十九字入正文，又补四百〇二字附于正文之后。经他校订增补过的《说文解字》，世称"大徐本"。

徐铉工诗，有四百二十一首被《全宋诗》所收。他的诗风，平易浅切，真率自然，颇似唐朝的白居易。从这首《和萧郎中小雪日作》，可见一斑。

徐铉在诗词方面的宗师地位，可以这样简单粗暴地概括：仅就直接的师承关系而言，他是北宋宰相、文学家、音韵学家、我国最重要古韵书《广韵》主要修撰人陈彭年的老师；他是北宋宰相、文学家，名句"无可奈何花落去，似曾相识燕归来"作者晏殊的师爷；他还是北宋文学家范仲淹、王安石和欧阳修的祖师爷。

徐铉与弟徐锴皆有文名，号称"二徐"；又与《韩熙载夜宴

图》中的那个韩熙载齐名，谓之"韩徐"。因为他后来在北宋官至散骑常侍，世称"徐骑省"。

北宋第一文臣赵普，相对于南唐第一文臣徐铉而言，就是初中生和博士生导师的区别。

明人冯梦龙在其所撰《智囊》中记载了这样一则故事，忠实记录了北宋君臣在满满文化自信的徐铉面前的窘态：

"'三徐'名著江左，皆以博洽闻中朝，而骑省铉尤最。会江左使铉来修贡，例差官押伴。朝臣皆以词令不及为惮，宰相亦艰其选，请于艺祖。艺祖曰：'姑退，朕自择之。'有顷，左珰传宣殿前司，具殿侍中不识字者十人以名入。宸笔点其一，曰：'此人可！'在廷皆惊，中书不敢复请，趣使行。殿侍者莫知所以，弗获已，竟往。渡江，始铉词锋如云，旁观骇愕，其人不能答，徒唯唯。铉不测，强聒而与之言。居数日，既无酬复，铉亦倦且默矣。"

赵匡胤这也是没有办法的办法：面对博学多才的徐铉，与其挑一个半通不通的初中生去出丑露怯，还不如挑一个一窍不通的文盲去深藏若拙。高，实在是高。

开宝八年（975）十二月，宋师攻克金陵后，"太祖既下江南，得徐铉、汤悦、张洎辈，谓之曰：'朕平金陵，止得卿辈尔。'"。徐铉跟随南唐后主李煜一起，投降北宋。

作为早就打过交道的老熟人，宋太祖赵匡胤面对此时投降的徐铉："责之，声甚厉。铉对曰：'臣为江南大臣，国亡罪当死，不当问其他。'太祖叹曰：'忠臣也！事我当如李氏。'。"从此，五十九岁的徐铉开始了自己后半生进退维谷的降臣生涯。

他初为太子率更令，这是一个有职无权，仅供领取俸禄之用的闲官。后来，徐铉"从征太原，军中书诏填委，铉援笔无滞，辞理精当，时论能之。师还，加给事中。八年，出为右散骑常侍，迁左常侍"。这又是一个负责规谏过失、侍从顾问的闲官。

他还发挥了自己的文学特长，参与修订《太平广记》《太平御览》《文苑英华》《说文解字》《江南录》，议定封禅礼，权知礼部贡举等。宋太祖赵匡胤既然认定他是忠臣，终己一世，虽然一直没有重用他，但也没有为难他。

等到宋太宗赵光义上台，局面就大不一样了。赵光义对徐铉这样的南唐降臣，不仅百般猜忌，而且想方设法打压。

有一次，赵光义"关切"地问徐铉："卿见李煜否？"徐铉一听，皇帝这是话里藏刀啊，赶紧表白："臣安敢私谒。"赵光义又"鼓励"说："卿第往，且言朕有命可矣。"

这下徐铉不敢不去了。亡国君臣，劫后余生，再次见面，只有默默相对，"故国不堪回首月明中"。这一面，就见得相当尴尬：

> 顷间，李主纱帽道服而出。铉方拜，而李主速下阶引其手以上。铉告辞宾主之礼，主曰："今日岂有此礼！"徐引椅少偏乃敢坐。后主相持大哭，乃坐，默不言。忽长吁叹曰："当时悔杀了潘佑、李平！"铉既去，乃有旨再对，询后主何

明 文徵明《寒林晴雪图》

言，铉不敢隐，遂有秦王赐牵机药之事。

虽然李煜的死因还有争议，但赵光义有意让这对亡国君臣尴尬相见，无疑是出于猜忌心理的一种敲打。此时此刻，徐铉的心理压力，可想而知。

赵光义对于徐铉的最致命打击，在淳化二年（991）他七十五岁时到来。

这年一桩不起眼的官司，牵连到了徐铉。这一年，有一个名叫道安的尼姑，到开封府状告自己的兄嫂不赡养姑母。因为道安状告的嫂子，是徐铉妻子的外甥女。所以徐铉为此给开封府判官张去华写了一封信，说明原因，并取得了他的谅解。张去华未予受理，决定将道安械送庐州本郡。

不料道安不服，去捶了登闻鼓，由此惊动了宋太宗。这次道安不仅状告兄嫂，而且状告张去华徇私枉

法，还诬陷徐铉与外甥女姜氏通奸，这才为之
写信请托。

不得不佩服尼姑道安的想象力，居然想到
诬陷一个七十五岁的男人与人通奸；也不得不
佩服宋太宗的判断力，不管你们信不信，反正他是信了。
或者换句话说，他非常乐见有人诬陷徐铉，乐见此事越闹越大。

于是，他下令逮捕道安及其兄嫂、徐铉、张去华，交大理寺
审讯。大理寺审讯认定徐铉通奸不实，又交给刑部复审，结果仍
然相同。宋太宗居然又怀疑官员们集体徇私，将所有审理此案的
官员一并治罪，削官一任，徐铉则贬静难军节度行军司马。

就这样，七十五岁高龄的徐铉不得不离开东京（今河南开
封），踏上了北上前往邠州（今陕西彬县）的贬谪之路。这一次
的长途跋涉，对于他的身心，都是巨大的摧残。

到达贬谪地之后，他"内不能以得丧动，外不能以荣辱干，
然而为学之心老而弥笃。在邠州日，以时俗文字讹谬，乃亲以隶
字写《说文》，字体纤细，正如蝇头，过数万言"。淳化三年
（992）八月，徐铉在邠州，孤寂地死去。

尼姑道安，也算得上是徐铉的远房亲戚了。受到亲戚的诬陷
而身死贬所，这样一个人生结局，对于平生为人以温和著称、一
贯尽力照顾家族亲戚的徐铉而言，极不公平。

胡克顺所撰的《徐公行状》说："公于内外族，视无疏密，
待之如一。其有孤嫠无告者，皆纠合收养，称家之有无，随事拯

济婚嫁，视之如家人子。虽谗口谤议纷纭盈耳，公自信不疑。唯恤孤念旧是急，不知其他。及左迁邠、岐，亦坐此获谴矣。"

简而言之，徐铉对得起包括尼姑道安在内的家族亲戚们。史书上没有记载尼姑道安的最后结局，今天的我们无法知道：她在看到家族中花甲之年的长辈老人，因为自己的诬陷而长途贬谪，转年即孤寂辞世时，心中是否曾闪过一丝的愧疚和后悔。如果有，我们也愿她安息。毕竟，千年来一直顶着小人的骂名，无论是生前还是身后，日子都不会好过到哪里去。

徐铉一生，仕途六十年，起于南吴睿帝大和四年（932）时的校书郎，终于宋太宗淳化三年（992）的静难军节度行军司马。其间，两次改朝换代，侍奉三朝六主，先后三次遭贬，宦海沉浮多年。

徐铉，一个值得记起的诗人，一个有故事的男人，一个大写的人。

二

在二十四节气中，小雪节气表示这一年降雪的起始时间与程度。

小雪节气之后，气温将持续走低，由冷转寒，降水状态也由雨变成雪。此时天气阴冷晦暗，光照较少，万物蛰伏，天地一派肃杀清冷之象。

小雪节气前后，通常会伴有入冬之后的第一场雪。小雪者，寒未盛而雪初见也。"小雪气寒而将雪矣，地寒未甚而雪未大也"（《二如亭群芳谱》），"雨为寒气所薄，故凝而为雪，小者未盛之辞"（《二十四节气解》）。

小雪时节，气温急剧下降，空气变得干燥，正是做香肠、腌腊肉的好时候。此时，可以开始制作香肠、腊肉，到了春节正好享受美食。

小雪节气也正是打糍粑的好时候。糍粑，是用糯米蒸熟捣烂后所制成的一种食品，是我国南方流行的传统美食之一，也是我儿时的美食记忆之一。

大雪

次韵和王道损风雨戏寄

小雪才过大雪前，
萧萧风雨纸窗穿。
而今共唱新词饮，
切莫相邀薄暮天。

　　北宋庆历六年（1046）大雪节气前夕，雨下个不停。当时正在许昌"忠武军节度判官"任上的梅尧臣，开玩笑地给自己的好友王道损，寄去了这首和诗。

　　诗题中的"次韵"，也称"步韵"，是指按照原诗的韵和用韵的次序，来创作和诗的一种方式。"王道损"，就是梅尧臣的好友王徽，字道损。

　　"道损"二字，大有来历，出自老子的《道德经》："为学日益，为道日损，损之又损，以至于无为，无为而无不为。"

　　"为道日损"，是指人在追求"道"这种内在精神境界提升的过程中，要做到不断地"日损"。逐步摒弃自己心中的偏执、狂妄、机巧，才能在更高的境界以更博大的心灵，俯仰于天地之间。

所以，别看人家"道损"二字，字面看着不大吉利，其中可是大有深意存焉。

王道损，出自北宋著名的三槐王氏家族。其父王旭曾官至兵部郎中、知应天府，其叔父则更是大名鼎鼎，是宋真宗时期著名的宰相王旦。三槐王氏，作为宋朝少有的世家大族，崛起于北宋之初，北宋时即代有才人，南宋仍然俊才不绝，元明清人丁兴旺，余绪直至今日。

北宋三槐王氏的第一代，是王祜；"三槐"之得名，也来自王祜。因为他曾在庭院中，亲手种下三棵槐树，并且说："吾子孙必有为三公者。"王祜这是用"面三槐，三公位焉"这句出自《周礼》的话来善祝善祷，希望王氏子孙将来成人成才。

别说还真灵。王祜的次子王旦果然就在宋真宗时官至宰相，长子王懿知袁州，三子王旭知应天府。三槐王氏就在以王旦为代表的第二代，发扬光大。

王道损是三槐王氏的第三代。他生于宋真宗咸平六年（1003），比梅尧臣只小一岁。清人王国栋所修《王氏宗谱·三槐王氏》中记录说，他以荫补著作佐郎，屡次出守边藩，历有政声，是一位"民怀吏畏"的好官。"时岁饥，捐俸赈恤，劳苦成疾"，在治平元年（1064）卒于官，享年六十二岁。

小雪才过大雪前：今年的小雪节气才刚刚过去，目前正是大雪节气之前。

萧萧风雨纸窗穿：眼下天气正是寒冷，风雨潇潇，把糊窗户的纸都吹破了。

说到"纸窗"，梅尧臣居然还在我国古代的诗人当中，保持着一项独特的记录：他是留下吟诵纸张诗作最多的人，也是留下吟诵"纸窗"诗作最多的人。

一般而言，人们居住的建筑物为了采光和通风，必须设计窗户。但窗户设计好之后，寻找合适的蒙窗材料，却又操碎了古人的心。在纸窗之前，古人先后使用过云母、琉璃、贝壳、绮纱、竹草等，来作为蒙窗的材料。但这些材料，或只能采光，或只能通风，或者贵重难得，都不是理想的蒙窗材料。

从唐史、唐诗的记录来看，唐朝无纸窗。使用纸张来蒙窗，大量地出现在梅尧臣所处的北宋时代。从此，在平板玻璃发明之前，纸窗在我国使用达千年之久。但是，纸窗也有纸窗的问题，就是遇到狂风暴雨时，容易破损。所以梅尧臣的诗中才说"萧萧风雨纸窗穿"。

梅尧臣此时提及"纸窗"，心中只怕还有一丝酸楚。他的好朋友、与他并称的"苏梅"的苏舜钦，仅仅两年前，就在"纸窗"这件事上，栽了个大跟头。

苏舜钦因为支持范仲淹的"庆历新政"，颇遭忌恨，政敌们也一直在等待机会想对他进行打击报复。庆历四年（1044），在苏舜钦担任进奏院的长官——"监进奏院"时，机会来了。

"旧例鬻故官券以赛神，舜钦与右班殿直刘巽用鬻故纸公钱宴宾客，召妓乐。御史中丞王拱辰等劾奏，苏坐自盗除名，同时放逐者十余人。奏邸之狱，一时英隽，斥逐殆尽，有一网打尽之语。"

解释一下。当时的苏舜钦，按照此前惯例，出卖进奏院旧文书档案的废纸，然后与同事聚餐。就这么点事儿，被政敌攻击为监守自盗，竟至于被捕入狱，最后被流放苏州。

政敌的打击报复，就此一举成功。看来，自古以来就是这样：别人按照惯例卖废纸没事，有小人盯着的人，那就得谨言慎行，就没有按照惯例卖废纸的自由。

与我们今天稍有不同的是：我们今天卖废纸，购买者的目的是用于化浆，重新生产纸张；北宋苏舜钦卖废纸，却是被人买去蒙窗户，做"纸窗"。因为文书档案用纸，一般质量较好，经久耐用，不容易破损，而且在价格上也比用新纸便宜。

苏舜钦受此打击，身心备受摧残。两年后的庆历八年（1048），他在年仅四十一岁之时，就病故了。

而今共唱新词饮：如今正是一起饮酒赋诗作词的好时候。

在宋朝，经常在自己的诗中以酒为主题，诗中常用"酒"字的诗人，梅尧臣是第一人。当然，还有苏舜钦、苏轼、黄庭坚、杨万里、陆游等几人。

梅尧臣自诩为"性嗜酒"，而且作诗说自己"一日不饮情颇恶"，很有点儿酗酒的意思。虽然这句诗里，梅尧臣没有说"酒"而说的是"饮"，但咱们喝酒的人都知道，那就是一样的啊。

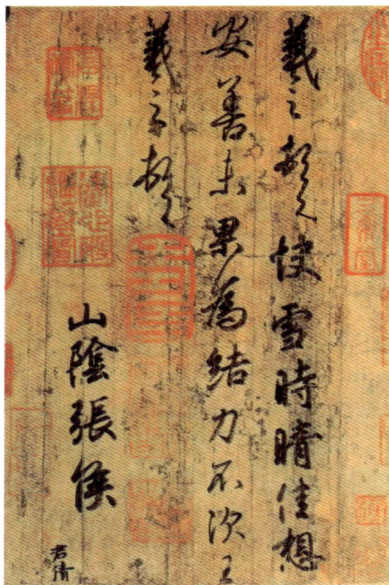

东晋　王羲之《快雪时晴帖》

切莫相邀薄暮天：但是，千万不要在薄暮之时才发出邀请。

这一年，梅尧臣已经四十五岁，已是进入中老年的人了。他戏寄王徽，要求他在邀请自己喝酒时，不要迟至薄暮之时才发出邀请，其原因可能是因为雨天路滑，往返又得在光线不好的晚上，自己作为中老年人不大方便的缘故。

写下《次韵和王道损风雨戏寄》的梅尧臣，是宋诗的"开山祖师"；而《次韵和王道损风雨戏寄》，则是他现存两千八百余首诗中的一首。

两千八百余首这个存诗数量，是一个等同于今天我们接受度更高的诗人苏轼的存诗数量。但从辈分上讲，苏轼是梅尧臣的晚辈。苏轼在梅尧臣面前，那得叫上一声"师伯"。因为他的正宗座师欧阳修，是与梅尧臣平辈论交的好朋友。而欧阳修、梅尧臣两人，后来都对苏轼有过提携之德。

更猛的是，包括欧阳修、苏轼在内，"唐宋八大家"中宋朝的那六位，在文学方面都是受过梅尧臣的影响和教益的。

诗歌史上，梅尧臣正是和欧阳修、尹洙一起，发起了声势浩大的诗文革新运动，并以自己的诗歌创作理念和实践，开辟了宋诗的全新道路。从他之后，宋诗才得以别开生面，由"唐音"转变为"宋调"，走上了自己的发展之路。

对于梅尧臣的诗歌成就，欧阳修自愧不如："圣俞翘楚才，乃是东南秀。玉山高岑岑，映我觉形陋。"编撰《资治通鉴》的司马光，将梅诗视为至宝，并且预言其将不朽："我得圣俞诗，于身亦何有？名字托文编，他年知不朽。我得圣俞诗，于家果何如？留为子孙宝，胜有千年珠。"

陆游盛赞梅诗："李杜不复作，梅公真壮哉。"并且，陆游还在所撰《梅圣俞别集序》中透露了苏轼对于梅诗的态度："苏翰林多不可古人，惟次韵和陶渊明及先生二家诗而已。"意思是说，苏大才子对于前人的诗，只看得起陶渊明和梅尧臣这两个人的诗而已。

元朝诗人、诗论家方回评价说："宋诗孰第一，吾赏梅圣俞"；明朝诗人、诗论专著《诗薮》的作者胡应麟说："梅诗和平简远，淡而不枯，丽而有则，实为宋人之冠。"清初诗坛盟主王士禛视梅诗为宋诗大家："宋人诗至欧、梅、苏、黄、王介甫，而波澜始大。"

历朝历代，梅尧臣都有大批粉丝，而且还是鉴赏力极高、忠诚度极强的铁杆粉丝。要是换在今天，梅尧臣如果开个公众号，那不是篇篇10万+，打赏过万元？

原来，梅尧臣是这样牛的诗人。

但各位可能要说，仅从《次韵和王道损风雨戏寄》这首诗来看，没有牛到上面说的那个程度吧？别说各位看不出，我也看不出。但这并不妨碍我假装看懂，并且点评道："嗯，和平简远，淡而不枯，丽而有则。好诗，好诗啊！"

顺便说一句，也是在这一年，范仲淹于九月十五日在邓州，写下了我们耳熟能详的教材名篇——《岳阳楼记》。

一

在大雪时节写下《次韵和王道损风雨戏寄》的这一年，四十五岁的梅尧臣又结婚了。呃，我为什么要说"又"呢？

因为，这一次梅尧臣的确是再婚，是续弦。

梅尧臣第一次结婚，还是在二十年前。那是在天圣五年（1027），二十六岁的梅尧臣迎娶了二十岁的谢氏。两个正当韶华的年轻人，在北宋的首都开封，幸福地结婚了。

当时，梅尧臣住在"以直集贤院改直昭文馆"的叔父梅询府中，其未来岳父谢涛，则官居"以太常寺卿判太府寺"。两家均住在首都，还都是门当户对的部级高官。所以，推测梅尧臣与谢氏的婚礼，一定是在开封举行，而且一定得风光大办。

这一年，梅尧臣刚刚完成大学学业。是的，你没看错，他的年谱记载是这样的，"是岁，尧臣当肄业国子监"。新婚第二年，梅尧臣以荫入仕，"由太庙斋郎循资补桐城主簿"，从此踏入官场。

此后，梅尧臣历任河南县主簿、河阳县主簿、以德兴令知建德县事、知襄城县事。到了庆历四年（1044）时，梅尧臣从湖州监税解任回京时，婚后十七年一直跟随他宦游四方的谢氏，却于这年七月病逝于高邮三沟北上的舟中。

更叫人心酸的是，由于梅尧臣多年屈处下僚，并且为官清廉，夫人客死他乡时竟无钱置办寿衣，只能"殓以嫁时之衣，葬于润州"。谢氏去世后，梅尧臣哭之极哀，作《悼亡》诗三首，夸谢氏"见尽人间妇，无如美且贤"，并且回忆"相看犹不足"的婚后时光，最后许下"终当与同穴"的生死之愿。

两年之后，梅尧臣到许昌出任"忠武军节度判官"，就在写下《次韵和王道损风雨戏寄》之前的三月，为了"阃中事有托，月下影免只"，续弦刁氏。新婚喜庆之际，梅尧臣的心情，却是"喜今复悲昔"，因为他心中仍然时时想念着谢氏，所以"惯呼犹口误"。

再婚第二年，梅尧臣许昌任满，携眷于九月回到东京。这时，有一个刚刚二十七岁的姓王的年轻人，要到浙江鄞县任知县，仰慕梅尧臣的文名，行前来拜见。梅尧臣一见倾心，许为国器，专门作诗《送鄞宰王殿丞》，为他送行。这个姓王的年轻人，就是后来大名鼎鼎的王安石。

清　袁江《梁园飞雪图》

皇祐元年（1049），梅尧臣丁父忧，刚刚结束又于皇祐五年（1053）丁母忧。正当梅尧臣在老家宣城居丧时，一个弱冠少年来访。梅尧臣一见叹曰："天才如此，真太白后身也！"

这个被梅尧臣品评为李白再世的年轻人，就此一举成名。他就是留下一千四百余首诗的北宋著名诗人郭祥正，而且，他的诗风纵横奔放，真的酷似李白。

嘉祐元年（1056），梅尧臣受好友欧阳修推荐，起复为国子监直讲，开始参与修撰《新唐书》。此时的梅尧臣，已以诗词驰名天下三十年，虽然仕宦不显，但颇爱奖掖后进，俨然已是一代宗师的地位，天下读书人均以能得到他的点赞为荣。

就在这时，有一位姓苏的四川人，带着两个儿子，来到开封。默默无闻的父子三个，虽然是腹中有货的读书人，却"世未有知之者"。又是梅尧臣最先发现人才，"尧臣独称之"，并且还作诗称许苏家的两个儿子为"家有雏凤凰"。这父子仨，就是后来大名鼎鼎的苏洵、苏轼、苏辙。

得到梅尧臣的赏识，是苏氏父子的人生转折点。因为嘉祐二年（1057）的科举考试，梅尧臣的好友欧阳修是主考官——"权知贡举"，梅尧臣自己也是考官——"充点检试卷官"。

这次考试，《老学庵笔记》记载了一个细节：东坡先生《省试刑赏忠厚之至论》有云："皋陶为士，将杀人，皋陶曰杀之三，尧曰宥之三。"梅圣俞为小试官，得之，以示欧阳公。公曰："此出何书？"圣俞曰："何须出处。"公以为皆偶忘之，然亦大称叹。初欲以为魁，终以此不果。及揭榜，见东坡姓名，始谓圣俞曰："此郎必有所据，更恨吾辈不能记耳。"及谒谢，首问之，东坡亦对曰："何须出处。"乃与圣俞语合，公赏其豪迈，太息不已。

这才叫"物以类聚，人以群分"。只有这样的梅尧臣，才会欣赏这样的苏轼。这样的人生知己，苏轼该不该叫他一声"师伯"，甚或叫他一声"恩师"？

提携苏轼，已接近于梅尧臣的人生绝唱。嘉祐五年（1060）四月，年仅五十九岁的梅尧臣，在"都官员外郎、充国子监直讲、修《新唐书》"任上病逝。也就在他逝去的这一年，《新唐书》修撰完成。

梅尧臣的一生，未及耳顺之年即早早逝去，好友欧阳修痛惜不已，亲撰祭文，"纪行琢辞，子宜予责；送终恤孤，则有众力。

惟声与泪，独出予臆"；另一好友，北宋史学家、经学家、散文家刘敞也为他惋惜："君之文学，信于友朋；君之孝友，乡党是称。仕不过庸，寿不百龄。一致于此，何其不平。"

值得一提的是，梅尧臣逝后，其子梅增遵其遗嘱，扶柩南归，将他葬于家乡宣州双羊山；然后，梅增又前往润州，请出谢氏遗骨，归葬宣州，与梅尧臣同穴。

至此，梅尧臣生前对谢氏许下的"终当与同穴"的誓言，他做到了。

二

"大雪"节气，顾名思义，雪量变大，表示降大雪的起始时间和雪量程度。这是一个直接反映降水的节气。到了这个时段，雪往往下得大、范围也广，故名"大雪"。《月令七十二候集解》："十一月节。大者，盛也。至此而雪盛矣。"

"大雪"节气的命名，在二十四节气中，算是最晚的了。《尚书·尧典》只讲了"日中、日永、宵中、日短"四个节气，即"春分、夏至、秋分、冬至"；《管子·轻重》则增加了"四立"——立春、立夏、立秋、立冬；《吕氏春秋·十二纪》则有了二十二个节气，但仍然没有"小满"和"大雪"；直到西汉刘安及其门客所著的《淮南子·天文训》才补充了"小满"和"大雪",就此定名。

大雪节气,要是天公作美,来一场厚厚的名副其实的大雪,那才叫应景。窗外大雪纷飞,屋内围炉夜话,举杯团聚,正是家人、朋友之间的温馨时刻。

所以,梅尧臣写下《次韵和王道损风雨戏寄》这首诗,其实就是想喝酒了,想约好朋友一起度过大雪节气。这才在诗中给好朋友出主意,"而今共唱新词饮"——我就问你,约吗?

这样风雅的一首和诗,这样有才的一个朋友,王道损能不约吗?约!必须的。

冬至

冬至日独游吉祥寺

井底微阳回未回，

萧萧寒雨湿枯荄。

何人更似苏夫子，

不是花时肯独来。

　　北宋熙宁五年（1072）冬至日这天，时任杭州通判的苏轼苏夫子，独自来到位于杭州安国坊、始建于宋太祖乾德三年（965）的吉祥寺，一个人游玩观赏。

　　时值冬至节气，天上又下着雨，吉祥寺显得格外冷清。苏轼苏夫子边走边看，边赏边吟，写下了这首《冬至日独游吉祥寺》。

　　井底微阳回未回，萧萧寒雨湿枯荄：今天是冬至，不知道吉祥寺水井里的泉水，转暖了没有？我只看到，不断落下的冷雨，打湿了路边的草根。

　　苏夫子是文化人儿，所以这第一句诗，就大有来历。《礼记·月令》说："冬至水泉动"，《逸周书》也说："十有一月，微阳动"。两个记录的意思都是在说：泉水会从冬至日起，逐渐转暖。"水泉动"，也是冬至节气的三个物候之一。

古人认为，冬至是阴阳转换的临界点。到了冬至这一天，此前不断增加的阴气就达到顶峰，阴盛阳衰到了极点，此后阳气就停止了销蚀，开始上升，阴气则开始销蚀。这就是古人所谓的"冬至一阳生"理论，同时也是古人"物极必反、盛极而衰"的人生智慧。

何人更似苏夫子，不是花时肯独来：现在没有人能够像我苏夫子一样了，还愿意在不是牡丹花开的时候，独自一个人来到吉祥寺。

这句诗中的"花"，指的是牡丹花。在苏轼眼中，"钱塘吉祥寺花为第一"，"吉祥寺中锦千堆"。这次他在不是牡丹花期的冬至时节前来，突然由满眼是花到眼中无花，自然感觉不大适应。

其实这年三月，满眼是花的时候，他也来过，并且第一次见到了吉祥寺的牡丹花。

三月二十三日，苏轼接受顶头上司、时任杭州知州的沈立之的邀请，来到吉祥寺僧守璘的花圃观赏牡丹花，并参加欢宴。

酒酣耳热之后，沈知州提议，今天所有在场的人，无论身份尊卑，无论男女老少，回去时都要在自己的头上，插上一朵艳丽的牡丹花，然后大家一起从吉祥寺出发，各回各家。

估计顶头上司此议一出，在场众人中，苏轼是第一个感到为难的。虽然史上的苏轼，一直以豪放著称，但那是在他年纪大了和脸皮厚了以后。这一年，苏轼可才三十七岁，还不大放得开。再说了，人家毕竟是京官儿，去年十一月才到你们杭州来的。这才几个月的时间，就一下子搞这么大力度，还戴个花儿出去？

可是长官意志，不可违，喝多了酒的长官意志，更不可违。苏轼只好也和大家一样，在自己的头上插了一朵牡丹花，从吉祥寺出发，经众安桥、吴山缓步而归，一路引得不少群众围观。

如此盛况，果然搞得苏大通判怪不好意思的，回家后专门写了一首《吉祥寺赏牡丹》来记录这次赏花："人老簪花不自羞，花应羞上老人头。醉归扶路人应笑，十里珠帘半上钩。"

既然亲历了三月如此印象深刻的赏花活动，到了冬至时节再来，苏轼怎么可能不再想起牡丹花？

这是苏轼人生中第一次履足杭州。

从熙宁四年（1071）十一月到熙宁七年（1074）九月，他这次在杭州通判任上，待了近三年之久。

这三年，他一共写了三百一十六首诗。从类别上讲，主要是题咏诗、送别诗、唱和诗等。

其实，他此时的诗，还有一个最重要的类别，那就是他在杭州出去游玩时所写的游览诗。《冬至日独游吉祥寺》就是其中的一首游览诗。

事实上，苏轼当时玩遍了整个杭州城及其周边地区。用他自己的话说就是："两岁频为山水役。"看看，他在杭州才三年，其中游山玩水，就有两年！

不过，苏轼是诗人，到哪里游玩都会写诗。同样一个吉祥寺，有花他写诗，没花他也写诗。不仅吉祥寺，

杭州的灵隐寺、海会寺、法惠寺，都留下了他的众多诗篇。我们熟悉的"若把西湖比西子，浓妆淡抹总相宜"名句，就是写于苏轼在杭州大肆出去游玩的这个时期。

哪像我们，到哪个景点游玩，都只知道拍照。

一

写下《冬至日独游吉祥寺》的冬至日，是苏轼在杭州度过的第二个冬至日。但此次外任杭州，却是他仕途生涯中第一次贬谪外任。

所以，诗中"不是花时肯独来"，哪里是在说"花"，分明就是在说"人"。

说的是什么人呢？在苏轼的心中，这句诗中的"花"，已等同于"王安石"，或者说"王安石变法"。

这样一来，"何人更似苏夫子，不是花时肯独来"的意思，就变成了：现在没有人能够像我苏夫子一样有骨气了，在人人都去捧宰相王安石和新法的时候，我却独自一个人，在势单力孤地反对新法。

这，也正是他贬谪杭州的原因。

熙宁二年（1069）二月，苏轼为父守丧三年之后，回到朝廷。他和弟弟苏辙惊奇地发现，此时面对的是一个完全陌生的政治环境。昔日赏识他们的名臣耆宿，富弼、韩琦、欧阳修、梅尧臣，都已或死或罢，风吹云散，取而代之的，是新进宰相王安石及其推行的一系列新法。

关键还在于，变法的形势已经逼得包括苏轼兄弟在内的所有官员，必须选择和站队了。支持变法者，就是宰相王安石喜欢的"新党"；反对变法者，就是宰相王安石不喜欢的"旧党"。

可是，虽然王安石大权在握，正处上风，苏轼还是无法变成王安石喜欢的"新党"。说到底，两个人的政见，存在着根本的区别：王安石的第一着眼点是"富国强兵"，并且要通过激进变法，迅速取得实效；苏轼的第一着眼点则是"吏治民生"，希望通过渐进式的改革，慢慢见效。

但王安石当时风头正健，为了推行变法，排斥异己、打击报复、钳制舆论的种种手段轮番出台：对于"新党"，无论其人品如何低劣，马上提拔重用；对于"旧党"，无论其才华如何横溢，马上贬谪地方。

总之，神挡杀神，鬼挡杀鬼。仅熙宁三年（1070）四月这一个月，就罢免了知制诰宋敏求、苏颂、李大临，监察御史陈荐、林旦、薛昌朝、范育，监察御史里行程颢、张戬、王子韶等人，台谏为之一空。

可偏偏就碰上了一个不信邪的苏轼。

随着王安石的贡举法、均输法、青苗法等一系列新法的颁布

清　孙璜《仕女图》

实施，从熙宁二年（1069）五月起，苏轼连续上奏《议学校贡举状》《上神宗皇帝书》《再上皇帝书》，反对反对再反对。

就这样，苏轼成功地把王安石的反击火力集中到了自己身上："王安石恨怒苏轼，欲害之，未有以发。……范镇荐轼，景温即劾轼向丁父忧归蜀，往还多乘舟载物、货卖私盐等事。安石大喜。以三年八月五日奏上。"

公平地说，史上的王安石并非小人，但他此时居然着急到了要用无中生有的下作手段去诬陷苏轼，可见苏轼反对新法给他带来的巨大压力。

苏轼也是个聪明人。自己直接得罪宰相间接得罪皇帝到了这个地步，而且对方已经暴露出了杀机，虽然暂时没事，但如果再不抽身跳出战团，恐怕就会有杀身之祸了。

此时苏轼面临的形势及出路，他的亲弟弟苏辙后来在《亡兄子瞻端明墓志铭》中论之甚详："论事愈力，介甫愈恨。御史知杂事者为诬奏公过失，穷治无所得。公未尝以一言自辩，乞外任避之，通判杭州。"不用你们动手，我自请外任，这总行了吧？

这才有了苏轼与杭州的缘分，也才有了这年冬至日苏轼与吉祥寺的缘分。

苏轼这次虽然是自请外任，但实同贬谪。因为是得罪了当朝宰相而外任的，万一在杭州碰上一两个拍王安石马屁的上司，那苏轼的日子，恐怕就会难过得很。

还好，生活中的苏轼为人大气，极有人缘儿。据宋人朱彧的《萍洲可谈》记载："东坡倅杭，不胜杯酌，部使者知公颇有才望，朝夕聚首，疲于应接，乃号杭倅为酒食地狱。"

原来，同事们喜欢他的才气，加之也喜欢他的脾气，每有酒宴，必定要邀请他出席。苏轼本来酒量就不大，连续饮酒之下，就有些疲于应付了，但又不好不出席，驳了同事的面子，于是开玩笑地说杭州通判这一职务，简直就是"酒食地狱"。

与之对比的是，苏轼把杭州通判命名为"酒食地狱"之后，

另一位以词赋闻名的文人袁毂，也奉调出任杭州通判。他到任时，正赶上杭州官场不和，官员们彼此疏远。这下，袁毂觉得苏轼所说不实了："都说到杭州为官是下'酒食地狱'，我却赶上了狱空。"

苏轼时"狱满"，袁毂时却"狱空"，至少可以从一个侧面反映出，苏轼苏夫子和群众打成一片的能力。

另外，苏轼的运气还真是不错。连续三任杭州知州，都是反对新法的，都和他政见相同。所以，这三年的杭州通判，他过得很好。

第一任知州，就是邀请他赏花和在头上插花的沈立之。在共事的过程中，沈立之因为钦慕苏轼的才名，还专门请他为自己编撰的十卷《牡丹记》作序。熙宁五年（1072）八月，沈立之调任离开杭州，苏轼作诗送行，夸耀他的德政，表达自己的不舍："而今父老千行泪，一似当时去越时"，"试问别来愁几许？春江万斛若为量"。

第二任知州，是年长苏轼二十岁的陈襄。苏轼写《冬至日独游吉祥寺》的时候，顶头上司正是陈襄。这位陈襄曾上书极论青苗法之害民，并要求罢免王安石以谢天下。

这样的人，苏轼怎么可能不引为至交？更何况，直到熙宁七年（1074）六月陈襄才调任离杭，两人共事长达两年多时间。两人政治上是同道，诗词上是文友，生活中是朋友，达到了忘年交的地步。

等到陈襄离任，苏轼给他作了数首送行的词。比如《菩萨蛮·述古席上》《江城子·孤山竹阁送述古》《菩萨蛮·西湖送述古》《清平乐·送述古赴南都》《南乡子·送述古》等。陈襄，字述古，仅从送行的词题来看，苏轼为了陈襄离任，至少喝了五场送行酒。

第三任知州，是苏轼的四川绵竹老乡、长他十岁的杨绘。这又是一个反对王安石变法的"旧党"。杨绘最反对的，是免役法，史称"免役法行，绘陈十害"。但苏轼与杨绘共事的时间不长，只有短短的三个月。杨绘是熙宁七年（1074）七月到杭，苏轼则是当年十月离杭。

面对杨绘这样一位同乡、同道，苏轼是一见如故。杨绘一到任，苏轼就以桂花相赠。八月十八日，苏轼又以地主身份，邀请杨绘观钱塘秋潮，然后同游灵隐寺，好好地加深了一下感情。

等到苏轼离杭之时，杨绘也接到了京城任职的调令，于是两个好朋友约定，同船离杭。正好赶上当时在词坛有"张三中""张三影"美称，曾官至都官郎中，此时退隐在杭的张先，又约上了苏轼的好友、被苏轼称为"其学术才能兼百人之器"，曾任过山阴县令的陈舜俞，也一起上船，给苏轼送行。

苏轼、杨绘、张先、陈舜俞，四个好友，以舟载酒，顺风行船，饮酒赋诗。喝到高兴之处，吟到高兴之处，四人共同决定：干脆乘着酒兴和诗兴，去拜访另外一位大家共同的朋友——湖州

知州李常。

李常见有朋自远方来，那是相当之"乐"。马上又召来了另一位早就想见苏轼的湖州人，曾任江州知州、现居"提举崇禧观"闲职的刘述，前来欢会。

于是，苏轼、杨绘、张先、陈舜俞、李常、刘述，这六位闻名当时的文人，而且在《宋史》中均有自己列传的人物，就聚齐了。

然后，他们六人就在湖州碧澜堂，饮酒欢宴，赋诗填词，一连乐了几天，玩了几天。

张先年纪最大，席间率先写下一首《定风波》。苏轼作了《定风波·送元素》赠杨绘，作了《减字木兰花·过吴兴，李公择生子，三日会客，作此词戏之》赠李常，苏轼与张先各赋《南乡子》，陈舜俞赋《菩萨蛮》，苏轼又和《菩萨蛮·席上和陈令举》等大量词赋。

我写了这么多，估计有人不以为然了：不就是风风骚骚的六个有文化的老头儿，呼朋唤友，游山玩水，喝酒高兴，和我们一样，出去玩一下吗？多大点事儿。

千万别小看了这次文人盛会，这次诗词雅集，就是文学史上千古流传的"六客词"。

就这样，在"六客词"的激情吟诵中，在朋友们的殷勤相送中，苏轼离开了杭州。

他自己当然想不到，十五年之后，他还会以杭州知州的身份，第二次来到杭州，而且，还会留下一道深深打下他的烙印、让杭州人时时想起他的"苏堤"。

二

"冬至，阴极之至，阳气始生，日南至，日短之至，日影长之至"。

在二十四节气中，冬至位于农历十一月。冬至这一天，对位于北半球的中国来说，太阳刚好直射在南回归线（冬至线）之上，因此使得北半球的白天最短，黑夜最长。冬至过后，太阳又慢慢地向北回归线转移，北半球的白昼又慢慢加长，而夜晚渐渐缩短。

冬至日的到来，也意味着天气更加寒冷。从冬至开始，进入"数九"，俗称"交九"，每九天算是一个时段，即一个"九"，如此经过九个时段，即九个"九"，天气就会慢慢转暖。

冬至，不仅是农历二十四节气之一，也是我国具有影响力的传统节日之一。在古代，"冬至"俗称"数九""冬节""长至节""亚岁"等，还有"小年"之称，甚至还有"冬至大如年"的说法。

把冬至作为节日来过，源于汉朝，盛于唐宋，相沿至今。直到今天，我国仍有不少地方有过冬至的习俗。一般而言，北方吃饺子、南方吃汤圆。也有的地方，在这一天吃羊肉。因为"冬至一阳生"，而"羊""阳"同音。

苏轼所在的宋朝，尤其重视冬至节气。冬至在宋朝又称"亚岁"，冬至的前一天夜晚称"冬除""二除夜"。

冬至和寒食、元旦一起，并列为宋朝的三大节日。之所以称为三大节日，是因为这三个节日都会全国放假七天。

在这一天，宋朝官方也会举办礼仪活动，营造节日氛围，比如祭天、宫廷朝会、赏赐官员、免除赋税、犒赏军队、特赦罪犯等。

宋人过冬至如过年。宋人吕原明《岁时杂记》中如此记录："冬至既号亚岁，俗人遂以冬至前之夜为冬除，大率多仿岁除故事而差略焉。"

宋人甚至还出现过为了过好冬至而耗尽钱财，以至无钱过年的情况："都城以寒食、冬、正为三大节，自寒食至冬至，中无节序，故人间多相问遗，至献节，或财力不及。故谚语云：'肥冬瘦年'。"宁愿"瘦年"，也要先"肥冬"再说。

宋人度冬至日的盛况，孟元老在《东京梦华录》中有记录：

元　佚名《雪涧盘车图》

"十一月冬至,京师最重此节,虽至贫者,一年之间,积累假借,至此日更易新衣,备办饮食,享祀先祖,官放关扑,庆贺往来,一如年节。"

然而,在这样一个举国欢庆的喜庆节日,在这样一个放假七天的假期伊始,苏轼不是应该在"酒食地狱"之中,吃吃喝喝吗?

可他在这一天,居然一个人去了吉祥寺,而且还不是为了看花。我们可以想象,写下《冬至日独游吉祥寺》的时候,他当时的心情,该有多落寞啊。

小寒

驻輿遣人寻访后山陈德方家

江雨蒙蒙作小寒，

雪飘五老发毛斑。

城中尺尺云横栈，

独立前山望后山。

小寒
辛丑冬月
牛十

北宋元丰三年（1080）十二月的小寒时节，三十六岁的黄庭坚在赴任太和（今江西泰和）知县的途中，路过庐山。

黄庭坚本是洪州分宁（今江西修水）人，在此地故交甚多，所以驻足，到庐山一游。到了山上，他特地遣人去后山寻访自己的老朋友陈德方的家。在等候消息之际，黄庭坚写下《驻舆遣人寻访后山陈德方家》：

江雨蒙蒙作小寒：正是小寒时节，长江上的冷雨下得烟雨蒙蒙。

雪飘五老发毛斑：远处白雪皑皑的庐山五老峰，就像是五个须发斑白的老人一样。

城中咫尺云横栈：沉沉乌云低压在九江城头，感觉近在咫尺。

独立前山望后山：我独自站立在庐山的前山，遥望着后山，等待着前去寻访老朋友的人带回来的消息。

陈德方，在清康熙十五年补刊本《南康府志》卷八有其小传："陈圆，字德方，星子人。饱学独行，尝应制科，寻隐后山。名辈多出其门。黄鲁直访之，赋诗有'城中咫尺云横栈，独倚前山望后山'之句。又名其堂曰'独善'。"

黄庭坚派去的人很得力，他找到了黄庭坚的老朋友陈德方，两人见了面，黄庭坚还挥笔为陈德方题了两个字——"独善"。

告别陈德方之后，黄庭坚继续前行，于元丰四年（1081）春，到任太和知县。

黄庭坚至今存诗一千九百五十六首，其中七言绝句五百九十首，占比百分之三十。《驻舆遣人寻访后山陈德方家》就是其中的一首七绝。

他在太和县任职这三年，共作诗二百二十一首，创造了自己人生中新的创作高潮，写下了大量传世名篇。比如《流民叹》《次韵奉送公定》《劳坑入前城》《丙辰仍宿清泉寺》等。

宋人陈鹄在《耆旧续闻》中评价："黄庭坚少有诗名，未入馆时，在叶县、大名、吉州、太和、德平，诗已卓绝。"因此，等到黄庭坚再次回到京师任职之时，他的诗歌风格已经定型，已成为当时诗坛知名的诗人了。他的诗歌风格，因他字鲁直，所以苏轼称之为"黄鲁直体"，文学史上也称"黄庭坚体""黄山谷体"。

在宋朝定名的"江西诗派"，是我国文学史上第一个有正式名称的诗文派别。历来公认，"江西诗派"有"一祖三宗"之说：杜甫为"一祖"，黄庭坚、陈师道、陈与义为"三宗"。

杜甫到了宋朝，早已作古。其实对"江西诗派"影响最大的活祖宗，首推黄庭坚。他才是"江西诗派"真正的开山祖师。

因为，"江西诗派"诗人们崇尚的"点铁成金、夺胎换骨"的创作原则，就是黄庭坚提出来的。所谓"点铁成金、夺胎换骨"，就是指在诗歌创作上，或师承前人之辞，或师承前人之意，崇尚瘦硬奇拗的诗风，追求字字有出处。

黄庭坚的诗，与苏轼齐名，人称"苏黄"；黄庭坚的词，与秦观齐名；黄庭坚的书法，与苏轼、米芾和蔡襄齐名，人称"宋四家"；此外，黄庭坚还与张耒、晁补之、秦观一起，并称"苏门四学士"。

一

黄庭坚一生，与苏轼的关系，剪不断，理还乱。

"苏黄"第一次相识，是在元丰元年（1078）。这一年，苏轼四十三岁，黄庭坚三十四岁。

这年二月，时任北宋北京（今河北大名）国子监教授的黄庭坚，给时任徐州知州的苏轼，写了一封名叫《古风二首上苏子瞻》的信。不仅写了书信，还呈诗二首。在书信中，黄庭坚如此表白：

"然固未尝得望履幕下，以齿少且贱，又不肖，自知学以来，又为禄仕所縻，闻阁下之风，乐承教而未得者也。今日乞食于魏，会阁下开幕府于彭门，传音相闻。阁下又不以未尝及门，过誉斗筲，使有黄钟大吕之重。盖心亲则千里悟对，情异则连屋不相往来，是理之必然者也。"

不仅写了信，诗也写得那么好，其实概括起来就是一句话：苏轼，我是你的粉丝，我们做朋友吧？

这是"苏黄"的第一次，是"苏黄"订交之始，也是黄庭坚加入"苏门四学士"之始。

但是，跟反对王安石变法的"旧党"中坚人物苏轼做朋友，是有风险的，也是要付出代价。这一次，黄庭坚付出的代价，是"铜二十斤"。

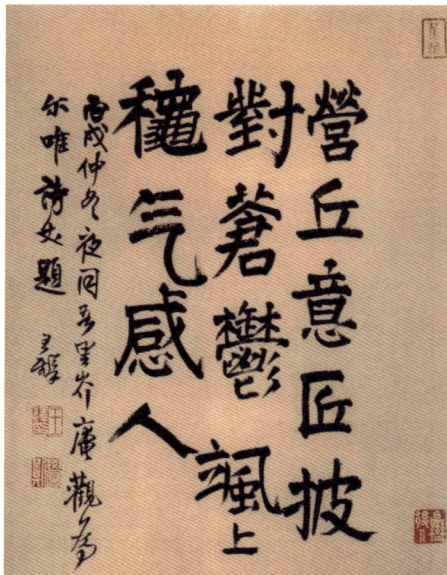

明　王铎　跋李成《小寒林》

怎么还跟铜扯上关系了呢？

说来，黄庭坚也是运气不好。他受苏轼之累，被卷进了北宋著名的文字狱"乌台诗案"之中。

他刚刚跟苏轼订交一年后，元丰二年（1079）四月二十日，苏轼由徐州调任湖州知州。到任之后，他要按照朝廷惯例，向皇帝上奏《湖州谢上表》。这本是例行公事，上谢表的未必认真写，看谢表的也未必认真看。可是苏轼的例行公事，就出了大事。

因为他在《湖州谢上表》中，受文人习性的影响，实在收不住笔，发了一句牢骚："知其愚不适时，难以追陪新进；察其老不生事，或能牧养小民。"

这里的"其"，指的是苏轼自己。这句话的意思是说：皇帝知道我愚蠢，不适应当前的时代，很难留在朝中奉陪那些因变法而上台的新进官员；皇帝又知道我老了不爱骚扰百姓，也许能够做个地方官，这才派我来湖州。

"新进""生事"，这是当时"旧党"用来攻击"新党"的两个核心关键词。平时用一个，"旧党"就已经火冒三丈了。现在苏轼手一抖，居然两个连用，这还了得？这下彻底惹怒了"新党"。

"新党"中的御史台官员首先出面，开始在苏轼的诗文中寻章摘句，借题发挥。别说，小人们的攻击还真奏效：他们成功获得了宋神宗的许可，由御史台派员，直接将苏轼由湖州押到京师，开始立案审讯。

所谓"乌台",就是指御史台。在汉朝时，因御史台官署内遍植柏树，所以称"柏台"；又因柏树上常有乌鸦栖息筑巢，又称"乌台"。此案先由监察御史告发，后又在御史台狱受审，所以称为"乌台诗案"。

而此时身在御史台，攻击苏轼、妄兴大狱的几个小人的名字，分别叫李定、何正臣、舒亶、李宜之。

说完了小人，我们接着说苏轼。

苏轼在仅仅到任湖州三个月之时，就被押进京，在御史台狱坐牢一百三十天之后，给苏轼的处理是"责授检校水部员外郎、黄州团练副使，本州安置，不得签书公事"。

黄州，今天已属湖北黄冈。苏轼这个职务，大致相当于今天黄冈市武装部的副部长，还是不得在公文上签字的那种副部长。

其实，这个处理对苏轼来说，已经算是很轻了。他在此案中，本来是要掉脑袋的，能够从轻处理，全赖司马光、黄庭坚等一帮朋友联合申救，而他的死对头王安石，竟然从中起到了关键作用。此时王安石已罢相三年，闲居金陵，为了苏轼一案，他专门上书宋神宗："岂有盛世而杀才士者乎？"就此一锤定音。

黄庭坚牵连进入"乌台诗案"之中，罪证就是元丰元年（1078）二月他跪求跟苏轼做朋友的《古风二首上苏子瞻》，以及苏轼的回信、和诗。苏轼入狱之后的当年九月，"北京留守司至山谷处核验元年二月苏轼写寄山谷之书信及诗文"。看看，朋友间通个信，还惊动政府了。

这年十二月二十六日，黄庭坚的罪名下来了，是"收苏轼有讥讽文字不申缴入司"，处罚也下来了，"罚铜二十斤"。

与此同时，黄庭坚的国子监教授任满，改任著作佐郎，因受苏轼牵连，授官知太和县。黄庭坚这才踏上了《驻舆遣人寻访后山陈德方家》的长途跋涉之路。

其实，元丰三年（1080），是黄庭坚生命中最重要的一年。因为，就是从这一年开始，"黄庭坚"变成了名垂青史的"黄山谷"。

元丰三年（1080）秋，黄庭坚携全家三十余口从汴京出发赴任。沿汴河东下，经南京（今河南商丘）、盱眙（今江苏盱眙）入淮水，到达高邮。

在高邮，黄庭坚专程寻访了此时还未中举出仕，在家乡读书的秦观。"苏门四学士"中的两学士，在高邮欢聚二日，互赠诗文，其乐融融。

黄庭坚还用自己的优美书法，书写秦观的两篇文章《龙井》《雪斋》。秦观后来写信告诉他："及辱手写《龙井》《雪斋》两记，字画尤清美，殆非鄙文所当，已寄钱塘僧摹勒入石矣。幸甚幸甚。"

高邮之后，黄庭坚再经扬州、真州，到达芜湖。在芜湖，黄庭坚寻访并拜会了老朋友、曾任枢密院编修官的李之仪。然后溯长江而上，舟次皖溪口，寻访老朋友张疱民。

就在寻访张疱民的途中，黄庭坚的船与自己舅父李常的船竟然不期而遇。李常时在舒州，担任提点淮南西路刑狱一职。舅甥两个都是宦游四方的人，多年不见了，于是不顾风雨交加，驻船畅谈，抵足而眠，盘桓达十天之久。

告别舅父之后，黄庭坚继续前行。一路走，一路游，加上寻亲访友，黄庭坚终于在当年十月，到达了舒州（今安徽潜山）。就是在这里，"黄庭坚"完成了向"黄山谷"的蜕变。

《宋史·黄庭坚传》记载说："初，游潜皖山谷寺石牛洞，乐其林泉之盛，因自号山谷道人。"时间是元丰三年（1080）十月，地点是今天的安徽省潜山县，"黄庭坚"变成了"黄山谷"，并从此以这个名号，名震天下。

所以，到了这年十二月的小寒时节，在庐山《驻舆遣人寻访后山陈德方家》，与好友陈德方见面的，已是"黄山谷"，非复昔日"黄庭坚"了。

此次赴任太和知县，是黄山谷生平第一次出任地方行政长官。

但他一上任，就遇到了推行榷盐新法的难题。所谓榷盐新法，就是指北宋史上有名的"熙丰盐法"，即盐由"官购、官运、官销"，官方垄断经营。在这一政策下，黄庭坚作为知县，负有推销官盐和打击私盐的责任。黄山谷是反对变法的"旧党"，但他在地方行政长官任上，却对包括盐政在内的新法推行，以"与民方便"为依归，采取了难得的务实态度。

然而，和所有新法一样，盐政新法也在推行过程中，出现了严重弊端，加重了百姓的负担与痛苦。

清　乾隆　题耑　李成《小寒林》

推进盐政新法时，黄山谷走遍了全县大小村庄，在万岁山、早禾渡、观山、劳坑、刀坑口、雕陂等地，耳闻目睹了官盐在仓库堆积如山，老百姓却无钱购买宁愿淡食的种种景象，无奈地写下"穷乡有米无食盐，今日有田无米食。但愿官清不爱钱，长养儿孙听驱使"和"借问淡食民，祖孙甘馎糟？赖官得盐吃，正苦无钱刀"等诗句。

面对老百姓的疾苦，黄山谷冒着丢官罢职的风险，在自己的职责范围内，采取了"枪口抬高一寸"的宽松政策。史称："知太和县，以平易为治。时课颁盐策，诸县争占多数，太和独否，吏不悦，而民安之。"换句话说，黄山谷没有优先考虑自己的政绩和前途，而是优先考虑了老百姓的安危，所以"民安之"。可是上级不喜欢他，"吏不悦"。

其实，当时在江西，不止黄山谷一个人发现了盐政新法的弊端。

元丰五年（1082），提举江西南路常平等事刘谊，就上书报告"闻道途汹汹，以卖盐为患"，指出"造法之臣不愿陛下惠

民本意，一切以利为本……大抵妄意朝廷志在财用，希合而已"，并且预警朝廷，当前已有官逼民反的危险："臣窃详蹇周辅元立盐法以救淡食之民，于今民间积盐不售，以致怨嗟，卖既不行，月钱欠负，追呼刑责，将满江西，其势若此，则安居之民转为盗贼，其将奈何！"

在这样的情况下，黄山谷对百姓"不忍齐之以法"，其实也是缓和社会矛盾的务实做法。百姓对黄山谷的回报，也是积极的，"民亦不忍欺"。在左右为难之中深感痛苦的黄山谷，"身欲免官去"，可又"驽马恋豆糠"，只好"日为文字之乐"。

公务履职之外，就在这个时候，黄山谷又做了一件铁骨铮铮的事：

他不仅一直与苏轼保持联系，居然还在元丰四年（1081）秋，向当时也受"乌台诗案"贬谪外任，正在监筠州（今江西高安）盐酒税任上的苏辙，表示"诵执事之文章而愿见二十余年矣"，并作《秋思寄子由》《次韵奉寄子由》《再次韵寄子由》《再次韵奉答子由》寄往筠州。还是那句一样的话：苏辙，我也是你的粉丝，我们做朋友吧？

黄山谷、苏辙，从此订交。

夸黄山谷铁骨铮铮就在于，他对于好友，无论相处时间长短，一旦订交，身陷牢狱不相弃，人遭贬谪不相忘。这一点，相对于如今社会上的众多势利小人，实在是难能可贵。

其实，稽诸史料，我们可以发现，黄山谷与苏氏兄弟，一开始并无太深的渊源与关系。既非同乡，亦非同年，更未同事。从其中年以后方始订交，就可以看出这一点。唯一促使他们走到一起的，无非是政见相同、文气相通而已。

按照当时的情况，黄山谷无端受其牵连，完全可以避而远之，从此与苏轼兄弟老死不相往来。黄山谷如果这样做，无论当时还是现在，是没有人可以苛责他的。

可是，铁骨铮铮的他，居然还就在苏轼兄弟倒霉的时候，再次与苏轼互通信询问，再次首先写信与苏辙订交。难怪人家书法写得好，原来做人有骨气，写字就有骨架。

与苏辙订交两年后，黄山谷在太和县的痛苦，得到了暂时解脱。元丰六年（1083）十二月，他的知县任满，奉命移监德州德平镇。收到任命，三十九岁的他携家带口，再次踏上宦游之旅。

未来前路，还有更多的打击和贬谪在等着他。

二

《月令七十二候集解》："小寒，十二月节。月初寒尚小，故云。月半则大矣。"《二如亭群芳谱》："冷气积久而为寒；小者，未至极也。"

小寒，是一年之中的第二十三个节气，也是一个反映气候变化的节气。小寒的到来，就意味着一年中最寒冷的日子开始了。

到了小寒，春节的年味儿已经渐浓。人们陆续开始写春联、剪窗花、买年画、买鞭炮，为春节过年做准备。

值得一提的是，在黄山谷所在的宋朝，小寒与大寒之间，还有一个今天我们早已消失，但在当时非常重要的节日——腊日节。据宋人吴自牧《梦粱录》：腊日节在"季冬之月，居小寒、大寒之时"。唐宋时期的腊日节，不是我们今天也已经接近消失的腊八节。

宋朝的腊日节，朝廷要举行腊祭百神的仪式，"腊日大蜡祭百神"，"腊日祭太社、太稷"。官方祭祀之后，官员们就有福了，就会有时令的节日赐物。

唐宋时期，腊日节皇帝的时令节日赐物，主要是"口脂""面脂""红雪""紫雪""澡豆""香药"等物品，也就是冬季护肤品和保健品。特别值得一提的是，皇帝会在这时颁下"历日"，也就是新一年的年历，相当于我们现在的挂历、台历。

"口脂"就是润唇膏，"面脂"就是润肤霜，"澡豆"就是洗面奶。在宋朝，这些高级冬季护肤品，由朝廷的医药机构和剂局、御药院，根据配方精心制造，然后再由皇帝进行赏赐："腊日赐宰执、亲王、三衙从官、内侍省官并外阃、前宰执等腊药，系和剂局造进及御药院特旨制造银合，各一百两以至五十两、三十两各有差。"

北宋　李成《小寒林图》（局部）

"红雪""紫雪"，顾名思义，似乎也是护肤品，其实是药品，或者说是当时人认为的保健品。唐人王焘所撰的《外台秘要》指出："凡服石人当宜收贮药等：……红雪、紫雪。"所谓"服石人"，就是指当时服用金石丹药以强身健体的人。"红雪""紫雪"是用来治疗服用金石丹药所产生的毒副作用的。

有学者指出，"红雪、紫雪这一禁中腊药，其主要作用是对于金石及脚气病的治疗。腊日赐红雪、紫雪与唐人对于神仙金石之术的笃信有关"。

不仅官员，老百姓也是需要护肤品和保健品的，这点在《武林旧事》中也有记载："医家亦多合药剂，侑以虎头丹、八神、屠苏，贮以绛囊，馈遗大家，谓之'腊药'。"

只是我们不知道，在那一年中最寒冷的小寒时节，在"独倚前山望后山"的那个时刻，暴露在凛冽风雪之中的黄山谷的脸庞和嘴唇，是否也涂了"面脂"和"口脂"？

大寒

和仲蒙夜坐

宿鸟惊飞断雁号，独凭幽几静尘劳。

风鸣北户霜威重，云压南山雪意高。

少睡始知茶效力，大寒须遣酒争豪。

砚冰已合灯花老，犹对群书拥敝袍。

大寒
辛丑冬牛

冬 大寒

　　这首诗的作者文同，字与可，人称文湖州、石室先生，自号笑笑先生。

　　文同大家不熟，但他的"从表弟"兼"亲家翁"大家都熟，苏轼苏大文豪；而且，文同创造了一个成语，大家也肯定经常用——"胸有成竹"。

　　苏轼是文同的"从表弟"，证据在苏轼所作的《文与可字说》的落款之中："熙宁八年四月二十三日从表弟苏轼上"；至于"亲家翁"则有点间接：苏轼一生并无女儿，是弟弟苏辙的女儿嫁给了文同的儿子文务光，从此就结了亲家。

　　"胸有成竹"，则来自苏轼和晁补之对文同善于画竹的赞誉：苏轼在《文与可画筼筜谷偃竹记》中说："故画竹，必先得成竹于胸中"；"苏门四学士"之一晁补之在《赠文潜甥杨克一学文与可画竹求诗》中说："与可画竹时，胸中有成竹。"

成语"胸有成竹"，因为文同而诞生。

北宋嘉祐年间一个大寒之日的夜里，身在邠州（今陕西彬县）城中，时任静难军节度判官的文同，想起此前收到同事李仲蒙一首《夜坐》诗，自己还未有和诗，赶紧提笔，写下了这首《和仲蒙夜坐》。

宿鸟惊飞断雁号，独凭幽几静尘劳：大寒之日的深夜，窗外北风惊飞了归巢栖息的鸟，也引得失群的大雁悲号。此时，我一个人独坐书桌之前，躲避尘世的烦劳。

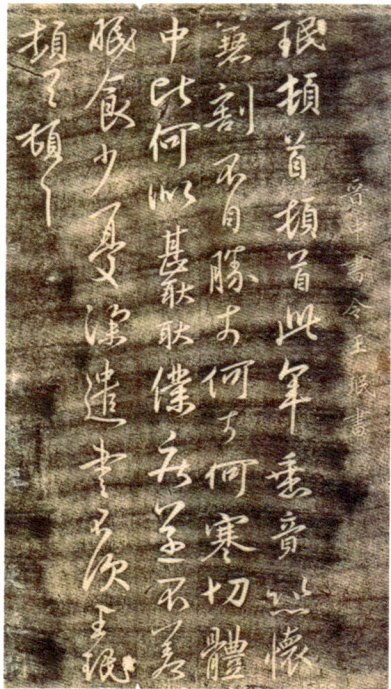

东晋　王珉《此年帖》

风鸣北户霜威重，云压南山雪意高：凛冽的寒风在北边的窗户呼啸，沉重的乌云直压南山，看来马上就要下雪了。

少睡始知茶效力，大寒须遣酒争豪：已经夜深了，我仍然没有睡意，这才知道是喝茶的效力；其实在这样的大寒之夜，应该喝上几杯酒取暖的。

砚冰已合灯花老，犹对群书拥敝袍：墨砚已经结冰，油灯灯芯也已快烧尽，我还裹着棉袍在读书。

诗题中的"仲蒙",即李仲蒙。李仲蒙是文同的进士同年,现在李仲蒙又成了文同在静难军的同事。

文同留下的诗《马子山为余与贺顺之书记李仲蒙察推同年同幕作题名记复有诗督程适之书石余因和兼谢》:"太常旧得同科第,幕府今还次姓名",证明了他们二人之间的这种关系。

既是同年,又是同事,二人就经常互相唱和。于是文同"和仲蒙"的诗,就作了多首,如《和仲蒙山城》《和仲蒙夏日即事》《和仲蒙石龙涡》等。所以,这首《和仲蒙夜坐》是唱和李仲蒙的《夜坐》诗,可不是文同半夜闲着无聊,和李仲蒙一起在夜里坐着聊天。

李仲蒙的诗虽然留存不多,但他在诗歌史上,也是有地位的人。因为他曾提出了诗歌史上著名的"情物交感说"。

简单说,创作诗歌有三种表现手法:"赋比兴"。那么,什么叫"赋比兴"?李仲蒙对此提出了自己独特的看法:"叙物以言情,谓之赋,情尽物者也;索物以托情,谓之比,情附物者也;触物以起情,谓之兴,物动情者也。"

李仲蒙说的,大家是不是有点蒙?老实说,我也有点蒙。大家不要说话,闭上眼,用心去感受。

这位李仲蒙,与苏轼也有交往。他于熙宁二年(1069)七月去世后,苏轼曾亲撰《李仲蒙哀词》悼念。

从《李仲蒙哀词》来看,李仲蒙,姓李名育,字仲蒙。大约生于北宋天禧三年(1019),"为人敦朴恺悌,学博而通,长于毛氏《诗》、司马氏《史》"。和文同一起中进士后，先后历"亳、润、邠三郡职官，后为应天府录曹"。

李仲蒙调任太常博士时，与苏轼的父亲苏洵共过事："昔吾先君始仕于太常，君以博士朝夕往来相好。"而且苏洵对他印象很好："先君于人少所与，独称君为长者。"

李仲蒙终于"以司封郎直史馆为记室岐王府"任上，由于"家贫，丧不时举"，由"僚相与赙之"，才得以归葬，享年五十岁。

在李仲蒙的任官经历中，在他担任"邠郡"职官之时，正是文同写下《和仲蒙夜坐》这首和诗之时。

一

北宋天禧二年（1018），文同生于梓州梓潼郡永泰县（今四川盐亭）。

文同自幼苦读诗书，勤奋好学，"遂博通经史诸子，无所不究，未冠能文"。初出茅庐的他，文章就得到了历仕仁英神哲四朝、荐跻二府、七换节钺、出将入相五十年的名臣文彦博的赞赏："与可襟韵洒落，如晴云秋月，尘埃不到。"

皇祐元年（1049）文同登进士第。进士榜中，文同在将近五

百考生中名列第五名。而《和仲蒙夜坐》中的那位李仲蒙，则是第四名，考得比他还好。

中举的第二年，他就被派往邛州（今四川邛崃）担任判官，后又兼摄浦江、大邑政事。初次出任地方官职的他，"绳治豪放，或辨折欺伪，然后敦学政，劝邑之子弟，召其长才与语名教，使归谕里人"，很是称职。

从登上官场的那天起，文同就似乎跟地方官职结了缘，而他本人也比较喜欢在地方而不是在中央任职。文同先后担任陵州知州、洋州知州，一直宦游四方。

终其一生，除了这次写下《和仲蒙夜坐》之后的嘉祐四年（1059）"召试馆职，判尚书职方兼编校史馆书籍"，熙宁三年（1070）"知太常礼院兼编修《大宗正司条贯》"，元丰元年（1078）"判登闻鼓院"等三次短暂进京任职，文同一直主动请求外任，出任地方官。

元丰二年（1079）正月二十一日，再一次主动请求外任的文同，奉命赴任湖州知州，不料出发不久，就在途中病逝于陈州的宛丘驿站（今河南淮阳），享年六十二岁。

他在人生的最后一刻，是这样的："至陈州宛丘驿，忽留不行，沐浴衣冠，正坐而卒。"他就这样，有尊严地去了。

纵观文同一生，最大的疑问就是，他为什么一而再、再而三地要求调离中央而到地方州县去任职？

千年之后，通过他的诗、他的词、他的文，甚至通过他的画，我读懂了他：原来，他是在逃避朝廷"你方唱罢我登场"的党争。

到了文同登上官场的时候，北宋朝廷的党争正如火如荼。当时的党争，虽然杀人不多，但斗争起来，往往是党同伐异，势同水火，不论正确意见，只讲个人意气，动辄相互残酷倾轧，对于官员个人的身心打击，也是巨大的。

史称："一唱百和，唯力是视，抑此伸彼，唯胜是求。天子无一定之衡，大臣无久安之计，或信或疑，或起或仆，旋加诸膝，旋坠诸渊，以成波流无定之宇。"说白了，那就是一个一旦卷入就身不由己的党争旋涡。

只要卷入了这个党争旋涡，无论你官高爵显，无论你才气通天，最终都只能是党争的牺牲品。在这方面，文同耳闻目睹的例子太多了。他的长辈和同僚，包括司马光、文彦博、范镇、赵抃等人是这样；他的亲密好友苏轼、苏辙兄弟，也是这样。

无论是出于政见还是感情，文同都是和苏轼一样的"旧党"。但他和苏轼不一样的是，他不愿意像苏轼那样站出来，旗帜鲜明地反对新法，他选择了沉默和逃避。

他的沉默，苏轼和其他人也看出来了。苏轼在《黄州再祭文与可文》一文中说他"再见京师，默无所云"；范百禄在他逝后

所撰《文公墓志铭》中也说："服除。熙宁三年，知太常礼院，兼编修《大宗正司条贯》。时执政欲兴事功，多所更厘创造，附丽者众，根排异论。公独远之。"

"默无所云"，"公独远之"，就是文同面对新法的态度；而不断请求外任地方官，就是文同面对新法所采取的手段。

道理很简单，长期留在中央任职，固然卿相有望，但也必然会卷入党争旋涡；而出任地方官，就会与党争旋涡相对保持距离，而且还可以尽己所能，为老百姓做点儿实事。

在这样的指导思想下，文同成为一名勤政的地方官员。在邛州、蒲江、大邑时，他惩治豪强，兴学办校；在陵州时，他整顿社会治安，惩治不法之徒；在兴元府时，他提倡教育，惩治盗窃；在洋州时，他革除榷茶弊端。

不仅自己如此，他还多次力劝苏轼兄弟，远离党争旋涡。《石林诗话》就记载了这样一个故事："熙宁初，时论既不一，士大夫好恶纷然，同在馆阁，未尝有所向背。时子瞻数上书论天下事，退而与宾客亦多以时事为讥诮。同极以为不然，每苦口力戒之，子瞻不能听也。出为杭州通判，同送行诗有'北客若来休问事，西湖虽好莫吟诗'之句。"

"北客若来休问事，西湖虽好莫吟诗"这两句诗，经学者考证，未必是文同所写，这个故事也未必是真的。但是，以文同和苏轼兄弟的亲戚友好关系，相信文同肯定是通过多种方式，劝过苏轼的。

　　所以在文同逝后，"从表弟"苏轼顿感痛失良友，哀伤不已，寝食皆废数日之久："余闻讣之三日，夜不眠而坐喟，梦相从而惊觉，满茵席之濡泪。"（《祭文与可文》）；"亲家翁"苏辙也伤心地为他作《祭文与可学士文》："与君结交，自我先人。旧好不忘，继以新姻。乡党之欢，亲友之恩。岂无他人，君则兼之。"

　　巧的是，正是因为文同未能正常就任湖州知州，吏部才紧急改派他的"从表弟"苏轼前往就任。四月二十日，苏轼由徐州调任湖州知州。然后，他写下了那篇闯下泼天大祸的《湖州谢上表》，从而引爆了"乌台诗案"。

　　我常常在想，要是文同这年没有猝然离世，正常就任湖州知州，苏轼就不会去湖州上任，就不会写下《湖州谢上表》，也许就可以避免差点让他杀头的"乌台诗案"了。

　　后来，我又想明白了：正如文同不是苏轼一样，苏轼也不是文同。苏轼是"宁鸣而死，不默而生"的，他的"乌台诗案"肯定无法避免的。

　　因为苏轼这个惹祸的根苗还在，他那张惹祸的大嘴巴还在，他不在《湖州谢上表》中惹祸，就会在《杭州谢上表》中惹祸。苏轼命中注定，该着有"乌台诗案"这一劫，是没有办法避开的。

　　元丰三年（1080）正月初一日，从"乌台诗案"中死里逃生的苏轼在贬谪黄州途中，与同样贬谪筠州的苏辙相会于陈州，以好友兼亲戚的身份，共同料理文同丧事。清人王文诰所编《苏文

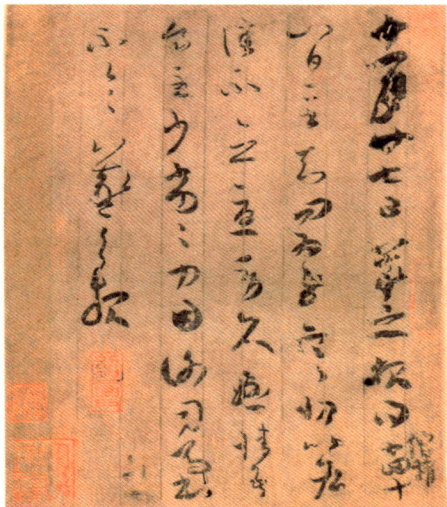

东晋 王羲之《寒切帖》

忠公诗编注集成总案》如是记录："元丰三年庚申正月一日公挈迈出京，四日至陈州吊文同之丧，抚视诸孤，止于其家，以待子由。……十日，子由自南都来。"

此时，文同已经逝世整整一年了。

文同，是北宋著名的能诗善赋、书画全能的艺术大师。

他的"从表弟"苏轼评价他"有四绝：诗一，楚辞二，草书三，画四"，《宋史·文同传》也说他"善诗、文、篆、隶、行、草、飞白"，都认为他的诗歌成就应该排在第一位。

文同现存诗八百六十七首。其中，以反映百姓疾苦的现实诗，思想性最强；以描绘自然景物的写景诗，艺术性最高。

文同是直接接触老百姓的地方官。多年的地方官生涯，使得他有机会深入了解老百姓的疾苦，也使得他有机会师法杜甫的"诗史"，创作出揭露社会矛盾、反映民生疾苦的现实诗。

文同的《织妇怨》《咎公溉》《宿东山村舍》，就像杜甫的"三吏""三别"系列诗歌一样，"悯农怜农，体恤民生"，反映社会黑暗现实，反映下层劳动人民生活的艰辛，体现了诗人对劳动人民的同情和热爱。

作为一名长期宦游于官场的中高级官员，文同能够创造出如此数量多、质量高，感情真实细腻，富有强烈社会现实感的诗作，是非常可贵的，也是非常少有的。

正是这样的诗作，奠定了文同在宋诗中的大师级地位。

但在今天，文同的画名高于他的诗名。苏轼在他去世后不久，就意识到了这个情况，并且对此感到颇为无奈："与可之文，其德之糟粕；与可之诗，其文之毫末。诗不能尽，溢而为书，变而为画，皆诗之余。其诗与文，好者益寡。有好其德，如好其画者乎？悲夫！"

可是，不管苏轼如何"悲夫"，世人还是只爱文同的画。现藏于台北故宫博物院的《墨竹图》，就是他为数不多的传世神品之一。画作中文同所画的墨竹，已成为中国文人画的标杆。

文同画竹，是把中国书法的抽象美和布局美引入墨竹画中，使墨竹画脱离了工笔设色花鸟画而自成一派，故其墨竹画形神兼备。在他生前，就得到了同时代的苏轼、苏辙、晁补之等著名文人的认可，并且向他学习画竹技法。

文同、苏轼以后，墨竹画风大兴，成为单独的画科。不仅如此，由于他赴任湖州知州未至而卒，苏轼又担任过湖州知州，所以他们二人被画史上奉为"湖州竹派"的开派始祖、一代宗师。

"湖州竹派"成为中国画史上的著名流派之后，代有才人，名家辈出：元朝有赵孟頫、高克恭、李衎、柯九思、吴镇、倪瓒，明朝有宋克、王绂、夏昶，清朝有石涛、郑板桥，民国时期还有吴昌硕。

无论是谁，只要能够把自己的任何东西，包括思想、言论、风格、技术，传承几百上千年以上，他都将不朽。从这个意义上讲，文同已不朽。

二

大寒，是全年二十四节气中的最后一个节气。《月令七十二候集解》："十二月中，月初寒尚小……月半则大矣。"《授时通考·天时》："大寒为中者，上形于小寒，故谓之大……寒气之逆极，故谓大寒。"

同小寒一样，大寒也是表征天气寒冷程度的节气。大寒时节，寒潮南下频繁，是我国大部分地区一年中的最冷时期。神州处处，冰天雪地，天寒地冻，严寒逼人。

大寒时节，有一个对中国人非常重要的日子，即农历十二月初八的腊八节。腊八节的主要内容，就是那一碗热气腾腾的腊八粥。

宋朝的腊八粥，宋人孟元老在他的《东京梦华录》中的记载是："诸大寺作浴佛会，并送七宝五味粥与门徒，谓之'腊八粥'。都人是日各家亦以果子杂料煮粥而食也"；南宋周密《武林旧事》的记载是："八日，则寺院及人家用胡桃、松子、乳蕈、柿、栗之类作粥，谓之'腊八粥'。"

看来，宋朝文同所吃的腊八粥，是以素粥为主的。

到了大寒节气，已近岁末春节。我国的民间谚语说"大寒小寒又一年""大寒小寒，一年过完"。中国人的传统就是，辛苦了一年，无论什么事，都要放下，先好好过个年。

而我的《一个节气一首诗》，写到大寒，也全部写完了。一身轻松的我，还在大寒时节的冬天，却已经开始向往春天了。

好在，春天已经不远。

用英国诗人雪莱的话说就是："冬天已经来了，春天还会远吗？"

而用凝聚中国古代人民千年智慧的二十四节气来解释，那就是：

大寒之后，就是立春。

图书在版编目 (CIP) 数据

　　一个节气一首诗 / 章雪峰著 . -- 太原：山西教育
出版社 , 2023.6
　　ISBN 978-7-5703-3249-6

　　Ⅰ . ①一… Ⅱ . ①章… Ⅲ . ①诗集 – 中国 – 当代
Ⅳ . ① I227

　　中国国家版本馆 CIP 数据核字 (2023) 第 084398 号

一个节气一首诗
YI GE JIEQI YI SHOU SHI

章雪峰　著

选题策划	李梦燕　　陈彦玲（特邀）
责任编辑	许亚星　周　宇
复　审	陈旭伟
终　审	李梦燕
装帧设计	薛　菲
印装监制	蔡　洁

出版发行　山西出版传媒集团·山西教育出版社
　　　　　　（地址：太原市水西门街馒头巷7号　电话：0351-4729801　邮编：030002）
印　　装　山西基因包装印刷科技股份有限公司
开　　本　890×1240　1/32
印　　张　11.25
字　　数　221千字
版　　次　2023年6月第1版　2023年6月山西第1次印刷
书　　号　ISBN 978-7-5703-3249-6
定　　价　69.00元

如发现印装质量问题，影响阅读，请与山西教育出版社联系调换。电话：0351-4729718。